LE BOIS DES OMBRES

Barbara Dribbusch

LE BOIS DES OMBRES

Traduit de l'allemand par Jean Bertrand

LES ESCALES

Titre original : *Schattwald*

Édition française publiée par :

12, avenue d'Italie
75013 Paris – France
Courriel : contact@lesescales.fr
Internet : www.lesescales.fr

ISBN : 978-2-36569-304-2
Dépôt légal : octobre 2017
Imprimé en France

Couverture : Hokus Pokus créations
Composition : Nord Compo

Prologue

Ötztal, fin février 1943

Les mélancoliques ont besoin du contact avec la glace. Carl le répétait souvent. Quand le froid extérieur est à l'unisson avec ce que le cœur éprouve, l'esprit peut se fondre dans le paysage. Il ne se sent plus exclu, instable, mais lié au monde. Quel bonheur de voir la neige recouvrir le sol, comme si tout allait recommencer à zéro ! Comme si le mal avait soudain disparu, pensa Charlotte. Elle cacha ses oreilles sous les rabats en fourrure de la vieille casquette militaire et boutonna la lanière sous son menton. Puis elle suivit les autres silhouettes emmitouflées qui tiraient le traîneau et s'enfonçaient jusqu'au genou dans la neige. Par chance, elle portait des guêtres qui protégeaient ses bottes à lacets, et son manteau lui descendait jusqu'aux mollets. Avec le treillis de Robert retenu par un gros ceinturon et ses deux caleçons de laine superposés, elle ne craignait pas le froid.

Charlotte jeta un coup d'œil en arrière sur les décombres de l'incendie. La neige pénétrait par le toit éventré du bâtiment en ruines. Les flocons planaient comme des plumes d'édredon à travers les salles détruites, recouvraient la carcasse du piano à queue sur lequel elle jouait encore récemment les chansons qu'ils chantaient tous ensemble. Qui aurait imaginé qu'il ne resterait bientôt de cet instrument qu'un tas de cendres, des cordes brûlées et un cadre en fonte ? Mais la survie prime sur l'amour de l'art, se disait Charlotte. Sans parvenir tout à fait à s'en convaincre.

Ils devaient se dépêcher. Dans peu de temps, la neige commencerait à fondre et les hommes en uniforme monteraient de la vallée pour venir faire leur enquête. Ils trouveraient peut-être même la tombe, car le gel avait empêché de creuser la terre très profondément pour ensevelir le corps. Il était grand temps pour Charlotte et ses compagnons d'aller se réfugier dans la haute vallée.

Durant cette marche à travers la montagne, ils ne pourraient s'arrêter. Le froid les forcerait à rester en mouvement. Il fallait éviter que le sang n'afflue vers l'intérieur du corps pour soutenir la fonction vitale du cœur le plus longtemps possible. Sinon, leurs joues perdraient leur coloration et deviendraient blafardes, cireuses, et finalement noires.

Ils feraient halte seulement à la nuit tombée pour s'ensevelir sous la neige. Il aurait été trop dangereux d'allumer un feu. Mieux valait creuser un abri où se blottir pour conserver un peu de chaleur, c'est ce que Lukas avait enseigné à Charlotte. Ils avaient de bonnes chances de s'en sortir. De ne pas finir gelés comme l'homme qui avait réussi à atteindre le Bois des Ombres et transmettre son message, juste avant de mourir.

Cet épisode avait bouleversé le cours de la vie de Charlotte, faisant d'elle une hors-la-loi, comme l'affirmeraient les policiers de la vallée. Mais que savaient-ils de la vérité et du mensonge ?

1

Hambourg / Innsbruck, décembre 2014

Le soleil diffusait une clarté aveuglante. Les contours de la maison et du jardin paraissaient trop nets. Beaucoup trop nets. Quelque chose clochait.

L'homme qui me faisait signe devant la maison semblait m'avoir attendue. Des oiseaux au plumage multicolore voletaient sans crainte autour de lui, comme s'il était chargé de les nourrir et de les apprivoiser. Comme s'il avait gagné leur confiance. Je m'approchai.

— Je ne sais pas ce que je viens faire ici, dis-je à l'homme.

Il avait l'air plus âgé que moi, ses cheveux étaient peignés avec une raie sur le côté, et il me jaugeait de ses yeux bleu pâle.

— Il était temps que tu arrives, dit-il en posant sur mon épaule une main aux doigts effilés.

— Je n'ai rien à faire ici.

— Bien sûr que si.

— Je ne suis pas rassurée.

— Mais on est chez toi !

Nous sommes entrés dans la maison. Elle était plongée dans une semi-obscurité. L'homme me précédait. Nous avons suivi un long couloir dont les murs semblaient se rejoindre au loin. De petits objets indistincts étaient fixés de part et d'autre, comme si quelqu'un les avait cloués aux murs.

Lorsque mes yeux se furent accoutumés à la pénombre, j'eus un mouvement de recul. Des têtes d'oiseaux morts étaient fixées aux murs. Les oiseaux multicolores qui entouraient l'homme à l'extérieur me fixaient de leurs yeux vides, épinglés comme des papillons. Ce lieu était hanté par la mort.

Je me figeai de peur. L'homme se tourna vers moi. Il n'avait plus de visage. Il s'était effacé, il ne restait qu'un espace vide.

Je voulus faire volte-face et m'échapper, mais mes jambes ne réagirent pas, elles restaient immobiles, enracinées dans le sol, comme si elles ne m'appartenaient plus. L'homme s'approcha et tendit ses mains vers moi.

— Non !

Je me réveillai en sursaut, trempée de sueur. Lorsque je compris que j'étais dans ma chambre, la peur desserra lentement son étau. Le jour commençait seulement à poindre. Le soleil n'était pas encore levé. Ce n'était qu'un mauvais rêve.

Je me tournai instinctivement vers la gauche pour chercher refuge auprès d'un corps familier. Alex. Mon mari. Mais, à côté de moi, la place était vide.

Oui, bien sûr, Alex m'avait quittée. Après treize ans de vie commune. Le soulagement que j'éprouvai en comprenant que ce n'était qu'un cauchemar laissa la place à cette douleur aiguë que je ressentais à chaque réveil depuis quelques semaines. Comme si un poignard s'enfonçait dans mon ventre.

C'était un vieux cliché mille fois rebattu. Dans les magazines féminins. Dans la presse illustrée. Dans les essais féministes. Et dans les textes que je concoctais à la tête d'une rubrique du magazine *Vita*, dont les articles, les photos et surtout la publicité devaient refléter les préoccupations de la femme aisée de plus de quarante ans.

Se faire plaquer pour une plus jeune ! À quarante-six ans. Il suffisait que je réalise ce qui venait de m'arriver pour être totalement submergée. Pas seulement par le chagrin. Mais aussi par la rage. Et par la honte. J'avais honte d'avoir été abandonnée. Voilà où j'en étais tombée.

Et pourtant, en tant que chef de rubrique des pages « Mieux vivre », j'étais grassement payée à exhorter les lectrices à réagir, à les convaincre qu'il y a toujours quelque chose à faire pour aller mieux et retrouver l'amour.

J'avais publié des pages entières de bons conseils à donner aux couples stables qui voient chuter la fréquence de leurs rapports sexuels ou le silence s'installer à leur table de petit déjeuner.

Mais cette fois, j'étais dépassée. Incapable de me détacher de cet homme qui ne voulait plus de moi. Je me mis à transpirer tandis que je ressassais, étendue sur mon lit, comme souvent ces dernières semaines. La journée qui s'annonçait me semblait une montagne infranchissable.

Je pensai à mon amie Sabine, à qui son mari avait annoncé deux ans plus tôt qu'il en aimait une autre. Qu'il fallait qu'elle accepte. Et qu'il ne voulait pas se séparer d'elle. À cause de leur fille.

Sabine, une sociologue qui avait accumulé une collection impressionnante d'ouvrages féministes, avait décidé de se battre pour reconquérir Hartmut. Elle avait enchaîné régime sur régime. Consulté une cartomancienne dans l'espoir de comprendre ce qui ne fonctionnait plus entre eux. Elle était même allée jusqu'à passer une nuit sur le canapé d'un vieux copain pour faire croire à Hartmut qu'elle avait un amant.

Quand je pensais à Sabine, j'avais l'impression qu'une trappe s'ouvrait au fond d'un grand trou noir. En mon for intérieur, je sentais combien, moi aussi, j'étais dépendante des hommes. Je n'avais pas le droit de la regarder de haut. Il m'était arrivé la même chose.

Alex avait démarré une liaison avec son assistante. Sans rien dire pendant quatre mois. Et puis, un jour, il s'était acheté un nouveau téléphone portable, avec un écran plus grand. C'est pendant un trajet en voiture que je découvris le pot aux roses.

Je vis le nom de « Sonia » s'afficher sur l'écran après que le portable d'Alex eut émis un tintement.

— Qui est cette Sonia ?

— Une nouvelle assistante de projet. Une collègue.

— Mais on est samedi !

— Hein ?

— Pourquoi elle appelle un samedi ?

— Elle n'a pas appelé, elle a envoyé un SMS.

— Elle t'envoie des SMS le samedi ?

— Tu m'espionnes ou quoi ?

— Mais oui, c'est ça. Quel âge a-t-elle ?

Alex avait fini par tout avouer. Mais le pire, c'est qu'il plaçait cette liaison avec Sonia à un très haut niveau.

— Je ne suis pas avec Sonia parce qu'elle est plus jeune ou super sexy, expliqua-t-il. C'est plutôt que je me sens complètement différent quand je suis avec elle. Plus vivant. Sonia réveille en moi quelque chose qui était enfoui.

Le seul souvenir de cette phrase suffisait à me faire passer de la rage à l'amertume. C'était tellement injuste.

— Ça suffit ! m'écriai-je en projetant mes jambes hors du lit.

Je me levai et me traînai jusqu'à la salle de bains, entrai dans la cabine de douche et ajustai une charlotte sur mes cheveux. Nul doute que je devais être affreuse avec ce machin sur la tête, mais je n'avais pas le temps de faire un brushing. Je m'aspergeai d'eau chaude puis attrapai le gel douche. Il sentait le citron et le gingembre, un produit bio et cher. Ce parfum me procura une impression de luxe et de volupté. Je restai longtemps sous le jet, l'eau se répandait sur moi comme une douce pluie d'été. Puis je tournai la vanne vers la droite et finis, comme à mon habitude, sous un jet d'eau glacée.

Une fois séchée, je risquai un coup d'œil dans le miroir. J'avais une mine affreuse. Un regard angoissé. Les cheveux coupés au carré avec des mèches châtain, blondes et cendrées, effet « couleurs d'automne » comme m'avait dit un jour une collègue. Et puis des cernes sous les yeux. J'avais l'air misérable. Qui aurait pu aimer une femme pareille ?

Je repensai à mon cauchemar. Ces oiseaux qui voletaient. Ils avaient accordé leur confiance à l'oiseleur. Et il les avait trahis. Qui était cet homme ? Sûrement pas Alex. Alex était brun, avec les cheveux presque rasés. L'homme du rêve avait la peau claire, avec une coupe au rasoir et la raie bien marquée.

Je détournai les yeux du miroir. Inutile de m'apitoyer plus longtemps sur mon sort. Une grosse journée m'attendait. Au magazine, on allait aborder aujourd'hui le thème du bonheur. On préparait un dossier. Une grande réunion était prévue avec le rédacteur en chef, Peter Gäbler, la responsable du dossier, Rieke, les photographes et moi en tant que chef de la rubrique « Mieux Vivre ». Évidemment, les gens de la publicité auraient aussi leur mot à dire.

Je m'habillai, aujourd'hui tailleur perle et escarpins gris. La tenue des chefs. J'avais la nausée. Je ne me sentis pas mieux quand j'eus versé une portion de müesli dans un bol, un de ces mélanges trop sucrés avec des raisins secs, des dattes et des chips de banane.

Le téléphone sonna. À huit heures et demie du matin, sur le fixe de la maison, qui cela pouvait-il être ?

L'écran afficha un numéro avec l'indicatif de l'Autriche. Mon cœur s'accéléra. Je ne connaissais qu'une seule personne en Autriche. Mais elle n'aurait pas appelé à une heure aussi matinale. Surtout qu'on avait perdu le contact depuis bien des années.

Une voix de femme à l'accent autrichien retentit dans l'écouteur.

— Excusez-moi de vous déranger de si bon matin. Est-ce que je suis bien chez madame Südhausen, s'il vous plaît ?

— C'est moi, en personne. Et... vous êtes ?

— Madame Pramstaller d'Innsbruck. Une amie de votre grand-mère Charlotte Waldhofer. Je m'excuse, mais j'ai une triste nouvelle à vous communiquer.

— ... ?

Je pressentais quelque chose que je n'avais pas envie d'apprendre. Pas maintenant. Pas à huit heures et demie du matin au moment de foncer à la rédaction. Juste avant une réunion où j'allais devoir me montrer plus forte que je n'étais.

— Je suis désolée mais votre grand-mère est morte hier. À l'hôpital d'Innsbruck. D'une attaque cérébrale. Elle m'avait dit que vous étiez sa parente la plus proche. Sa petite-fille. J'ai trouvé votre numéro de téléphone dans son carnet d'adresses.

J'eus du mal à reprendre mon souffle. Ma grand-mère Charlotte. Elle devait avoir quatre-vingt-dix ans passés. La personne la plus austère que j'aie jamais rencontrée. Et tellement singulière. Je ne l'avais pratiquement pas revue depuis mes onze ans. Peu après l'accident qui avait détruit ma famille et m'avait laissée seule avec mon père.

— Ça a été tellement brutal, poursuivit la dame au téléphone. Votre grand-mère a souvent parlé de vous. Elle me disait encore récemment qu'elle avait quelque chose d'important à vous transmettre. Ce serait bien si vous pouviez venir.

J'assistai stoïquement à la conférence de rédaction sur le thème du bonheur. Je m'en tins aux propositions de ma jeune collègue Rieke qui exposa le fruit de ses recherches. Rieke avait été très vite promue à la coordination de ce dossier. En tout cas, j'appris avec intérêt que, d'après certaines études, beaucoup de gens se sentaient mieux pendant leurs loisirs avec des amis proches qu'avec leur conjoint. Cela m'était arrivé quelquefois avec Alex, je pouvais bien l'avouer. Durant cette réunion, je ne fournis qu'une maigre contribution, trop maigre pour une chef de rubrique. Le rédacteur en chef Gäbler me lança un regard interrogateur. Je me demandai si les collègues avaient déjà vendu la mèche au sujet de ma rupture avec Alex.

Après la réunion, j'expliquai au rédacteur en chef que ma grand-mère venait de décéder, que je devais partir d'urgence à Innsbruck. Que j'avais besoin de quelques jours de congé, peut-être une semaine. Que je le tiendrais au courant dès que j'en saurais plus. Et qu'il pouvait m'appeler à tout moment.

— Je suis son unique parente, ajoutai-je.

Cette phrase résonnait bizarrement.

Je réservai un vol à destination d'Innsbruck pour le vendredi et commençai à préparer mes bagages. Je remplis ma valise à roulettes d'une jupe, d'un chemisier et d'un blazer de couleurs sombres. Je devrais sans doute organiser l'enterrement. Au téléphone, j'avais déjà passé en revue avec Maria Pramstaller les formalités à accomplir.

C'est curieux, ces liens qui perdurent dans la vie, pensai-je. Avec des gens qu'on n'a pas vus depuis des années. Les voilà qui resurgissent tout d'un coup. Ils réapparaissent par-delà la mort et reprennent subitement vie. Ma grand-mère Charlotte. Ma mémoire se remplit d'images, comme si j'avais ressorti des photos jaunies d'un tiroir. Une personne âpre. Sévère, avec ses cheveux cendrés mi-longs, ses chaussures de marche, son gilet tricoté et son coupe-vent. Une sorcière des neiges, comme mon père l'avait surnommée. Il ne l'avait jamais appréciée.

Mes contacts avec elle cessèrent après l'accident. L'accident qui avait coûté la vie à ma mère. Une Mercedes avait brûlé la priorité et foncé dans la voiture de mes parents. Ma mère, assise à côté du conducteur, était morte sur le coup. Bien que le tribunal eût reconnu que tous les torts étaient du côté du chauffeur de la Mercedes, ma grand-mère tint toujours mon père pour responsable de la mort de son unique enfant. Sous prétexte qu'il conduisait souvent trop vite. Ce qui était vrai. Quand l'accident avait eu lieu, mes parents venaient me chercher chez ma grand-mère. J'avais alors onze ans et venais de passer quelques jours de vacances chez elle.

Je choisis une veste d'hiver bien chaude que je n'avais jamais l'occasion de porter et la mis dans la valise. On était en décembre, Innsbruck se trouvait en pleine montagne, il allait faire froid. Alex n'aimait pas la montagne, ni le froid d'ailleurs. En hiver, il préférait s'envoler pour les Canaries. Il se plaignait que l'hiver à Hambourg était déprimant. Est-ce qu'il emmènerait sa nouvelle compagne à Ténériffe ? Je chassai cette idée de mon esprit.

J'avais envoyé des mails à Sabine, à une autre amie, et à une partenaire de sport pour me décommander. Je n'avais pas appelé Alex. À quoi bon. Je songeai que ma grand-mère était aussi mon unique parente. Si Alex demandait le divorce, il ne me resterait plus personne, si ce n'est mon père qui était atteint de la maladie d'Alzheimer et vivait dans un hospice. Je sentis un malaise monter en moi. Mais ce n'était pas le moment de flancher. J'avais une mission à accomplir.

La neige serait peut-être déjà tombée à Innsbruck. En plus de mes bottines, il fallait que j'emporte les grosses chaussures à semelles crantées que j'avais achetées un jour et pratiquement jamais mises. Je les sortis de l'armoire.

Le plus important en montagne, répétait souvent ma grand-mère, c'était d'être bien chaussé. Quand j'étais petite, avant l'accident, je passais souvent une semaine de vacances avec elle dans les Alpes. L'été, on partait en randonnée, l'hiver, on skiait. Ce n'était pas de tout repos. Mais toujours excitant. Un jour, petite fille, j'avais effleuré de mon gant la paroi bleutée d'un glacier de l'Ötztal, nous avions marché pendant des heures. Ma grand-mère m'avait expliqué que cette glace était là depuis des centaines d'années. Pour elle, les glaciers avaient quelque chose de magique. Elle racontait des histoires inquiétantes de personnes tombées dans une faille et ressorties au bout de plusieurs siècles bien plus bas, congelés, le corps aussi jeune qu'au moment de leur disparition.

— La glace ralentit la marche du monde, disait ma grand-mère. Et la neige en recouvre la laideur. Il fait parfois meilleur au milieu de ces éléments que parmi les hommes.

Pourquoi ma grand-mère aimait-elle autant la glace et le froid ? Au point d'en faire son métier ? Après la guerre, elle avait étudié la géographie et travaillé pour un professeur de l'université d'Innsbruck au département spécialisé dans le changement climatique. Elle était chercheuse en glaciologie, disait ma mère avec fierté. En revanche, je n'avais jamais entendu ma grand-mère dire pourquoi elle s'était autant intéressée à la glace.

Je me souviens qu'un jour, mes parents avaient voulu la convaincre de partir un été avec nous en Espagne, pour profiter de la chaleur, de la plage, voir des gens. Mais ma grand-mère avait repoussé d'un geste la proposition, comme si on lui avait tendu un mauvais schnaps.

— De la chaleur, du bruit et du monde partout, vous appelez ça des vacances ? avait-elle répondu.

Mon père s'était renfrogné et avait prétendu que Grand-mère ne savait pas profiter de la vie. Il détestait le froid, exactement comme Alex.

Dans mon armoire, je retrouvai un pull jacquard bleu et blanc dont j'avais oublié l'existence. Je le sortis, il sentait la naphtaline. Les pulls en laine ruinent la silhouette, avait un jour écrit une collègue de la rubrique « Mode ». Ça ne me ferait pas de mal de m'éloigner quelque temps du magazine.

Quand j'étais petite, ma grand-mère m'avait aussi offert un pull qui me grattait terriblement la peau, aucune autre laine ne m'avait autant démangée. Il était rouge. Elle l'avait tricoté elle-même de ses mains épaisses, striées de veines. L'encolure était tellement étroite qu'il fallait se battre pour le mettre aussi bien que pour l'enlever. J'eus soudain l'impression de sentir la peau me gratter à nouveau. Comme si ma grand-mère était tout près de moi. Il me semblait qu'elle était là, à Hambourg, dans ma chambre à coucher où mon mari n'entrait plus.

Le bois des ombres

Je mis le pull bleu et blanc dans ma valise. J'avais l'impression d'avoir fait mes bagages non pas pour aller passer quelques jours à Innsbruck, mais pour partir en expédition dans une autre vie.

2

— Madame, vous avez perdu quelque chose, s'exclama une voix d'homme derrière moi.

Je me retournai. Un supplément avait glissé du magazine *Vivian* que j'avais acheté pour le feuilleter dans l'avion. On était vendredi et je faisais la queue devant le comptoir d'enregistrement du vol à destination d'Innsbruck. Je portais un manteau en cachemire et tirais derrière moi ma valise trolley business bourrée de vêtements d'hiver. En voyage, je préférais toujours avoir l'air d'une femme d'affaires plutôt que d'une touriste.

L'homme devait avoir la cinquantaine passée. Ses cheveux blonds cendrés étaient légèrement plus longs derrière les oreilles, comme c'est souvent le cas chez les artistes ou les scientifiques qui se plaisent à afficher un certain anticonformisme. Il portait un manteau de laine sombre ouvert sur son costume. Il me tendit le supplément publicitaire pour une marque de montres de luxe et me regarda bien en face. Des yeux bleus. Il avait un regard doux mais empreint d'assurance qui me plut. Je le remerciai poliment et remis le supplément à l'intérieur du magazine.

L'homme souriait.

— C'est étonnant de croire qu'il est encore possible de faire de l'argent avec des montres de luxe, dit-il d'une voix bien timbrée qui semblait indiquer qu'il avait l'habitude de parler en public.

— C'est vrai, répondis-je avec nervosité.

Ces derniers temps, je n'avais guère confiance en moi. Et j'en étais contrariée.

L'homme portait un grand sac de voyage. Avec son costume, il avait plutôt l'air d'un homme d'affaires. Mais son bagage cadrait mal avec son style. Il donnait plutôt l'impression d'avoir été acheté dans un magasin de sport, un de ces sacs de baroudeur couverts de poches qu'on peut porter en bandoulière ou caler à l'arrière d'une jeep quand on part en expédition. Que venait-il faire à Innsbruck ?

Je me tournai à nouveau vers le comptoir.

— Une place près du hublot, s'il vous plaît, dis-je à l'hôtesse.

Elle eut l'air de se demander si je formais un couple avec l'homme qui était derrière moi.

— Vous êtes ensemble ? demanda l'employée.

— Non, répondit-il, ce n'est malheureusement pas le cas.

Il dit cela d'une façon si polie et courtoise que j'espérai secrètement qu'il ne soit pas placé trop loin de moi. L'homme demanda un siège côté couloir. L'hôtesse lui donna une place au même rang que le mien. Je devais admettre que je me réjouissais à l'idée de ce vol.

J'avais toujours aimé l'avion. Quel plaisir de se caler dans son siège et de se laisser porter par le pilote ! Je n'avais jamais peur. Toute petite déjà, je me sentais citoyenne du monde quand je partais à Ibiza avec mes parents et ma valise d'enfant. Pour plus de sûreté, j'emportais toujours mon petit parapluie vert : un parachute en cas d'urgence. Mon père avait éclaté de rire en me serrant dans ses bras quand je lui avais révélé cette astuce. Enfant, je savais le faire rire. Quand ma mère était décédée, je m'étais sentie comme une responsabilité de veiller sur sa bonne humeur.

Je rangeai mon manteau dans le coffre à bagages, m'enfonçai dans le siège et regardai par le hublot. C'était une journée pluvieuse de décembre, un vent mauvais soufflait sur la piste de l'aéroport. Un bon jour pour quitter Hambourg. En temps normal, je me serais pelotonnée au fond de mon siège, les jambes appuyées contre le dossier de devant, c'était ma position favorite quand j'étais en déplacement professionnel. Mais en voyant l'homme s'asseoir à deux sièges d'intervalle, je m'étais redressée et me tenais le plus droite possible. Je me félicitai de ne pas avoir mis ma polaire informe pour le voyage, mais mon blazer gris-bleu fermé par un bouton qui mettait ma poitrine en valeur.

Le vol n'était pas complet. D'ailleurs, qui songeait à se rendre à Innsbruck un vendredi de décembre alors que la saison de ski n'avait pas encore vraiment démarré ? Le siège du milieu resta libre. L'homme sortit son journal et l'ouvrit directement à la rubrique scientifique. C'était inhabituel ; en voyage d'affaires, mes voisins lisaient plutôt d'abord les pages politiques, puis économiques. Je me sentis subitement mal à l'aise avec mon magazine féminin anglais posé sur les genoux. « Sex toys ou ustensiles de cuisine : faites-vous la différence ? » s'étalait en titre sur la couverture de *Vivian*. Les Britanniques, au moins, avaient le sens de l'humour. J'aurais pourtant préféré avoir choisi un quotidien d'information.

L'avion décolla et s'éleva à travers les nuages. J'adorais ce moment où l'on monte dans le ciel comme pour accéder à un autre monde. Un jour, il y a bien longtemps, ma grand-mère m'avait enseigné les nuages. Elle me berçait dans le jardin sur ses genoux anguleux. Elle m'expliqua qu'un amoncellement de nimbus gris foncé annonçait un orage et que les cumulus blancs promettaient une belle journée, tandis que les cirrus qui s'étalaient en filaments clairs dans le ciel pouvaient être signe de mauvais temps alors même que rien ne le laissait présager.

Ce jour-là, ma grand-mère souriait et parlait d'une voix douce, très différente de son timbre habituel. Son visage avait une expression que je ne lui connaissais que lorsqu'elle s'accompagnait au piano en chantant de sa voix éraillée des chansons d'autrefois, ce qui arrivait rarement. Il me revint en mémoire un refrain amusant : « La femme n'a plus qu'un rêve, aujourd'hui, avoir une auto et un permis. » Ces moments de musique avaient quelque chose de particulier, les chansons semblaient liées à des souvenirs à la fois plaisants et douloureux.

À cette évocation, je me sentis envahie par la tristesse, comme si un gros bloc de pierre me pesait soudain sur la poitrine. Ma grand-mère était morte. Je ne l'avais pas revue depuis quatorze ans. On ne pourrait rien y changer, jamais plus. Après l'accident, mon père avait décrété qu'il ne voulait plus avoir affaire à ma grand-mère. Son obstination à le tenir en partie responsable de la mort de sa fille l'avait trop affecté. Quant à moi, je n'avais d'autre choix que de me ranger du côté de mon père. J'étais encore trop jeune. Par la suite, j'avais revu deux fois ma grand-mère. La dernière, avec Alex, avait été un désastre. Mieux valait ne pas y penser.

J'observai l'homme aux cheveux cendrés qui était assis à deux sièges de moi. Il semblait absorbé dans son journal. Je survolai le titre principal de la page, « L'illusion du libre arbitre ». Aucune chance pour qu'un thème aussi abstrait ne figure au sommaire de *Vita*. C'était bien dommage.

Mon voisin avait des mains fines et soignées. Aucun de ses doigts ne portait d'anneau. Mais ça ne voulait rien dire. J'étais un peu déçue qu'il ne cherche pas à reprendre la conversion entamée devant le comptoir d'enregistrement.

L'avion avait maintenant atteint son altitude de croisière. Le capitaine prit le micro pour annoncer une zone de turbulences. Ça ne me gênait pas. Mon voisin ne semblait pas non plus angoissé par l'avion. Il ne manifesta aucune réaction lorsque le capitaine donna l'instruction aux passagers de garder leur ceinture attachée. Je feuilletai mon *Vivian*. Outre le quiz sur les sex toys, il donnait aussi des conseils pour déterminer quelle forme de jeans convenait à quel type de fesses, ainsi qu'un article qui préconisait aux femmes de plus de quarante ans de porter des rayures horizontales même si cela ne contribuait pas à amincir la silhouette. Habituellement, je trouvais intéressant de voir comment les collègues des autres magazines s'y prenaient pour tenter d'enrayer la baisse générale des ventes dans la presse. Mais je me sentais soudain très loin de mon travail à *Vita*.

L'avion se mit à tanguer. Une femme qui revenait des toilettes, zigzagua dans le couloir. L'hôtesse de l'air s'assit à son tour et attacha sa ceinture.

— Le temps change. Il va neiger à Innsbruck. C'est bon pour le ski, dit soudain mon voisin.

Il avait posé son journal et regardait par le hublot un amas de nuages gris.

— Je viens de lire qu'il est déjà tombé deux mètres de neige dans les Alpes.

Il tourna son regard vers moi.

J'étais surprise que l'homme m'ait adressé subitement la parole, mais je soutins son regard.

— Je ne vais pas à Innsbruck pour faire du ski, dis-je en me félicitant d'avoir parlé d'un ton calme et posé.

J'avais une raison sérieuse de me déplacer, je n'étais ni une touriste ni une accro du shopping.

— Je ne viens pas non plus pour le ski, dit l'homme.

— Je l'avais deviné.

— La première impression peut être trompeuse.

— Pas chez moi.

— Oh si. On se trompe souvent, malheureusement. C'est mon métier de m'intéresser à cela. Permettez-moi de me présenter, Siegfried Rattler. Je suis neurobiologiste. Spécialiste du cerveau, si vous préférez.

Sidérée, je ne sus quoi répondre. Un spécialiste du cerveau. Une catégorie de professionnels que ma jeune collègue Rieke interviewait volontiers à *Vita* pour aborder les particularités du comportement cérébral chez l'homme et la femme. Mon voisin s'intéressait-il à ce genre de questions ?

— Anne Südhausen, je suis journaliste, dis-je en retour.

Habituellement, j'évitais de mentionner d'emblée mon métier mais, cette fois, ça me semblait important.

— Une journaliste, dit Rattler. Laissez-moi deviner. Vous écrivez pour un magazine féminin.

— Comment le savez-vous ?

— Parce que je vous ai vu lire cette revue en fronçant les sourcils, vous ne tourniez pas simplement les pages pour passer le temps.

Il m'avait manifestement observée.

L'avion fit de violentes secousses. Deux rangs devant nous, quelqu'un fut pris de hoquets sonores. Je m'efforçai de ne pas y prêter attention. Rattler ne fit pas non plus de commentaire sur ces turbulences.

— C'est vrai, je travaille pour un magazine féminin. Avez-vous toujours autant d'intuition ? demandai-je.

— Pas du tout. C'est simplement que, sans vous en douter, vous m'avez fourni des informations sur vous-même en plissant le front pendant votre lecture. Et cela m'a permis d'en tirer des conclusions. Je ne tiens jamais compte de mon intuition.

— Elle est pourtant fiable, bien souvent.

— Au contraire, il est souvent illusoire de s'y fier.

L'homme afficha un sourire en coin dont je ne savais s'il fallait l'interpréter comme de la timidité ou de l'arrogance. En tout cas, je le trouvais séduisant. Et à la fois un peu irritant.

— Si je ne pouvais plus me fier à mon intuition, je me sentirais perdue, dis-je.

— L'intuition est l'expression de nos blocages. Ou de nos désirs.

L'avion était sorti de la zone de turbulences et filait tranquillement dans le ciel. Les hôtesses détachèrent leur ceinture et prirent leur chariot de service pour proposer du thé et du café.

J'étais déstabilisée. Avais-je vraiment envie d'entamer avec cet inconnu une conversation sur nos blocages et nos désirs ? Allait-il se montrer sûr de son fait ? Mais dans quel but ? Était-ce une technique de drague ?

— Mon instinct n'est pas une illusion, dis-je après avoir commandé un thé à l'hôtesse. Nous autres journalistes en faisons l'expérience. À partir d'un certain nombre d'informations, on se fait son opinion de façon intuitive. Et elle peut être valable.

Je perçus de la nervosité dans ma voix.

— Oui, si l'on rassemble au préalable suffisamment d'informations, c'est autre chose, répondit Rattler. La question qui se pose alors, c'est de savoir si celles-ci sont pertinentes. Si elles n'ont pas été filtrées sans qu'on s'en aperçoive.

Le sujet semblait réellement l'intéresser. Il ne cherchait pas à me faire la leçon. Je me détendis. Rattler but une gorgée de café dans la tasse en plastique que l'hôtesse lui avait servie.

— Mais j'ai peur de vous ennuyer, continua-t-il, nous pouvons aussi changer de sujet. Vous vous rendez à Innsbruck pour raisons professionnelles ?

— Non, ma grand-mère vient de mourir.

— Oh, toutes mes condoléances.

— Merci. Nous n'avions plus de contacts depuis longtemps.

— Ce sont des choses qui arrivent.

— C'était une femme singulière. Dure. La génération de la guerre. Elle s'est consacrée à l'étude des glaciers.

Je m'étonnai de me confier si vite à un inconnu.

— L'étude des glaciers, reprit Rattler, c'est passionnant. La femme qui aimait le froid. Ce pourrait être un personnage de roman.

Je n'avais jamais envisagé ma grand-mère sous cet angle.

— Oui, c'est étrange, répondis-je. Je me rends compte aujourd'hui que je sais très peu de choses sur elle. Je regrette de ne pas lui avoir demandé de me raconter sa vie. Surtout ce qui s'est passé pendant la guerre.

J'y avais effectivement songé bien des fois. Quand j'étais petite et que je la questionnais, pleine de curiosité, ma grand-mère Charlotte refusait de parler de la guerre. « On en parlera peut-être un jour, quand tu seras plus grande », répondait-elle à cette époque. Je devais avoir neuf ou dix ans. Mais ce jour-là n'était jamais venu. Tout ce que je savais, c'est que son frère jumeau était mort à la guerre.

— La guerre. On en revient toujours là, n'est-ce pas ? Les années ont beau passer, on ne peut y échapper.

Rattler avait parlé plus fort et d'une voix où perçait presque de l'amertume. Il replia son journal en faisant de grands gestes. L'avion amorça sa descente. À gauche et à droite, les montagnes pointaient à travers le brouillard comme des sentinelles d'un autre monde. Nous arrivions à Innsbruck.

Le ton de Rattler m'avait déplu. Je le regardai.

— Et vous, que venez-vous faire à Innsbruck, si je puis me permettre ?

— Oh, un congrès. Je suis tenu d'y participer.

Il s'efforçait à nouveau de paraître nonchalant.

— Un congrès. Sur quel thème ?

Il hésita.

— Il y sera question des effets secondaires des traitements de la maladie de Parkinson.

J'étais presque un peu déçue. Je m'attendais à un sujet philosophique, pas à un congrès de pharmacologie. Un silence se fit.

— Mais j'irai peut-être aussi faire du ski, reprit Rattler.

Puis il posa la question que j'espérais secrètement.

— Est-ce que vous m'autoriseriez à vous téléphoner ?

Plus tard, à Innsbruck, quand je montai dans un taxi avec sa carte de visite dans mon sac, je me dis qu'il ne m'avait posé aucune question sur ma famille. Sur mon mari. Je ne l'avais pas non plus interrogé sur sa situation familiale. Peut-être avions-nous tous les deux envie de nous rencontrer sur un terrain neutre, hors de portée, au-dessus des nuages. Je voulais le revoir. Alex était loin. Je me sentais curieusement flotter, légère, sans plus sentir le sol sous mes pieds.

3

La neige tombait à gros flocons sur Innsbruck. Quand je donnai au chauffeur de taxi le nom de la petite rue où se trouvait la maison de ma grand-mère, il sut immédiatement par quel chemin s'y rendre. Mais la chaussée était tellement glissante qu'il poussa un juron.

Peu de temps après, il s'arrêta devant un bâtiment gris aux lignes géométriques. Dans mon souvenir, la maison était plus grande. Deux fenêtres s'avançaient en saillie au premier étage, surmontées de moulures en stuc à motifs végétaux. Mes grands-parents avaient acheté la maison après-guerre à une artiste peintre. Mon grand-père Lukas était mort dans les années soixante, mais ma grand-mère n'avait pas voulu se séparer de la maison. Je ne pus m'empêcher de repenser à Alex qui avait coutume de dire : « Les maisons, c'est comme les souvenirs. Ils peuvent servir de refuge. Ou de prison. »

Je laissai un généreux pourboire au chauffeur et tirai ma valise sur l'allée verglacée qui traversait le jardinet. Je grelottais sous mon manteau léger et avançais d'un pas mal assuré sur mes bottines à talons. Le chemin n'avait pas été sablé. Les gens qui s'en chargeaient d'habitude avaient peut-être déjà appris le décès de la vieille dame.

Peu avant d'atteindre la porte d'entrée, je faillis m'étaler, déséquilibrée par ma valise. Je pestai à voix basse.

J'avais convenu avec madame Pramstaller qu'une voisine, Theres Kurz, m'attendrait à l'intérieur. Theres avait une clé de la maison. Je sonnai et attendis. Derrière la porte, un chien se mit à aboyer comme pour chasser un intrus. Mon Dieu, ce chien appartenait-il à ma grand-mère ? Mon cœur se mit à battre plus fort. J'avais l'impression qu'après toutes ces années, j'allais soudain revoir ma grand-mère toute ridée, appuyée sur une canne, un chien à ses côtés. Avec un visage avenant et un sourire que je lui avais rarement vu.

La porte s'ouvrit et je vis apparaître une femme robuste d'une cinquantaine d'années, avec des cheveux coupés court et de bonnes joues.

— Bonjour, dit Theres Kurz en me tendant la main. Je suis contente que vous soyez arrivée.

Puis, désignant le petit chien brun et blanc aux oreilles pendantes qui m'aboyait dessus :

— C'est Leo, le fidèle compagnon de Charlotte. Un gardien de la vieille école. Leo est complètement déboussolé depuis que sa maîtresse n'est plus là.

Je hissai ma valise sur le seuil et m'avançai dans l'entrée. Il y régnait une odeur de vieux tapis, de bois et de lavande. Je me réjouis que ça ne sente pas le renfermé. Theres Kurz me regarda d'un air gêné. Nous nous sentions comme deux intruses. Comment se comporter dans une maison étrangère où la propriétaire des lieux ne reviendra plus ? Mon statut de petite-fille ne me conférait aucun droit particulier.

— Je ne connais pas très bien la maison, dit la voisine comme pour s'excuser. Elle me recevait presque toujours dans la cuisine. Que diriez-vous d'un café ? Vous ferez le tour de la maison plus tard. Vous vous souviendrez peut-être de ces lieux que vous avez connus autrefois.

Peu après, nous étions installées dans la cuisine. Les meubles en chêne et le carrelage en losange donnaient à la pièce une atmosphère chaleureuse. Le chauffage était visiblement allumé.

J'étais assise sur la banquette. En face de moi, accroché au mur, un grand tableau représentait un bâtiment en briques rouges avec un toit noir dans un paysage de montagne enneigé. À côté était fixé un panneau en liège sur lequel ma grand-mère avait épinglé une liste de courses, un tract publicitaire et des numéros de téléphone recopiés sur un papier. On avait l'impression que la maîtresse des lieux aurait pu rentrer à tout instant pour vaquer dans sa cuisine.

— Votre grand-mère a vécu ici jusqu'au bout et presque entièrement autonome, dit Theres Kurz en préparant le café.

Ma grand-mère utilisait encore une de ces cafetières classiques qui projette l'eau chaude sur un filtre en papier. On boit alors le café en ajoutant un peu de crème, sans s'embêter à chauffer de la mousse de lait.

— Je crois que Charlotte était vraiment heureuse ici, continua la voisine. Pour elle, sa maison était un vrai château protégé par son chien de garde, comme elle appelait affectueusement Leo. Votre grand-mère vivait dans son monde à elle. Ce qui l'intéressait, c'était la montagne, les pays et les religions du monde. Un drôle de mélange. Elle découpait des dizaines d'articles de journaux sur ces sujets et passait des journées entières à réfléchir sur certains textes. Elle était d'un autre temps. Son dernier sujet de prédilection, c'était la météo, bien sûr, toutes les personnes âgées s'y intéressent. Mais c'était aussi en rapport avec son ancien métier. L'étude des glaciers. Mais vous savez tout cela.

Theres avait l'accent chantant des habitants du Tyrol, et il me revint à l'esprit qu'on se trouvait au cœur des Alpes, là où ma grand-mère avait passé l'essentiel de sa vie avec Lukas, son époux, un charpentier autrichien. Elle-même était allemande et née à Ratisbonne.

— Je suis contente que quelqu'un soit là pour s'occuper de la maison, dit Theres en sortant une boîte de biscuits pour accompagner le café. Vous allez devoir organiser l'enterrement et régler toutes les formalités. Il va vous falloir beaucoup d'énergie. Je vous laisse choisir dans quelle chambre vous installer. Le linge est rangé en haut dans l'armoire de la chambre à coucher, j'ai vérifié. Faites comme chez vous. D'ailleurs, c'est le cas puisque vous êtes sa seule parente.

J'eus l'impression de percevoir un léger reproche dans la voix de Theres. Je me sentis aussitôt taraudée par la culpabilité. Je n'avais pas revu ma grand-mère depuis quatorze ans. J'avais fait le voyage avec Alex ; j'avais eu du mal à le convaincre de m'accompagner. Nous avions pris le café chez elle, derrière la fenêtre qui donnait sur le jardin où l'on voyait les feuilles tomber. Elle nous avait servi une brioche tressée avec du beurre et de la confiture. Entre autres singularités, ma grand-mère n'aimait pas les gâteaux. Elle préférait manger du pain noir, et quand elle recevait des invités pour le café, la brioche tressée était son unique concession.

La journée avait été morose, et la conversation avait traîné en longueur. Dès que j'avais commencé à parler de mon travail à *Vita*, ma grand-mère avait décrété que les magazines féminins n'étaient que des « miroirs aux alouettes » tout juste bons à « flatter la vanité » et elle ne chercha pas à en savoir plus. À l'inverse, Alex ne s'intéressait pas le moins du monde à ses explications sur la fonte des glaciers.

— Brrr, ce n'est pas moi qui irais patauger là-haut dans la neige, il fait bien trop froid ! avait-il dit pour clore le sujet.

Pour couronner le tout, Alex avait claironné qu'il n'avait jamais eu de « petite amie aussi mignonne », que j'avais « les plus jolies boucles et les yeux les plus profonds », puis il m'avait gratifiée d'un « pas vrai, ma puce ? » qui n'avait fait qu'éveiller les soupçons de ma grand-mère. Plus tard, au téléphone, elle m'avait dit d'un ton sévère : « Anne, tu es sûre que c'est vraiment l'homme qu'il te faut ? Je trouve que tu mériterais mieux. » J'épousai Alex peu de temps après.

Je ne l'avais pas revue depuis mes seize ans. J'étais arrivée chez elle avec les cheveux roses coupés à la punk et un t-shirt qui m'arrivait au-dessus du nombril. Ma grand-mère m'avait tout de suite réprimandée pour ma tenue trop légère.

— Tu vas attraper la mort, ma petite !

Puis elle avait voulu savoir si je me droguais. J'avais eu beau lui répondre que non, elle avait insisté très lourdement.

— Ne touche pas à la drogue, Anne, je t'en conjure !

J'avais été surprise de constater que la drogue lui inspirait une telle aversion. À l'époque, j'avais été contente de repartir et de n'avoir aucune obligation d'y retourner. Jamais ma grand-mère Charlotte n'avait fait pression pour que je vienne la voir. Sans doute était-elle trop fière pour cela.

Cela faisait tellement longtemps. Je finis mon café et refusai poliment les biscuits que Theres me proposait.

— Je vais devoir explorer un peu les lieux, dis-je. C'est arrivé tellement subitement. Je chercherai dans ses papiers, je ne sais même pas si elle avait rédigé un testament.

Cela ne regardait en rien Theres Kurz. Mais je n'avais personne d'autre avec qui parler de la succession de ma grand-mère.

— Un testament ? demanda Theres avec une curiosité qui me déplut. Il y en a peut-être un dans la maison. Votre grand-mère me disait il y a quelque temps qu'il fallait qu'elle mette ses papiers en ordre pour que sa petite-fille puisse s'y retrouver. Mais l'attaque cérébrale l'a frappée sans crier gare.

Theres Kurz et madame Pramstaller avaient sans doute passé en revue les différents liens de parenté. Et peut-être même envisagé comment se passerait la succession. Étant la seule parente, j'hériterais de la maison, à moins qu'il n'existe quelque part un testament qui prévoie d'autres dispositions.

Bizarrement, l'idée que j'hériterais un jour de ma grand-mère ne m'avait jamais effleurée durant toutes ces années que j'avais passées à Hambourg. Peut-être parce que l'argent n'avait jamais été un problème pour moi, surtout depuis que j'étais passée chef de rubrique à *Vita* et que j'avais appris, à peu près en même temps, que je ne pourrais pas avoir d'enfant.

— Il faut d'abord que vous preniez vos repères, dit Theres en me tirant de mes pensées. Le mieux est peut-être que je vous laisse un moment toute seule. Je n'ai fait que quelques courses, mais vous trouverez un supermarché si vous tournez deux fois à droite en sortant de la maison. Ce serait bien aussi que vous vous occupiez du chien.

— Du chien ? m'exclamai-je d'une voix qui s'était subitement étranglée.

— Charlotte n'aurait pas voulu qu'on le place dans un chenil, dit Theres, elle était bien trop attachée à lui.

— Leo peut rester ici, bien sûr, me hâtai-je de dire.

Mon Dieu, mais comment s'occupe-t-on d'un chien ? Il faudrait que je me renseigne sur Internet. Une autre question me vint alors à l'esprit.

— Je suppose qu'il n'y a pas Internet dans la maison ?

— Non, mais vous pouvez passer à tout moment chez moi pour avoir une connexion. C'est la deuxième maison à droite, j'occupe le rez-de-chaussée.

Theres se leva. Je la raccompagnai à la porte. Leo, qui montait la garde dans l'entrée comme s'il attendait sa maîtresse, me regarda avec de grands yeux. Pourvu que Theres ait acheté de quoi le nourrir !

— Je repasserai demain, dit la voisine. Bon courage.

Je lui dis au revoir et refermai la porte. Je m'efforçai de respirer profondément. J'allais devoir organiser un enterrement. Habiter dans une vieille maison que je ne connaissais pas. M'occuper d'un chien dont j'ignorais jusqu'à l'existence. Sans wi-fi. Rien qu'avec mon portable et un téléphone fixe. Où allais-je m'installer pour dormir ? Je marchai dans la maison. Sous mes pas, le parquet craquait. Leo me suivait en trottinant. Avec ses oreilles tombantes, il ressemblait aux chiens des livres illustrés de mon enfance.

J'entrai dans la plus grande pièce, le bureau. Il recevait le soleil de l'après-midi, un rayon de lumière pénétrait par la baie en saillie et éclairait le mur opposé, baignant d'une ombre dorée les photos en noir et blanc accrochées dans des cadres en bois. Le centre était occupé par un grand bureau en bois sombre dont le plateau reposait sur deux petits placards.

Près d'une fenêtre était installé un télescope, comme si ma grand-mère avait passé ses nuits ici, par temps clair, à sonder l'univers. Dans un coin, un piolet à manche en bois que je me souvenais avoir vu dans mon enfance était appuyé contre le mur. Ma grand-mère était décidément un personnage insolite ! Cet instrument avait l'air de sortir tout droit d'un musée des traditions.

J'examinai les étagères qui recouvraient les murs et qui étaient surchargées de livres anciens, de cahiers et de papiers. Je repérai, entre autres, un volume de Carl Gustav Jung. Un gros livre sur l'histoire des religions du Tibet était ouvert sur une étagère. Avant de discuter avec la voisine, j'ignorais que ma grand-mère s'intéressait tant à la psychologie et aux religions. Quelques livres et cahiers étaient étalés par terre. Ce désordre avait quelque chose d'étrange.

Laissant courir mon regard le long des étagères, je compris soudain ce qui me gênait. Sur l'étagère de gauche, les livres étaient alignés bien droits et soigneusement rangés. Les cahiers avaient été regroupés et mis en piles à certains endroits. Rien ne traînait par terre.

Mais l'étagère de droite avait un tout autre aspect. Des livres et des cahiers avaient été sortis et gisaient pêle-mêle sur le plancher, deux cahiers étaient restés ouverts. Il était évident que quelqu'un avait fouillé ce côté de la pièce.

Un frisson me parcourut l'échine. Se pouvait-il qu'en dehors de Theres, quelqu'un soit venu ici ? Je repoussai cette idée en me disant que je divaguais. Ce devait être l'épuisement. Le voyage. Ma grand-mère avait sans doute commencé à faire du tri dans sa bibliothèque et n'avait pas eu le temps de remettre tous les livres en place.

Je frissonnai. Pourtant, le chauffage fonctionnait bien. Les vieux radiateurs ventrus marchaient parfaitement. Je me pris alors à envisager l'idée de ne pas dormir ici les prochains jours. Je pouvais très bien aller m'installer dans un hôtel, avec wi-fi, sans souvenirs, et passer ici simplement pour régler les affaires. Mais que deviendrait le chien ? Leo me regardait d'un air interrogateur. Il préférait sans doute rester ici. Qu'irait-il faire dans un hôtel ?

Je m'assis sur le fauteuil à accoudoirs en bois. Sur le plateau du bureau était posé le portrait en noir et blanc d'un jeune homme à l'air grave. Oui, bien sûr. Ce devait être Robert. Le frère jumeau de ma grand-mère, mort à la guerre à l'âge de vingt ans.

Je laissai mon regard errer à travers la pièce. Il se posa sur une photo sépia qui représentait un glacier, à gauche sur le mur. Voilà à quoi devait ressembler ce glacier quelques dizaines d'années plus tôt, avec sa langue de glace descendant très bas. Quand j'étais petite, ma grand-mère me répétait toujours qu'il était catastrophique que les températures augmentent, surtout au printemps, en été et en automne, et que les glaciers fondent. À l'époque, je ne comprenais pas qu'on puisse regretter qu'il fasse moins froid en montagne. Moi, je trouvais plutôt réjouissante l'idée de pouvoir se promener sans mettre forcément un gros pull en laine qui grattait.

J'admirai la vue sur la haute montagne à travers la baie vitrée. Le soleil de l'après-midi se teintait de jaune orange et répandait une douce lumière sur les sommets. Leo se coucha sous le bureau avec un grognement de satisfaction, comme s'il retrouvait un poste qu'il avait souvent occupé ; il était visiblement content que quelqu'un s'assoie à nouveau au bureau. Je me détendis. L'atmosphère de cette pièce où le temps semblait suspendu avait quelque chose d'apaisant. Je sentais la présence de ma grand-mère. Dans tous ces objets, ces livres, ces cahiers. Dans l'odeur du bois et du papier.

Mon regard se posa sur la machine à écrire électrique Olympia. Ma grand-mère avait au moins fait cette concession à la modernité et remisé sa vieille machine noire que je me rappelais avoir entendu crépiter dans mon enfance. En revanche, je ne voyais nulle trace d'un écran d'ordinateur. Elle n'avait pas suivi les avancées de la technologie jusque-là.

Avait-elle laissé un testament quelque part ? Je commençai par ouvrir le grand tiroir du bureau. Ce meuble ancien était tellement lourd ! Le tiroir renfermait un carnet d'adresses avec une reliure en cuir usée, un coupe-papier doré et quelques lettres et cartes postales. Les noms d'expéditeur et les adresses étaient rédigés de cette écriture appliquée et un peu raide qui me rappelait les courriers envoyés à *Vita* par des lectrices d'un certain âge. Je refermai le tiroir.

Le placard situé à gauche du bureau n'était pas verrouillé, la clé de la serrure n'avait pas été tournée. J'ouvris la porte. Des boîtes en carton étaient posées sur deux rayons. Je les sortis l'une après l'autre du meuble. L'une d'elles contenait une grosse perforeuse et un rouleau de papier buvard. Une autre renfermait un appareil photo noir et une paire de jumelles. Des objets qu'on ne voyait plus aujourd'hui que sur les marchés aux puces. Je rangeai soigneusement les boîtes où je les avais trouvées. Le placard contenait également une épaisse pochette remplie de documents. Je la sortis et l'ouvris. Elle contenait des dossiers d'assurance et des attestations de retraite. Une chance que ma grand-mère ait tout regroupé ici. Je remis la pochette à sa place.

Le placard de droite du bureau avait lui aussi une clé, mais il avait été verrouillé. Je tournai la clé et ouvris la porte. Les rayons contenaient également des boîtes en carton remplies de papiers. L'une d'elle était fermée par un couvercle qui portait ces mots écrits à la main : « Pour Anne ». Je sentis mon ventre se nouer. Mon Dieu. Ma grand-mère avait voulu me léguer quelque chose. À moi seule. Et pourtant je ne l'avais pas appelée et je n'étais pas venue la voir une seule fois depuis si longtemps. J'avais fini par accepter ce fossé entre nous comme une loi naturelle, comme un ravin réputé infranchissable entre deux montagnes.

J'osais à peine toucher la boîte. Je la retirai avec précaution du placard, la posai sur le bureau et rabattis le couvercle. Ce que j'y découvris n'avait rien de spectaculaire. La boîte renfermait une vieille chapka en fourrure grise. Elle avait l'air élimée et même un peu crasseuse. La doublure de taffetas gris était tachée de graisse. À l'intérieur, quelqu'un avait tracé au stylo noir les initiales « C. A. » Ce ne pouvait être celles de Charlotte. Jeune fille, elle s'appelait Rotstetter et elle avait pris ensuite le nom de Waldhofer. À qui pouvait bien appartenir ce couvre-chef ?

Une chose était sûre, c'est que je ne porterais jamais cette vieillerie. Pourquoi ma grand-mère l'avait-elle conservée ? Elle devait avoir laissé une explication quelque part. Je pris la chapka et la posai sur la table. Un autre objet apparut alors au fond de la boîte. Il était emballé dans du papier de soie jaune. Je le saisis avec précaution et le déballai. Je restai en arrêt. C'était un médaillon en argent. Le métal était oxydé, mais pas encore complètement noirci. Ce pendentif ovale, de la taille d'une cuiller à soupe, était assorti d'une longue chaîne en argent.

Du bout de l'ongle, j'ouvris délicatement le couvercle du médaillon. Mais je ne trouvai pas à l'intérieur la photo d'un parent ou d'un homme, comme je m'y attendais. Il contenait une petite plaque de métal qui portait un dessin gravé il y a bien longtemps. Un symbole qu'on voit sur les enseignes de pharmacie et les revues de médecine. Un caducée, un serpent enroulé autour d'une baguette. Le signe des médecins et de la fonction médicale. Le dessin apparaissait dans un triangle inversé. J'avais l'impression d'avoir déjà vu quelque part ce symbole entouré d'un triangle.

D'où provenait cette amulette ? Ma grand-mère n'avait jamais exercé la médecine. Pas plus que mon grand-père Lukas, qu'elle appelait toujours Lucifer. Lukas était charpentier et, après la guerre, il avait construit des hôtels dans la montagne, je n'en savais guère plus. La famille ne comptait aucun médecin. Pourquoi ma grand-mère Charlotte n'avait-elle pas laissé de lettre ? Désemparée, je regardai le soleil se coucher par la fenêtre.

Était-ce là tout ce que ma grand-mère m'avait légué de personnel ? En l'absence de message et d'explication, je ne savais quoi faire. N'avait-elle pas eu le temps de m'écrire pour m'indiquer le sens de ces objets ?

Leo s'était levé et arpentait la pièce en gémissant. Il devait avoir besoin de sortir. Une pause me ferait aussi le plus grand bien. Au retour, je lui donnerais à manger.

Je décrochai mon manteau de la patère et l'enfilai. J'attachai la laisse au collier de Leo et ouvris la porte. Il faisait bon respirer l'air vif de l'hiver. Lentement, je pris la rue, le chien sur mes talons. Par chance, quelqu'un avait sablé le trottoir, ce qui m'évita de glisser. J'aurais, néanmoins, dû mettre mes chaussures de marche plutôt que mes bottines trop légères.

Leo reniflait tous les endroits déneigés et s'arrêtait où bon lui semblait. Après qu'il eut plusieurs fois levé la patte, je décidai d'abréger la promenade et de rentrer à la maison. J'étais frigorifiée. Demain, j'essaierais de sortir un peu plus longtemps. Il me vint à l'esprit qu'à part Theres Kurz, je ne connaissais personne à Innsbruck. Personne à voir ou à qui donner rendez-vous le soir. Je repensai à l'homme que j'avais rencontré dans l'avion. Siegfried Rattler. Si seulement il pouvait m'appeler ! Je le retrouverais volontiers dans un restaurant pour continuer notre discussion.

Je rentrai à la maison. Il était temps que je décide où dormir. Où Leo passait-il la nuit ? Je n'avais pas vu de panier pour le chien. J'entrai dans le petit salon au rez-de-chaussée. Il était meublé d'un divan et d'un vieux piano. Des partitions étaient posées sur l'instrument. Je pouvais m'installer ici, il suffisait que je trouve des draps et une couverture. Je pris l'escalier pour monter à l'étage. La porte de la chambre à coucher était fermée à clé. Je ressentis une légère appréhension au moment de tourner la clé, même si je savais que ma grand-mère n'avait pas été retrouvée dans son lit. L'attaque cérébrale l'avait foudroyée au supermarché, pendant qu'elle faisait la queue à la caisse. Sa chambre était donc telle qu'elle l'avait laissée en partant, le jour de sa mort.

Un grand lit à baldaquin à colonnes en bois soutenant un ciel de soie jaune claire trônait dans la pièce. J'en eus le souffle coupé. J'étais stupéfaite de découvrir un meuble aussi imposant, moi qui avais toujours considéré ma grand-mère comme une ascète. Un lit à baldaquin ! Je ne me souvenais pas l'avoir vu chez elle dans mon enfance. Mais les personnes âgées ont parfois d'étranges lubies. Le couvre-lit descendait jusqu'au sol, il était en coton beige et imprimé d'oiseaux au plumage jaune orangé. J'osais à peine entrer dans la pièce, pénétrer dans la sphère intime de ma grand-mère.

Leo arriva en courant et poussant de petits cris. Il tenait un vieil os en caoutchouc dans sa gueule et disparut sous le lit comme s'il regagnait un endroit familier.

— Viens, l'appelai-je. Je vais te donner ta pâtée !

Mais Leo resta sous le lit et continua à ronger son os. Je m'accroupis et soulevai le pan du couvre-lit pour jeter un œil. Dessous, se trouvait un panier dans lequel Leo s'était confortablement installé, occupé à jouer avec son os. Derrière le panier, près de la table de nuit, je devinai une masse sombre. J'aperçus une pile de carnets qui rappelaient les vieux cahiers d'écolier à couverture noire.

Mon cœur se mit à battre plus fort. Je me mis à genoux, pris appui sur ma main gauche, avançai ma main droite vers la pile et saisis le cahier du dessus. C'était un très vieux cahier d'écolier, les pages étaient déjà un peu jaunies. En le feuilletant, je vis que les lignes étaient couvertes d'une écriture fine et soigneuse de jeune fille.

Je l'ouvris à la première page. Il portait comme titre « Le Bois des Ombres 1 » et, en dessous, le nom de « Charlotte Rotstetter ». Le premier texte, daté du 5 janvier 1943, occupait plusieurs pages. Il était suivi d'autres textes qui avaient été rédigés presque quotidiennement, parfois à deux jours d'intervalle. J'osais à peine tourner ces pages devenues friables. Mon cœur battait à tout rompre. Ces cahiers jaunis et dont l'écriture au crayon commençait à passer, formaient visiblement une sorte de journal tenu par ma grand-mère quand elle était encore toute jeune.

Je sortis le cahier suivant. « Le Bois des ombres 2 ». Il était recouvert de textes rédigés avec la même écriture serrée. Les cahiers étaient visiblement tous numérotés. Je sentis l'excitation me gagner. Pourquoi ma grand-mère avait-elle caché ces volumes ? Ou les avait-elle simplement rangés là ? Peut-être lui arrivait-il de les relire certains soirs et de les reposer sous son lit.

Je tirai un à un tous les cahiers et descendis dans le bureau. J'en dénombrai treize. Je les empilai sur la table par ordre chronologique. Je m'installai dans le fauteuil et ouvris le dernier cahier, il se terminait le 17 février 1943.

La sonnerie du téléphone me fit sursauter. L'appareil se trouvait sur une table basse. Je décrochai le combiné.

— C'est Maria Pramstaller, annonça une voix que je connaissais déjà. Je voulais voir si tout se passait bien.

— Très bien jusqu'à présent, répondis-je, mais il reste beaucoup à faire.

— Vous avez trouvé dans la maison ce dont vous aviez besoin ?

— J'ai même fait une découverte à laquelle je ne m'attendais pas, dis-je sur un ton qui me sembla un peu emphatique.

Je ne pouvais m'empêcher d'en parler à quelqu'un.

— J'ai découvert les carnets de ma grand-mère. Des années 1940. C'est inouï, je vais sans doute apprendre sur elle des choses que j'ignorais totalement.

— Tant mieux, dit madame Pramstaller. Je suis contente pour vous. Où avez-vous trouvé ces carnets ?

J'hésitai.

— Ils étaient dans le bureau, mentis-je, au milieu de tous les livres et des cahiers.

Quelque chose me retenait de raconter à cette dame que ma grand-mère gardait ses cahiers sous son lit, peut-être pour les y cacher. Je préférais attendre de la connaître un peu mieux.

— Je passerai demain aux alentours de midi, si ça vous convient, dit madame Pramstaller. On pourra discuter de l'enterrement et d'autres détails.

Une fois le rendez-vous pris pour le lendemain, je raccrochai. J'ouvris le premier cahier et pénétrai dans un autre monde.

4

Ratisbonne / Ötztal, janvier 1943

Ces regards. Charlotte Rotstetter les avait souvent perçus ces dernières semaines. Les passagers du train la dévisageaient avec le même mélange de pitié, de défiance et de curiosité. Charlotte se pelotonna dans la veste de Robert et enfouit son visage dans la grosse écharpe nouée autour de son cou.

Peut-être offrait-elle réellement un curieux spectacle, cette fille maigre d'une vingtaine d'années aux cheveux châtains mi-longs, dans cette veste trop grande et ce pantalon d'homme retroussé, une casquette à la main. La gouvernante bien en chair qui l'accompagnait n'y changeait pas grand-chose. Johanna portait la grosse valise noire de Charlotte mais, avec son imposante toque de fourrure et son manteau un peu élimé, elle ne ressemblait ni à une dame du monde ni à une servante. Les deux formaient un étrange duo.

Son père, Max Rotstetter, n'aurait jamais toléré que Charlotte sorte en ville dans cette tenue. Ce fournisseur d'armement était trop connu à Ratisbonne. Il avait honte de sa fille, et elle le savait. Elle avait tellement changé ces dernières semaines, elle n'était plus la même, et elle ne ressemblait pas non plus aux autres jeunes femmes enrôlées au service du travail du Reich qui portaient des jupes mi-longues et des bas. Mais Charlotte se sentait protégée dans le pantalon et la veste de son frère jumeau. Les vêtements de Robert étaient son ultime refuge.

Elles arriveraient bientôt à Innsbruck. Charlotte prendrait ensuite une correspondance pour la vallée de l'Ötztal, où elle serait prise en charge par le sanatorium du Bois des Ombres.

Dans ce train voyageaient également des femmes et des enfants qui fuyaient les bombardements et partaient se réfugier à la campagne en Autriche. Leurs énormes valises brunes bloquaient les couloirs. Les femmes portaient d'épais manteaux de laine, les enfants des vestes d'hiver et des bonnets tricotés. L'air empestait les odeurs corporelles, la mauvaise haleine et la suie. Personne n'osait ouvrir la fenêtre à cause du froid. Charlotte avait entendu une passagère dire que beaucoup d'autres réfugiés afflueraient bientôt d'Allemagne, que ce n'était qu'une question de temps. Le Tyrol ne risquait pas d'être bombardé, c'était là l'unique certitude. Son père aussi le lui avait dit.

Le train comportait également des wagons de troisième classe, avec des bancs en bois. Ils étaient remplis de soldats qui partaient en permission. Ils s'entassaient sur les bancs, le sac à dos sur les genoux, leur visage encore juvénile creusé par la fatigue. Charlotte aurait aimé s'asseoir avec eux. Leur parler. Robert, en route pour la Russie, avait peut-être lui aussi cet air épuisé ? Un autre wagon était bondé de gens assis par terre et sur les bancs. Les hommes portaient des vestes usées, les femmes des bas en lambeaux. C'étaient des travailleurs forcés, des civils originaires des territoires occupés à l'Est.

Johanna finit par ouvrir la fenêtre. L'air glacé s'engouffra dans le compartiment et fouetta le visage de Charlotte. C'était bon de sentir ce contact sur sa peau. Charlotte laissa errer son regard au loin sur la crête des montagnes.

Sur le coup, elle n'avait pas pu croire à l'annonce de sa mort. Robert avait été tué par une grenade sur le front à Stalingrad, fauché dans ses vingt ans. Ses camarades n'avaient même pas pu lui creuser une tombe dans le sol gelé. Avant même d'avoir reçu l'annonce officielle, sa mère le pleurait déjà, se lamentant que « son garçon n'était plus en vie ». Une lettre de lui venait pourtant d'arriver par la poste des armées mais, à en croire le cachet, elle avait été écrite trois semaines plus tôt. Et ils avaient reçu peu après la missive qui annonçait son décès, rédigée par le chef de compagnie de Robert en personne.

Sa mère, en sanglots, avait disparu dans sa chambre, son mari l'avait suivie. Charlotte était convaincue que sa mère ne se remettrait jamais de la mort de Robert. Autrefois, elle se plaisait à répéter en riant que Robert était un bébé curieux de tout, qu'il prenait toujours le sein en premier et qu'il avait un solide appétit. Il était un enfant joyeux, avec ses cheveux blonds, ses yeux gris-bleu et son joli visage. Charlotte, à l'inverse, avait toujours entendu sa mère affirmer qu'avec son regard brun inquiet et ses cheveux foncés, elle était sur la réserve et vite rassasiée. Mais Robert était tombé à la guerre. Et sa mère avait cessé de parler. Le soir, son père rentrait de plus en plus tard de l'usine. Le silence avait envahi le foyer familial comme un vide qui absorbait tout.

Un jour – ce fut l'unique fois –, Charlotte était entrée dans la chambre de ses parents pour partager son chagrin avec sa mère. Mais cette dernière lui avait jeté un regard presque hostile. Comme si elle lui avait reproché d'être encore en vie, elle qui était une fille. Comme s'il ne restait des jumeaux que la moitié de moindre valeur. Elle n'était qu'une fille, tout juste bonne à raccommoder le linge de l'hôpital au service du travail du Reich, tandis que son frère, lui, avait dû ramper dans la boue en Russie.

— Laisse-moi seule, avait dit la mère en pleurant.

Elle était devenue une étrangère, comme une montagne trop haute recouverte de glace, à jamais inaccessible pour Charlotte.

Le jour où la famille avait reçu une boîte contenant les affaires personnelles de Robert, Charlotte avait eu pour la première fois le sentiment d'être absente au monde. Elle avait longtemps fixé cette boîte qui contenait du matériel de cirage et la plaque d'identité de son frère jumeau. Mais pas sa montre. Sans doute ses « camarades » l'avaient-ils gardée. Charlotte ne pouvait admettre qu'il ne reste rien d'autre de son frère. Elle eut soudain l'impression de sortir de son corps. De ne plus vraiment être là. Comme s'il lui manquait la preuve qu'elle était bien réelle. Comme si elle était isolée du monde derrière une vitre qu'elle ne pouvait déplacer. Elle fut saisie par une terrible angoisse. Était-elle devenue folle ?

Elle s'était sentie un peu mieux après avoir enfilé le pantalon et la veste de Robert. Elle s'était étendue sur son lit dans cette tenue. Les mêmes pensées tournaient constamment dans sa tête. Où se trouvait maintenant Robert ? Qui était-elle au juste ? De quoi était-elle faite ? Où étaient le dedans et le dehors ? Elle ressassait toujours les mêmes idées et n'avait aucune prise sur elles. Elle maigrit. Le pantalon de Robert devint trop large pour ce corps si frêle, et elle dut serrer le gros ceinturon en cuir pour le retenir sur ses hanches. Elle ne réagissait plus quand elle croisait son reflet dans la glace.

Ses « humeurs » comme disait Rundling, le médecin de famille, ne s'amélioraient pas. Charlotte ne dormait plus et mangeait à peine. Elle avait l'impression d'être une coquille vide tournoyant sur elle-même.

Son père prenait grand soin à ce que personne, en dehors de la maison, n'ébruite la nouvelle que sa fille souffrait de troubles nerveux. En période de guerre, il était normal qu'une mère éprouve de l'angoisse et du chagrin pour son fils ou son époux. Mais qu'une jeune femme se laisse dépérir parce que son frère était tombé au combat, qu'elle ne s'habille plus qu'en homme et qu'elle déserte le service du travail du Reich, cela risquait de faire jaser.

C'est le docteur Rundling qui avait finalement suggéré de l'envoyer au Bois des Ombres.

— Là-bas, dans ce sanatorium perché sur la montagne, un autre monde s'ouvrira à vous, lui avait prédit le médecin de famille. L'établissement ressemble plutôt à un hôtel ou une maison de repos. En Autriche, on soigne très bien les maladies nerveuses.

Rundling était originaire de Vienne.

Charlotte avait déjà entendu parler de ces sanatoriums privés, en Autriche et en Suisse, où l'on soignait des gens malades des poumons et des nerfs. Ils n'avaient rien à voir avec les hôpitaux psychiatriques allemands qui la terrifiaient. À table, elle avait entendu son père expliquer à sa mère et à leurs convives que les malades mentaux affaiblissaient le corps social, qu'ils coûtaient trop cher et qu'ils entamaient la puissance militaire du pays. Et qu'il était donc justifié de leur réserver un traitement sévère.

La sœur de Johanna était infirmière dans un asile psychiatrique. Charlotte savait que des recensements avaient eu lieu dans ce type d'établissements. Les médecins avaient dû remplir des formulaires pour répertorier les handicapés mentaux et les malades incurables. À Ratisbonne, peu après, des patients avaient été transférés. Personne ne savait où on les avait conduits.

— La clinique du Bois des Ombres n'a rien de commun avec ces asiles psychiatriques, l'avait rassurée le docteur Rundling. Elle n'accueille que des pensionnaires issus de la bonne société et qui souffrent de surmenage, de névroses ou d'addictions.

Un fabricant fortuné de Vienne avait fait construire l'établissement au XIXe siècle pour y faire soigner son épouse qui souffrait de neurasthénie. Le médecin-chef, le docteur Amberg, avait la réputation de guérir de nombreux patients atteints de tristesse, d'anxiété et d'abattement. Il traitait aussi des artistes souffrant de troubles nerveux. Au ministère de la Santé, Amberg disposait de puissants appuis qui l'assuraient de leur protection.

Le père de Charlotte avait consenti à l'envoyer dans la vallée de l'Ötztal. Il ne voyait pas d'autre moyen de l'aider et espérait ainsi échapper aux questions qu'on ne manquait pas de lui poser sur sa fille dans les dîners réunissant la bonne société où il était fréquemment convié. Après la période de Noël et du Nouvel An, qui fut difficile pour tous, les préparatifs furent bouclés, et Charlotte et Johanna se mirent en route.

Le train s'arrêtait maintenant à Innsbruck, la lumière de fin d'après-midi se muait en crépuscule. Charlotte et Johanna devaient descendre de voiture et prendre une correspondance. Un vent glacé soufflait sur le quai. Charlotte tira les rabats de la casquette sur ses oreilles.

Des enfants et des dames d'un certain âge se pressaient sur le quai. Des femmes se réchauffaient les mains dans des manchons. Charlotte aperçut des manteaux rouges et verts, des bas rayés et des écharpes de couleurs qui formaient quelques taches vives au milieu de la masse grise. Beaucoup d'enfants portaient des pantalons dont l'ourlet avait été décousu et des pardessus aux manches rallongées. Depuis le début de la guerre, l'achat des vêtements était réglementé par des tickets. On ne distinguait plus les gens aisés à leur tenue ; presque tout le monde portait des habits rapiécés. Certains enfants avaient l'air mal nourris.

Charlotte se sentit un peu honteuse. À la maison, Johanna s'évertuait à préparer des repas complets malgré les tickets de rationnement. Mais, dès qu'elle avait mangé, elle ne pouvait s'empêcher de vomir la précieuse nourriture...

Les gens regardaient Charlotte avec curiosité. Elle rabattit la casquette sur ses yeux et suivit Johanna en direction de l'escalier. Le train pour Ötztal était annoncé deux quais plus loin.

Soudain, la foule s'écarta comme s'il fallait ouvrir un passage à un secouriste ou une personnalité importante pour lui éviter la cohue. Charlotte s'arrêta. À Ratisbonne, elle avait souvent vu des hommes en uniforme fendre la foule. Elle détestait voir les gens se figer dans une attitude soumise dès qu'un soldat paraissait.

Elle ressentit une aversion avant même que l'homme ne surgisse de la foule. Une haute silhouette maigre enveloppée dans un long manteau de laine à large col de fourrure s'avançait vers elle sans la regarder. La foule s'était écartée pour le laisser passer. Il était accompagné de deux hommes plus jeunes, vêtus de manteaux de soldat gris foncé. L'un d'eux tenait à la main un porte-documents bien rempli. Un porteur en uniforme les suivait avec trois valises posées sur une charrette qu'il poussait devant lui. Le grand maigre fit un geste exaspéré lorsqu'un homme s'avança vers lui avec une boîte de cirage pour proposer ses services. Une vieille femme qui marchait avec une canne ne put s'écarter à temps. Les soldats la poussèrent avec brutalité.

Charlotte tira son écharpe sur son nez et ne laissa qu'une fente au niveau de ses yeux. Elle était contente de pouvoir se dissimuler tout en continuant d'observer les gens autour d'elle.

Le petit groupe s'approcha sans même prêter attention aux gens massés sur le quai. L'homme avait une cinquantaine d'années et un visage de rapace, avec des lèvres fines et un nez aquilin. De son col en fourrure dépassait une écharpe blanche luxueuse qui contrastait avec les cache-nez tricotés de la foule. Il dégageait quelque chose de menaçant. L'homme et son escorte passèrent tout près de Charlotte ; leur attention était fixée sur le train à l'arrêt. Charlotte tressaillit. Elle avait déjà vu cet homme. Cela remontait à un certain temps. Mais elle en était sûre. Oui, elle connaissait ce visage si glacial qu'en comparaison, les flocons de neige qui voletaient sur le quai semblaient receler la chaleur des plumes d'édredon.

— Qui est-ce ? chuchota-t-elle à l'oreille de Johanna. Je connais cet homme. Aide-moi à le resituer.

Johanna approuva d'un mouvement de tête, songeuse.

— Moi aussi, je l'ai déjà vu, répondit-elle, mais je ne sais plus quand ni où.

Si elles l'avaient déjà rencontré quelque part, c'était forcément à Ratisbonne, se dit Charlotte. C'est alors que le souvenir lui revint en mémoire.

Elle se rappela une réception donnée plusieurs années auparavant dans la maison de son père. Les enfants n'étaient pas conviés, la soirée était réservée aux messieurs en habit et aux dames en robe longue. Quelques hommes en uniforme étaient également présents. Son père, Max Rotstetter, travaillait pour l'aéronautique et jouissait d'une grande considération.

Charlotte s'était postée dans la cuisine et, par la porte entrebâillée, observait les invités qui arrivaient dans le hall d'entrée. Elle avait vu ces hommes et ces femmes enlever leur manteau et le donner à Johanna au vestiaire, les dames retirer avec précaution leur chapeau et jeter un coup d'œil dans le miroir pour rectifier une mèche de cheveux. Elle y avait vu aussi cet homme au visage de rapace.

— C'est un médecin réputé, lui avait dit plus tard sa mère. C'est fabuleux que des gens aussi importants fréquentent notre maison.

Johanna reconnut à son tour l'homme qui remontait le quai.

— Je sais qui c'est, dit-elle en femme avertie et habituée à lire les journaux de ses employeurs. Cet homme est déjà venu chez nous. J'ai vu son visage récemment dans le journal. C'est le professeur Hermann Kettenbach. Un spécialiste des malades internés en asiles psychiatriques et consultant de l'armée. L'article disait qu'il était très apprécié aux ministères de l'Intérieur et de la Santé du Reich.

5

Innsbruck, décembre 2014

Épuisée, je laissai retomber ma tête et posai le cahier à côté de moi. J'avais passé la soirée et toute la matinée du samedi à lire assise au bureau. J'avais du mal à déchiffrer l'écriture serrée de Charlotte. Ma grand-mère. Je savais tellement peu de chose sur elle. Sur ses parents. Son frère tombé à la guerre. Elle s'était persuadée qu'elle valait moins bien que son frère jumeau et avait culpabilisé de lui avoir survécu. Je comprenais bien le malaise qu'elle avait pu éprouver. Et la famille Rotstetter ! Le père s'était enrichi en fabriquant des armes. Un sympathisant nazi selon toute vraisemblance. Dans mon enfance, je n'avais jamais entendu parler de cet arrière-grand-père.

Quelle curieuse expérience d'imaginer sa grand-mère quand elle avait vingt ans ! Dans des vêtements de garçon. Et avec les cheveux bruns. Je ne m'étais jamais représenté ma grand-mère autrement que comme une femme aux cheveux gris. Elle avait pourtant été jeune, elle aussi, et sans doute plus proche de moi que je ne le pensais.

Je jetai un coup d'œil par la fenêtre. Dehors, un vent violent faisait voltiger la neige qui recouvrait les branches et l'emportait à travers le jardin. L'après-midi commençait tout juste, mais le bureau de ma grand-mère était déjà plongé dans la pénombre. Le matin, j'avais rangé la pièce et replacé sur les étagères tous les livres et cahiers qui traînaient par terre. Leo était couché à mes pieds. J'avais dormi sur le divan près du piano, mais j'avais été réveillée tôt par le chien qui réclamait sa promenade.

Mon regard s'arrêta sur la photo de Robert posée devant moi sur le bureau. Le frère jumeau de ma grand-mère me regardait d'un air grave, le visage appuyé sur sa main délicate, les traits à jamais figés dans ce portrait. Une fois saisi par l'objectif photographique, un visage cesse de vieillir. Comme ces corps pris dans la glace, dont ma grand-mère me parlait quand j'étais petite.

Ce visage me rappelait quelqu'un. Mais qui ? Bien sûr ! Je sentis une boule se former dans mon estomac. Robert avait à peu près la même physionomie. Mais en beaucoup plus jeune. Le teint pâle, les yeux clairs, avec sa coupe à l'ancienne et la raie de côté bien dessinée. Robert me rappelait l'homme qui était apparu dans mon rêve. Celui qui s'occupait des oiseaux multicolores. Et qui les avait tués. Mais il ne pouvait y avoir aucun rapport.

La sonnerie de la porte retentit. Je sursautai. Ce devait être Maria Pramstaller. Nous avions rendez-vous en début d'après-midi. J'allai ouvrir. Sur le perron se tenait une vieille dame habillée d'un manteau en loden vert comme je n'en avais plus vu depuis des années.

— Bonjour, je suis Maria Pramstaller, dit-elle en guise de présentation.

Grande, le visage long et étroit, la voix énergique, elle devait avoir dans les soixante-dix ans. Leo se précipita en jappant. Elle le caressa machinalement et retira son manteau.

Elle portait un gilet tricoté main, une large jupe en lin et des bas épais. Elle semblait sortir d'un film sur le monde rural au siècle dernier. Toutefois, ses cheveux gris épais et soigneusement dégradés ne cadraient pas avec cette tenue d'un autre temps. Charlotte avait-elle d'autres amies aussi étonnantes ?

Peu de temps après, nous étions attablées dans la cuisine. J'allumai la machine à café.

— C'est donc vous, Anne ? dit Maria Pramstaller en me détaillant de la tête aux pieds. Je me demandais ce qu'était devenue la petite-fille de Charlotte. Elle parlait souvent de vous.

Elle s'exprimait d'un ton aimable, et ses yeux gris clair ne trahissaient aucune réprobation, mais je fus aussitôt assaillie par la culpabilité. J'avais l'impression d'être la petite-fille indigne. Theres Kurz avait fait une remarque similaire. Ce sentiment de malaise se mua très vite en colère. Savait-elle seulement pourquoi j'avais cessé de voir ma grand-mère ? Lui avait-elle aussi raconté le décès de ma mère et la dispute avec mon père ?

— Je n'ai vu qu'une seule photo de vous enfant, ça devait être pendant une randonnée avec Charlotte, continua Maria Pramstaller. Une belle photo, la grand-mère et sa petite-fille dans le soleil du matin. Autrefois, avec Charlotte, nous avons beaucoup randonné ensemble. À l'époque où sa hanche ne la faisait pas encore souffrir.

Elle parlait avec chaleur. Je tentai de me calmer en me disant que je n'avais aucune raison de me montrer méfiante à son égard.

— Oui, j'ai gardé un souvenir précis de ces randonnées, dis-je, nous faisions de longues excursions, je rentrais complètement épuisée.

Je me forçais à rester agréable. Après tout, cette femme avait été une amie proche de ma grand-mère. Malgré une différence d'âge de près de vingt ans. Comment les deux femmes s'étaient-elles rencontrées ?

— Oui, pour randonner, il faut être en bonne condition physique. Et plus on marche, mieux on se porte. Le plus bénéfique, c'est surtout la montée, expliqua madame Pramstaller. Mais, souvent, les enfants préfèrent descendre, ils ont de bons genoux et ils trouvent ça moins fatigant.

Je m'enhardis à poser la question qui me tenait à cœur.

— Ma grand-mère vous a dit qu'elle avait quelque chose d'important à me transmettre. Qu'est-ce que ça pouvait être ?

J'observai le visage de Maria Pramstaller, à l'affût d'une réaction. Elle resta impassible.

— Je ne sais pas, répondit-elle. Ce n'était qu'une allusion. Charlotte ne m'a rien dit de plus. Je suis désolée. Elle vous a peut-être laissé une lettre quelque part ?

Oui, une lettre, c'était bien possible. Mais je n'avais encore rien trouvé. Ma grand-mère avait probablement eu l'intention de m'en écrire une. Mais l'attaque cérébrale l'avait devancée.

— À cet âge-là, il peut arriver quelque chose à tout moment, mais on se laisse quand même surprendre, dit madame Pramstaller d'une voix chargée de tristesse. Charlotte et moi, on devait aller écouter l'Oratorio de Noël vendredi prochain.

Il y eut une pause, je ne savais pas quoi dire.

— Vous m'aviez demandé de me renseigner sur une entreprise de pompes funèbres, dit-elle, je vous ai apporté la brochure. Si vous voulez, on peut parler de l'enterrement.

Je la fis entrer dans la pièce voisine. J'approchai une deuxième chaise pour qu'on s'assoie ensemble autour du bureau. La pile de cahiers était posée dessus, le deuxième volume était resté ouvert à côté. Je le refermai, le posai sur les autres et écartai la pile.

Maria Pramstaller les regardait avec curiosité.

— Ce sont ses journaux intimes ? demanda-t-elle. Des cahiers d'écolier !

— Oui, elle a écrit son journal au crayon dans ces cahiers.

Je ne fis pas mine d'en ouvrir un devant elle. Après tout, ma grand-mère y décrivait des événements très personnels, je n'étais pas censée les diffuser. Mais cela me mettait mal à l'aise. Qu'est-ce qui me faisait penser que mon lien avec ma grand-mère primait sur celui de cette amie de longue date, qui avait passé ces dernières années à ses côtés ?

Elle perçut mon hésitation et n'osa pas poser d'autres questions. Elle sortit de son sac une brochure de pompes funèbres et de fleuristes avec quelques feuilles A4 qu'elle étala sur le bureau. Des feuilles d'automne et un coucher de soleil s'étalaient sur la couverture. Robert, avec son teint pâle et sa coiffure désuète, semblait nous observer depuis son cadre.

On sonna à la porte. Je me levai, surprise. Lorsque j'ouvris la porte, je trouvai Theres Kurz dehors dans le froid, sans manteau, un bol en plastique couvert dans les mains. J'avais presque oublié la voisine. La veille, pourtant, je rêvais de recevoir une visite tant je me sentais seule. Mais j'avais subitement l'impression que la journée d'hier remontait à plusieurs semaines.

— Ce sont des restes de viande pour Leo, dit Theres Kurz. Je me suis dit que j'allais les déposer. Vous vous en sortez ?

La femme aux joues rebondies me regarda d'un air tellement engageant que je me résolus à la prier d'entrer. Leo fit la fête à Theres en remuant la queue. Elle avait souvent dû aller le promener. Je me dirigeai vers la cuisine pour ranger la viande dans le réfrigérateur.

— Madame Pramstaller, m'écriai-je, c'est la voisine qui vient d'arriver !

Dans la cuisine, je sortis les restes – une escalope entamée et l'autre entière – et les enveloppai dans un film plastique avant de les mettre au réfrigérateur. Theres Kurz s'assit, elle avait visiblement l'intention de s'installer.

— Quand aura lieu l'enterrement ? demanda-t-elle.

— J'allais justement aborder cela avec madame Pramstaller, répondis-je.

La vieille dame apparut dans la cuisine, la brochure des pompes funèbres à la main. Je notai avec surprise qu'elle s'était déplacée sans faire de bruit, d'un pas léger qui ne cadrait pas avec son apparence. Elle salua la voisine et prit place. J'allai chercher un crayon et du papier et mit à nouveau un café en route.

Maria Pramstaller avait listé des idées de couronnes et de compositions florales. Theres Kurz m'expliqua que ma grand-mère adorait les roses jaunes et détestait les œillets. Les deux femmes avaient dû souvent parler de fleurs et de jardinage.

— Il faut prévenir à temps tous les gens qui la connaissaient pour qu'ils puissent venir. Je connais certains noms. Mais il doit y avoir un carnet d'adresses quelque part, dit madame Pramstaller.

— On pourrait demander aussi à madame Mogany quand elle rentrera, suggéra Theres.

— De qui s'agit-il ? demandai-je surprise.

— Gita Mogany venait chez elle deux fois par semaine. Pour faire le ménage et aider dans la maison, expliqua Maria Pramstaller. Elle est originaire de Hongrie. Mon neveu Ulrich l'avait recommandée à votre grand-mère.

— Elle a aussi une clé de la maison, compléta Theres.

— Elle est passée chercher quelque chose jeudi quand j'étais là pour relever le courrier, ajouta Maria Pramstaller. Elle m'a dit qu'elle devait partir en urgence à Budapest, que sa mère était malade.

— Je l'ai croisée moi aussi, raconta Theres Kurz, mais je n'ai pas eu la présence d'esprit de lui réclamer sa clé.

Au cours de notre conversation téléphonique, je me rappelais avoir demandé à madame Pramstaller d'emprunter la clé à Theres Kurz pour aller regarder le courrier de ma grand-mère la veille de mon arrivée.

— Le numéro de téléphone de madame Mogany est épinglé sur le panneau en liège, précisa madame Pramstaller.

Je perçus un ton réprobateur dans sa voix lorsqu'elle prononça le nom de l'aide-ménagère.

Je pris conscience du nombre de personnes qui étaient visiblement rentrées chez ma grand-mère depuis son décès. Deux personnes possédaient une clé, la voisine et l'aide-ménagère, et occasionnellement Maria Pramstaller qui avait emprunté celle de Theres Kurz. Je repensai aux livres et cahiers dispersés par terre dans le bureau quand j'étais arrivée le vendredi matin.

— Ma grand-mère avait-elle l'habitude d'éparpiller ses affaires dans son bureau, par exemple ? Ou tenait-elle sa maison plutôt rangée ?

— Votre grand-mère était quelqu'un de très ordonné, répondit aussitôt Theres Kurz.

— C'est vrai, confirma Maria Pramstaller, mais il lui arrivait aussi de laisser traîner des livres dans le bureau. Elle avait ses manies. Elle préférait s'occuper elle-même de ses affaires. Madame Mogany, par exemple, n'avait pas le droit de faire le ménage dans sa chambre. Je comprends, d'ailleurs, on n'aime pas forcément avoir des étrangers chez soi.

Je servis le café et relançai la discussion sur les préparatifs de l'enterrement. L'administration du cimetière de l'Ouest avait déjà proposé des dates pour l'enterrement. On s'accorda sur le lundi de la semaine suivante, neuf jours plus tard. J'appellerais le prêtre de la paroisse. Cette date nous laissait suffisamment de marge pour prévenir les amis et leur laisser le temps de venir, peut-être même de l'étranger. Beaucoup d'amis de ma grand-mère étaient sans doute déjà morts.

Bien des années plus tôt, ma grand-mère avait acheté une concession pour deux personnes au cimetière de l'Ouest. Mon grand-père y reposait déjà, et je me souvenais y être allée enfant. Je décidai d'aller visiter la tombe lundi ou mardi.

Mes visiteuses burent leur café et prirent congé au bout d'un moment. Maria Pramstaller promit de repasser le surlendemain. Lorsque j'eus raccompagné mes invitées et que j'eus refermé la porte, un léger malaise se fit jour en moi. Au fond, je ne savais rien des liens qui unissaient ma grand-mère et ses amies. Absolument rien. Quelles relations entretenait-elle avec Theres Kurz et Maria Pramstaller ? Et qui était Gita Mogany ? Ma grand-mère n'était plus là pour me renseigner. Tout ce qu'elle pouvait encore me communiquer était écrit dans ses fameux carnets. Les cahiers ! Prise de panique, je me ruai dans le bureau.

Ils n'avaient pas bougé. Les cahiers d'écolier aux pages friables et déjà un peu jaunies étaient toujours là, en pile. Bien sûr, qu'ils n'avaient pas bougé ! Maria Pramstaller n'aurait guère pu les faire disparaître à mon insu. Décidément, j'avais les nerfs à vif. Il s'était passé trop de choses ces derniers temps. La séparation avec Alex, la mort de ma grand-mère, ce mystérieux héritage. Il fallait que je fasse retomber la pression.

Je regardai par la fenêtre, le vent s'était calmé, de tendres filaments nuageux s'étiraient dans le ciel, le soleil d'hiver s'était teinté de rose. La chaîne des sommets se dressait comme une paroi protectrice. Mon inquiétude se dissipa.

Tout à l'heure, j'irais faire un tour dehors avec Leo. Je pourrais aussi aller marcher en montagne. Et peut-être que je recevrais un coup de fil de l'homme que j'avais rencontré dans l'avion ? Que disait-il au sujet de l'intuition ? Qu'on se laisse trop souvent abuser. Comme j'aurais aimé poursuivre cette conversation avec lui ! Je m'assis au bureau et ouvris un nouveau cahier.

6

Ötztal, janvier 1943

La nuit tombait déjà lorsque Charlotte atteignit la route du Bois des Ombres. Johanna lui avait fait ses adieux devant la gare d'Ötztal avant l'arrivée du car qui devait la conduire avec d'autres passagers à travers la vallée enneigée. La chaussée s'avéra vite très glissante. Le chauffeur, un homme maigre à moustache coiffé d'une casquette, s'était arrêté pour mettre des chaînes avec l'aide de son assistant. Charlotte lui avait indiqué sa destination, et il l'avait déposée deux heures plus tard à la sortie d'un village.

Un jeune homme barbu aux cheveux bruns, habillé d'une veste de travail et chaussé de grosses bottes, l'attendait à l'embranchement du chemin qui menait au sanatorium.

Il ne portait pas de bonnet mais un bandeau tricoté sur les oreilles.

— Lukas, dit-il pour se présenter, Lukas Waldhofer. Je suis le concierge, le chauffeur et le cocher du Bois des Ombres.

Il parlait d'une voix aimable.

— On me surnomme aussi Lucifer, continua-t-il, parce que c'est moi qui viens à la rescousse quand une ampoule grille quelque part et qu'on est plongé dans le noir.

Il tenait à la main une lampe-tempête qui éclairait son visage par en dessous. Cela fit penser Charlotte à un tableau célèbre où les personnages apparaissent dans le clair-obscur d'une bougie. Sa présence semblait un peu irréelle. Charlotte le trouva d'emblée sympathique.

Lukas, alias Lucifer, remarqua sa veste trop grande et son pantalon gris.

— On dirait que vous portez un déguisement, mademoiselle Rotstetter. Mais vous êtes sûrement plus au chaud en pantalon que si vous portiez une jupe et des bas comme les autres femmes.

Il n'en dit pas plus.

Un traîneau attendait sur le chemin. Attelé à un cheval à la crinière claire, il était plutôt destiné au transport des marchandises. Lukas empoigna la valise. Charlotte remarqua qu'il boitait légèrement. Il déposa la valise sur le plateau.

— C'est un traîneau très simple, dit-il, mais c'est mieux que rien. Depuis que le carburant est rationné, on n'utilise pratiquement plus la voiture. On se déplace en traîneau.

Lukas tendit la main à Charlotte pour l'aider à prendre place sur la banquette du cocher. Il ne portait pas de gants, mais sa main était chaude. Elle s'installa à côté de lui plutôt qu'à l'arrière sur le plateau, près de sa valise. Il lui couvrit les jambes avec une grosse couverture.

Le cheval démarra. Le chemin serpentait doucement à flanc de montagne. Lukas sentait bon le tabac à pipe. Bien emmitouflée, Charlotte contemplait la forêt recouverte de neige qui défilait sous les étoiles, assise à côté d'un garçon qui n'avait fait aucune remarque désobligeante sur sa tenue, et cela la changeait énormément de ce qu'elle avait vécu ces dernières semaines.

Dissimulée dans l'obscurité, il lui fut plus facile d'engager la conversation avec le jeune homme.

— Il paraît que le docteur Amberg est quelqu'un de célèbre, dit Charlotte. On dit même qu'il a soigné des artistes.

— Le docteur n'est pas n'importe qui, approuva Lukas. Il a la chance que son père soit général dans la Wehrmacht. Amberg est un nom qui impose le respect, personne n'oserait lui chercher des noises, bien que beaucoup de gens pensent que le sanatorium aurait déjà dû être transformé en hôpital militaire.

Lukas marqua un temps d'arrêt. Charlotte connaissait bien ces moments de flottement, aussi bien dans les conversations avec d'autres jeunes femmes que, parfois, avec le personnel de maison. On se demandait toujours si l'on pouvait parler franchement. Exprimer son opinion sur la guerre ou sur le Führer.

Le docteur Rundling avait lui aussi eu quelques hésitations lorsqu'il lui avait parlé des célèbres psychothérapeutes allemands et suisses. Des chercheurs pour lesquels l'Allemagne ne professait plus que du mépris en dépit de leurs passionnantes découvertes. Charlotte avait retenu leur nom. Le docteur Freud, dont elle avait déjà entendu parler, mais qui était mort. Et Carl Gustav Jung, qui résidait en Suisse.

— Je sais qu'en Autriche, certains grands sanatoriums ont dû fermer, dit Charlotte.

Le docteur Rundling avait parlé, entre autres, du sanatorium de Purkersdorf qui fonctionnait pratiquement comme un hôtel. Les pensionnaires appartenaient tous à la haute société, le séjour était très coûteux. Les malades mentaux des familles aisées étaient internés dans la villa Viktor, une annexe de Purkersdorf. Certains y construisaient des maquettes d'avions, d'autres annonçaient aux infirmières qu'ils seraient bientôt pape… L'annexion de l'Autriche par l'Allemagne nazie avait mis un terme aux activités de Purkersdorf. Les propriétaires juifs avaient été spoliés de la maison. D'ailleurs, tous les Juifs avaient dû quitter le pays, y compris les infirmières et médecins de l'établissement. Étant lui-même fils de médecin, Rundling le savait bien, car il avait fréquenté les cercles universitaires juifs de Vienne et gardé de nombreux contacts dans sa ville natale.

— Mademoiselle Rotstetter, vous connaissez bien le sujet, dit Lukas étonné après que Charlotte eut fini de parler.

Il fit claquer sa langue et donna du fouet pour que le cheval maintienne sa vitesse.

— Notre médecin de famille est originaire d'Autriche et il connaît beaucoup de monde ici, expliqua Charlotte qui tenait à être prise au sérieux.

— La situation est devenue difficile dans les hôpitaux psychiatriques, dit le concierge. On ne sait pas exactement ce que les médecins font des patients. Les malades mentaux et les personnes incurables disparaissent sans laisser de traces. Il a fallu que je retire mon frère d'un asile pour l'amener au Bois des Ombres. Là-bas, il n'était plus en sécurité.

Le cheval souffla lorsqu'ils abordèrent un virage dans la forêt.

— Le directeur du Bois des Ombres dispose d'amis influents, dit Charlotte. Notre médecin de famille m'a assuré que le sanatorium ne risquait pas de fermer, même maintenant en période de guerre.

— Les amis influents peuvent se retourner contre vous, répliqua Lukas, surtout si vous cessez de leur rendre service.

Charlotte se demanda ce que Lukas voulait dire. Elle repensa soudain à l'homme qu'elle avait vu sur le quai de la gare à Innsbruck. Le professeur Hermann Kettenbach.

Expert médical des hôpitaux psychiatriques et consultant de l'armée. Était-il en relation avec le sanatorium ? Mais quelque chose la retint de prononcer son nom.

Elle ne voulait surtout pas confier que Kettenbach avait déjà été reçu dans sa famille. Qui sait, peut-être le concierge aurait-il regretté d'avoir parlé avec autant de franchise ?

— Le docteur Amberg a développé des méthodes personnelles, continua Lukas, et ce n'est pas toujours bien vu. Les psychiatres allemands ont des conceptions très différentes. Ils considèrent les malades comme des parasites. Ils les accusent d'être eux-mêmes responsables de leurs troubles. Ils veulent extirper leur folie. Si nécessaire par la violence. Mais pourquoi les gens choisiraient-ils d'être fous ? C'est une telle souffrance.

Lukas avait élevé la voix. Comme il parlait bien ! Et il s'exprimait avec une telle franchise. Pourtant, il ne la connaissait pas le moins du monde, pensa Charlotte. Elle n'était qu'une jeune femme habillée en homme, tout juste arrivée avec une grosse valise à l'embranchement du chemin du Bois des Ombres. Une femme qui avait des problèmes. En marge de la société. Mais c'était peut-être pour cela qu'il lui faisait confiance. Parce qu'il se sentait lui aussi décalé.

— Bonsoir, mademoiselle Rotstetter. Ça a dû être toute une aventure pour arriver jusqu'ici ?

Charlotte imaginait le directeur autrement. Elle s'était figuré le docteur Amberg comme un homme grand et mince, aux cheveux clairs. En réalité, Amberg était de taille moyenne et brun, avec une mèche récalcitrante qui lui tombait sur le front. Il avait le teint très pâle, des traits réguliers, et une cicatrice de la longueur d'un pouce lui barrait la joue gauche, ce qui lui donnait une physionomie particulière. Il devait avoir une quarantaine d'années. Le directeur, qui portait un manteau à pèlerine était sorti dans la neige pour rejoindre le bâtiment des patients et accueillir Charlotte dans le hall d'entrée. Il ne faisait pas du tout la même impression que les hommes en manteau de cuir qui fréquentaient la maison de son père à Ratisbonne. Amberg rappelait à Charlotte des personnages de romans gothiques anglais. Elle se sentit flattée que le médecin se soit déplacé pour venir la saluer à son arrivée.

Amberg observa la tenue de Charlotte, mais ne fit aucune réflexion à ce sujet.

— Vous voulez un peu de soupe ? Je peux prévenir Mimi à la cuisine, dit-il en souriant, comme s'il se réjouissait vraiment de la voir.

Sa voix était plus douce qu'elle n'aurait pensé, et ses yeux sombres brillaient d'un étrange éclat. Le docteur Rundling avait mentionné que des artistes avaient fréquenté le Bois des Ombres. Avec son manteau à pèlerine démodé, Amberg aurait pu passer lui aussi pour un artiste venu faire un séjour. Mais il était le médecin-chef de l'établissement.

— Merci, docteur. Je n'ai pas très faim, dit Charlotte, et il me reste des provisions du voyage. Ça me suffira pour ce soir.

Elle n'avait aucune envie de devoir avaler une soupe sous le regard sévère d'une cuisinière.

— Alors Gerlinde va vous montrer votre chambre, dit Amberg. Vous la partagerez avec Sophia Ederle. Une pianiste de grand talent. Mais, pour le moment, elle s'est murée dans le silence. Je vous verrai demain. Bonne nuit.

Le médecin-chef s'éloigna en s'enfonçant dans la neige.

Une jeune servante accompagna Charlotte dans sa chambre au premier étage. Lorsqu'elles entrèrent, Sophia était assise près de la fenêtre, le regard fixe, contemplant la forêt enneigée. Elle ne se retourna pas quand Gerlinde lui présenta Charlotte.

— Bonsoir, dit Charlotte à haute voix en posant sa valise à côté du deuxième lit.

Sophia ne réagit pas. Charlotte eut l'impression que son état était plus grave que le sien. À Ratisbonne, dès qu'elle sortait de sa chambre, elle avait l'impression que tout le monde parlait d'elle comme d'une malade. Ici, personne ne la remarquait particulièrement. C'était une sensation très reposante.

Le lit était garni d'un drap en lin et d'une épaisse couverture en laine brune, et non d'une couette en plume comme chez elle. La chambre était chauffée.

— Les patients s'occupent eux-mêmes du poêle dans leur chambre quand ils en sont capables, cela fait partie de la thérapie par le travail, expliqua Gerlinde en désignant un fourneau de coin en faïence. En matière de chauffage, ce n'est pas très moderne. On ne nous a pas installé le chauffage central. Mais, en temps de guerre, les fourneaux servent bien, on ne craint pas la pénurie de charbon et de mazout. On trouve du bois en abondance.

À côté du poêle était posé un tas de grosses bûches et de petit bois, ainsi que du papier.

— Prévenez Lucifer quand vous aurez besoin de bois, dit la servante, mais soyez économe. Sinon vous vous retrouverez à court.

Gerlinde expliqua à Charlotte où se trouvaient les lavabos, lui montra la place qui lui était réservée dans l'armoire, puis elle la laissa seule avec sa compagne de chambre.

Charlotte s'assit sur le lit et regarda autour d'elle. Un plafonnier éclairait faiblement la pièce. L'espace central était occupé par une table en bois et une chaise. Sur la table étaient posés une carafe et quelques verres. À côté,

Charlotte découvrit un gramophone portable et une pile de disques 78 tours. Les murs n'étaient décorés que d'une aquarelle représentant un chamois sur un rocher.

Une manivelle sur le côté permettait de remonter le gramophone. Sa famille à Ratisbonne possédait un appareil semblable, mais Charlotte n'avait pas imaginé en trouver un dans sa chambre au sanatorium. Sophia l'avait sans doute apporté de chez elle.

Si elle avait su, Charlotte aurait mis dans sa valise quelques disques de la collection de Robert. Son frère adorait la musique entraînante, il jouait les mélodies à l'accordéon avec beaucoup de sentiment tandis que Charlotte l'accompagnait au piano. Elle sourit en se remémorant les séances où elle matraquait les touches du clavier quand ils jouaient la chanson « La femme n'a plus qu'un rêve, aujourd'hui, avoir une auto et un permis ». Ils s'en donnaient à cœur joie, mais uniquement en l'absence de leurs parents car le père refusait catégoriquement d'entendre ce genre de musique dans sa maison. Johanna fredonnait gaiement en les écoutant, Charlotte savait que la gouvernante ne risquait pas de les dénoncer. La mère avait insisté pour que Charlotte travaille au moins les sonates faciles de Mozart. Mais elle trouvait le jeu de sa fille médiocre et se lamentait toujours qu'elle n'ait pas hérité des dons de sa grand-mère. De toute façon, depuis la mort de Robert, plus aucune musique n'avait retenti dans la maison.

Charlotte hissa sa valise sur son lit et l'ouvrit. Une moitié de l'armoire lui était réservée. Johanna avait insisté pour qu'elle emporte ses propres tenues en plus des affaires de Robert. Une fois qu'elle eut rangé dans l'armoire ses jupes, ses chemisiers, ses sous-vêtements et ses gros bas de laine, elle s'assit à la table. Elle se remplit un verre d'eau, sortit son sandwich au hareng et mordit une bouchée de pain. Elle ne pourrait avaler autre chose ce soir-là.

Tout à coup, Sophia se retourna. Elle se leva et regarda Charlotte sans rien dire. Elle ne souriait pas. Charlotte ne distinguait pas grand-chose dans cette faible lumière, mais elle crut déceler un soupçon de curiosité dans ses yeux sombres. Sophia devait avoir une vingtaine d'années. Elle avait relevé ses cheveux blonds et portait une chemise de nuit en coton vert clair. Elle n'avait pas l'air de trouver bizarre de voir Charlotte avec un pantalon d'homme retroussé.

Charlotte se leva et s'approcha d'elle.

— Bonsoir, je m'appelle Charlotte Rotstetter, dit-elle en tendant la main.

La pianiste ne bougea pas. Elle regardait Charlotte avec bienveillance. Puis elle leva sa main droite comme au ralenti et caressa doucement la joue de Charlotte avec deux doigts en lui adressant un regard presque tendre, comme en présence d'un chat qu'elle aurait eu envie de caresser.

Sur le coup, Charlotte se sentit mal à l'aise. Elle voulut repousser la main. Mais elle ne le fit pas. Elle resta immobile. Ce n'était pas habituel de se faire caresser ainsi par une inconnue. Mais c'était plaisant. Elle ne se souvenait pas que sa mère l'eût jamais caressée de cette façon. Chez les Rotstetter, on ne se touchait guère. C'est Johanna qui frictionnait Robert et Charlotte dans la baignoire quand ils étaient petits, tous les samedis, puis avec une serviette blanche chauffée pour les essuyer. Charlotte gardait un souvenir précis de ces moments-là.

Sophia effleura une nouvelle fois la joue de Charlotte du dos de sa main, puis laissa retomber son bras. Elle montra le gramophone et la pile de disques posée à côté. Charlotte comprit. Elle saisit les disques et lut les titres à haute voix : *Lili Marleen*. Aucune réaction de Sophia. *Ich steh im Regen*[1], une chanson de Zarah Leander. Là non plus, Sophia ne réagit pas. Mais, au titre suivant, elle approuva de la tête. Charlotte tourna la manivelle du gramophone et posa le disque sur le plateau. Les Andrew Sisters se mirent à entonner *Bei mir bist du scheen*[2]. Charlotte savait que cette chanson était tirée d'une comédie musicale juive. Le disque craquait, crépitait, crachotait.

Charlotte pensa à Robert. Cet endroit lui aurait plu. Un sanatorium sous la neige en pleine montagne, avec un concierge surnommé Lucifer, un médecin-chef en pèlerine, une pianiste murée dans le silence et un gramophone qui jouait les Andrew Sisters la nuit sous un ciel étoilé. Elle raconterait tout cela à Robert. Elle l'écrirait dans les cahiers noirs qu'elle avait pris dans sa valise à Ratisbonne. Elle décrirait tout ce qui s'était passé depuis son départ. Comme autrefois, quand elle lui racontait ses histoires, le soir sous la couette, à la lumière de la lampe torche, pendant que tout le monde dormait. Elle avait le cœur moins lourd. Il lui sembla même entrevoir une lueur d'espoir. L'espoir de ne pas être condamnée à vivre dans l'angoisse et la solitude qui dévorait son âme.

1. « Debout sous la pluie » (toutes les notes sont du traducteur).
2. « Tu es le plus beau ».

7

Innsbruck, décembre 2014

Mes yeux me brûlaient. On était samedi soir, et je m'étais fatigué la vue à lire de vieux cahiers. Assise au bureau, je peinais à déchiffrer ces pages manuscrites à la faible lumière d'une lampe d'autrefois. Sans doute était-ce pour économiser le papier que ma grand-mère avait recouvert toutes ces lignes d'une écriture aussi serrée.

Le Bois des Ombres ! C'est donc là que ma grand-mère avait rencontré mon grand-père Lukas. Dans une maison de repos. Ma grand-mère avait dû beaucoup souffrir. Elle était arrivée au Bois des Ombres dans les vêtements de son frère jumeau décédé, ravagée par le sentiment qu'elle avait moins de valeur que lui parce qu'elle était une femme. J'avais ressenti une sensation analogue lorsqu'Alex m'avait quittée. Des angoisses qui remontaient à l'enfance. Mais je m'en voulus aussitôt de nous comparer. Comment pouvais-je me mettre sur le même plan que Charlotte ? La guerre et la mort étaient bien pires que ce que je traversais actuellement, moi qui vivais dans le luxe à Hambourg et qui m'étais fait abandonner par mon mari, comme cela arrivait à des milliers d'autres femmes. Je ne devais pas laisser Alex avoir autant de prise sur moi. D'un coup, cette pensée eut un effet libérateur.

J'allai à la cuisine et ouvris une boîte pour Leo ; Theres avait eu la bonne idée d'en prévoir une petite provision. Je mis ensuite de l'eau à chauffer pour cuire des spaghettis. Peu de temps après, j'étais attablée dans la cuisine et j'enroulais mes pâtes autour de ma fourchette pendant que Leo dévorait sa pâtée à côté de moi. Mon regard se posa alors sur le grand tableau qui ornait le mur, un ensemble de deux bâtiments en briques de tailles différentes dans une forêt enneigée. Représentait-il l'établissement du Bois des Ombres ? Et qui l'avait peint ?

Mon téléphone portable se mit à sonner et vibrer sur la table de la cuisine. Je reconnus aussitôt le numéro qui s'affichait sur l'écran. Alex. Je sentis monter en moi une sourde colère. Mais pour la première fois depuis des semaines, j'éprouvai aussi autre chose, un sentiment d'aversion. Je ne l'avais pas prévenu de mon départ. À quoi bon ? Ces dernières semaines, il m'avait appelée plusieurs fois. Mais sa voix trahissait un mélange de culpabilité et d'inquiétude qui me fit comprendre à quel point je n'étais désormais rien d'autre qu'un souci.

Je laissai sonner mon téléphone. Je n'avais pas envie de partager avec lui ce que j'étais en train de vivre à Innsbruck. Il ne saurait pas se montrer à la hauteur. Une histoire qui se passait pendant la guerre, dans un sanatorium… Il trouverait ça barbant. Et puis ma grand-mère ne lui avait pas plu. Le portable finit par arrêter de sonner.

Dehors, la neige s'était remise à tomber. Il était déjà vingt heures. Il fallait que je sorte Leo. J'allai dans le petit salon chercher quelques affaires dans ma valise. Peu après, je marchais dehors dans la neige, avec mes bottes d'hiver et ma grosse veste.

Leo tirait sur sa laisse, le froid ne semblait pas le gêner. D'autres chiens étaient visiblement passés par là, marquant de leur odeur certains endroits, ce qui déclenchait chez lui le plus vif intérêt. Après avoir longé les villas de notre petite rue, je tournai dans une artère plus large bordée d'immeubles aux fenêtres éclairées. Il n'y avait pratiquement personne dehors, la plupart des gens devaient passer le samedi soir chez eux, en famille ou avec des amis.

Seule une femme en long manteau à capuche vint à ma rencontre avec un gros chien. Les animaux se reniflèrent. Mais la femme rabroua son labrador. « Allez viens ! Il fait trop froid pour s'arrêter », et elle tira sur la laisse. Sans m'adresser le moindre regard.

J'enfonçai mon bonnet sur mes oreilles et remontai mon écharpe jusqu'à ma bouche. J'adorais m'emmitoufler et ressentir ce sentiment de protection que ma grand-mère m'avait transmis. « Tant qu'on a les pieds et les oreilles au chaud, on ne risque pas d'avoir froid », répétait-elle constamment. « Anne, mets un collant sous ton pantalon. » « Prends des gants, en montagne, il peut faire très froid, même en été. » « N'oublie pas ton bonnet, la chaleur du corps s'échappe par le crâne. » Tout d'un coup, j'entendais à nouveau sa voix, qui était plutôt chaleureuse et atténuait son aspect sévère. Il me vint à l'esprit que ma grand-mère se passionnait à la fois pour le froid et pour le chaud. Cette idée ne m'avait jamais effleurée. À force d'envisager un aspect des choses, on finit souvent par s'intéresser aussi à son contraire.

Mon téléphone sonna dans la poche de ma veste. Était-ce encore Alex ? Je retirai péniblement mon gant et sortis le téléphone de ma poche. Le numéro sur l'écran m'était inconnu.

— Siegfried Rattler. J'espère que je n'appelle pas trop tard.

Mon cœur fit un bond dans ma poitrine.

— Non, pas du tout. Je suis en train de promener le chien, répliquai-je.

J'aurais préféré donner l'impression d'être plus occupée, mais j'avais été trop surprise pour pouvoir inventer autre chose.

— Un chien ? C'est celui de votre grand-mère ?

Mon Dieu, qu'est-ce que je lui avais raconté dans l'avion ?

— Oui, il s'appelle Leo. Il faut que je m'occupe de lui.

— Je suppose que ce n'est pas le plus difficile. Et pour le reste, vous vous en sortez ?

J'attendis un peu avant de répondre. Comment devais-je réagir ? J'aurais volontiers sauté sur l'occasion pour tout lui raconter. Mon chagrin, mon inquiétude, les amies étranges de ma grand-mère… Mais une voix intérieure me mettait en garde. Cela m'était arrivé déjà plus d'une fois. Ce besoin de me confier à quelqu'un, de m'épancher, de tout dire, de me mettre à nu. Et après, cette impression pénible d'en avoir trop dit. Je m'efforçai de m'en tenir aux faits.

— Ça va. Mais il y a beaucoup à faire. Je dois organiser l'enterrement.

— Ça peut servir de dérivatif à la tristesse. Je pourrais aussi vous changer les idées, proposa Rattler. J'aimerais vous inviter à dîner. Vous auriez le temps ?

— Pourquoi pas ? répondis-je, contente d'avoir pris un ton désinvolte alors que mon cœur battait à tout rompre.

— Que diriez-vous de demain ? À l'Auberge du Toit d'Or, on y sert d'excellentes spécialités autrichiennes, proposa Rattler. Je peux passer vous prendre.

Je ne savais pas pourquoi, mais j'éprouvais une sorte de réticence à l'idée qu'il passe chez ma grand-mère. Je voulais préserver mon intimité.

— Inutile, dis-je, je viendrai en taxi.

— Bien, venez en taxi, répéta Rattler lentement. Je me réjouis de vous voir. Vous pourrez m'en dire un peu plus sur votre grand-mère. Ça vous fera du bien. Pour faire le deuil.

— Oui, peut-être.

Rattler me donna l'adresse du restaurant, me souhaita une bonne soirée et raccrocha.

Je rangeai mon portable dans ma poche. Le froid m'avait engourdi les doigts. Leo attendait sagement au bout de sa laisse. Rattler m'invitait au restaurant ! Une douce chaleur se répandit dans ma poitrine, j'étais contente. Même si cet homme me semblait parfois un peu énigmatique.

Je fis le chemin inverse avec Leo et regagnai la maison. Peu avant d'arriver sur le perron, je sortis la clé de ma grand-mère, à laquelle était suspendu un joli porte-clés en forme d'edelweiss. Au moment où je l'enfonçais dans la porte, j'entendis le téléphone sonner à l'intérieur. La serrure était grippée. Sans doute ma grand-mère savait-elle comment placer sa clé pour ouvrir rapidement la porte, mais il me fallut un moment avant de parvenir à la déverrouiller. La sonnerie s'arrêta.

J'ouvris la porte, tirai Leo à l'intérieur de la maison et fonçai jusqu'au bureau avec mes bottes trempées.

— Allo, m'écriai-je un peu essoufflée.

Personne ne se manifesta au bout du fil. Je ne percevais pas non plus de tonalité.

— Allo, repris-je, il y a quelqu'un ?

Je n'obtins pas de réponse. Mais, après un clic, la tonalité se fit entendre. La personne qui se trouvait à l'autre bout du fil venait de raccrocher. Bizarre.

J'accrochai ma veste au portemanteau et tirai mes bottes. Je me sentis plus vulnérable sans mes gros vêtements d'hiver, la maison était pourtant chauffée. J'allai dans le bureau et m'assis, le regard vide. Pourquoi quelqu'un avait-il appelé un samedi soir et raccroché alors que je venais de répondre ? Était-ce un faux numéro ? La personne voulait-elle simplement savoir si la maison était occupée ? Mes yeux tombèrent sur les photos de glaciers accrochées au mur, témoins muets de l'univers cher à ma grand-mère. Tout me semblait tellement irréel. Hier encore, j'étais à Hambourg, et quatre jours plus tôt, j'avais présenté à la rédaction un dossier sur le thème du bonheur. Et, aujourd'hui, j'avais l'impression de m'être embarquée dans une machine à remonter le temps, d'être dans une sorte de transe.

J'ouvris le placard droit du bureau et en ressortis la boîte. J'y trouvai la chapka et le médaillon. À l'intérieur du pendentif, je contemplai le caducée gravé dans le métal. Ce bijou revêtait pour ma grand-mère une importance particulière. Avait-il un lien avec le Bois des Ombres ? Et d'où me venait l'impression d'avoir déjà vu ce symbole ?

J'eus soudain l'impression que Charlotte était près de moi dans la pièce. Pas la grand-mère aux cheveux grisonnants et au visage ridé que je connaissais de mon enfance. Mais la Charlotte de vingt ans. Habillée en homme, pâle, les cheveux châtains coupés au carré. Elle me regardait d'un air chaleureux, presque tendre. Elle m'avait aimée plus que je n'avais cru. Je savais si peu de chose sur elle. J'avais désormais retrouvé ses cahiers et il fallait que je les déchiffre, je devais le faire pour nous deux. Il était déjà tard. J'ouvris le cahier suivant.

8

Ötztal, janvier 1943

Au réveil, Charlotte mit quelques instants à se rappeler où elle se trouvait. Elle parcourut du regard le plancher, la carafe posée sur la table et le fourneau en faïence. Le docteur Rundling était loin du compte lorsqu'il avait comparé la clinique à un hôtel. Le Bois des Ombres n'avait pas grand-chose en commun avec les sanatoriums de luxe dont Charlotte avait entendu parler. Le confort ici était rudimentaire. Mais le soleil d'hiver baignait la chambre d'une agréable lumière.

Manifestement, une infirmière était déjà venue chercher Sophia. Charlotte se leva, enfila ses pantoufles et passa une robe de chambre sur sa chemise de nuit en lin. Elle frissonna, le poêle était éteint. Elle ouvrit le clapet du foyer et mit du papier, du petit bois et quelques bûches à l'intérieur. Elle gratta une allumette et fit démarrer le feu.

Elle prit sa brosse à dents, un gant de toilette, une serviette et un morceau de savon, et passa aux toilettes. Elle se rendit ensuite dans la salle d'eau réservée aux femmes. Il y avait seulement de l'eau froide. Dans un coin se trouvait un chauffe-eau qui n'était pas allumé.

Au mur était placardée une affiche qui recommandait d'économiser le savon et que Charlotte avait déjà vue dans les locaux du service du travail à Ratisbonne : « Mouillez vos mains avant d'empoigner le savon. Évitez de le plonger dans l'eau ou même de le passer sous le jet du robinet. Vous le ferez durer plus longtemps. Le service clientèle des savons Warta. » Toujours ces injonctions d'économiser sur tout. Depuis le début de la guerre, il fallait présenter une carte de rationnement ou faire du troc pour pouvoir se procurer du savon, du pain, du beurre, des œufs ou des vêtements.

Charlotte retira sa chemise de nuit et se lava de la tête aux pieds. Elle se sécha avec soin et se rhabilla. Son sang circulait plus vite à l'intérieur de ses veines. Elle jeta un coup d'œil dans le miroir et vit que ses yeux brun vert luisaient, que ses joues avaient pris un peu de couleur. Pour la première fois depuis longtemps, elle se sentit un peu d'appétit.

Dans sa chambre, elle passa le pantalon gris de Robert et choisit de l'assortir avec un gilet en pied-de-poule rouge et blanc. Elle prit l'escalier qui menait au rez-de-chaussée et fit son entrée dans la salle à manger située dans le bâtiment principal attenant à l'aile des pensionnaires. La servante Gerlinde lui avait expliqué la veille comment s'y rendre.

La salle à manger dégageait une ambiance chaleureuse. Des bûches flambaient dans la cheminée, et un gros poêle en faïence apportait un complément de chauffage. De larges fenêtres donnaient sur la forêt enneigée. Un piano à queue noir trônait dans un coin de la pièce. Les derniers temps, à Ratisbonne, Charlotte n'avait plus touché au piano.

Visiblement, elle faisait partie des dernières levées. Toutes les tables étaient remplies sauf une, occupée par une seule patiente. Charlotte s'y installa. Sa voisine de table, une femme au regard vide, parlait toute seule sans lui prêter attention. Charlotte n'en demandait pas plus.

Elle observa les autres pensionnaires. Ils devaient être plus d'une trentaine, des femmes pour la plupart. C'était un petit établissement, ce qui expliquait sans doute la rusticité de la maison. Sophia aussi était attablée. Une aide en blouse blanche l'aidait à manger. Cette jeune femme travaillait là sans doute au titre du service du travail obligatoire d'un an.

L'un des patients, un homme encore jeune, paraissait aveugle. Il pointait son index gauche dans sa tasse pendant qu'il versait lentement du café, sans doute pour savoir quand la tasse serait pleine et éviter de la faire déborder. Il prit ensuite la cuiller dans sa main droite, puisa à tâtons la bouillie d'avoine dans son bol et la porta à sa bouche sans rien renverser.

Charlotte s'approcha d'une table où l'on pouvait se servir de la bouillie et de la compote de pomme. Du pain noir, de la gelée de sureau et de la pâte à tartiner aux champignons y étaient également disposés. Cela lui rappela la pâte à tartiner de Ratisbonne qui n'avait rien de savoureux : un fond de margarine mélangé à de la farine et du lait. En ces temps de guerre, Johanna pestait souvent contre la pénurie de matières grasses. Ici aussi, le beurre, le fromage et la viande devaient faire l'objet de rationnement.

Toutefois, à côté de la cafetière de malt, un ersatz de café préparé avec de l'orge torréfié, elle vit un pot de lait entier tout chaud. Charlotte n'en croyait pas ses yeux. Chez elle, à Ratisbonne, on ne servait plus que du lait écrémé. Le directeur devait avoir des accointances pour pouvoir s'approvisionner en lait entier. Ravie, Charlotte en versa une bonne rasade dans son malt. Puis elle remplit une assiette de bouillie et de compote. La cuisinière avait laissé la bouillie sur le feu jusqu'à la faire attacher et lui donner un petit goût caramélisé. Charlotte se régala. Et elle repensa à la lettre que Robert avait écrite de Russie. Il s'y plaignait du froid glacial, mais vantait le thé russe très corsé et la bouillie de sarrasin. Cinq semaines plus tard, il était mort.

Lukas entra dans la pièce et parcourut les pensionnaires du regard. Puis il se dirigea vers Charlotte. Sa légère claudication lui avait sans doute permis d'échapper à la mobilisation, pensa-t-elle. Et elle se réjouit qu'il vienne s'asseoir à sa table.

— Eh bien, mademoiselle Rotstetter, j'espère que vous prenez vos marques, dit Lukas en se versant un bol de malt avec du lait. Au début, on se sent un peu isolé, mais ça passe très vite.

Il marqua une pause.

— Vous devez connaître tout le monde ici. Vous voulez bien me parler un peu de chacun ? lui demanda Charlotte à mi-voix.

Elle avait envie de retrouver cette familiarité qui s'était instaurée entre eux hier soir pendant le voyage en traîneau. Il pourrait lui raconter sans doute beaucoup de choses sur les patients.

Le concierge parlait volontiers.

— Nous n'avons pas ici de malades violents, expliqua Lukas. Ceux qui pourraient être dangereux sont conduits dans d'autres établissements.

Il trempa son pain dans l'ersatz de café.

— Les patients qui séjournent ici souffrent d'angoisse, d'addiction ou d'hystérie, mais on a aussi quelques personnes très perturbées. Votre compagne de chambre, Sophia, est arrivée ici après avoir découvert sa meilleure amie morte avec toute sa famille. Empoisonnée. Une famille de musicien. La mère était juive, le couple ne voyait pas d'autre issue. Depuis, Sophia a cessé de parler. Sa mère est seule, le père est décédé depuis longtemps. Alors Sophia a été placée ici.

Lukas mordit dans son pain, mâcha et avala la bouchée. Puis il reprit la parole.

— Là derrière, l'homme avec les boucles blondes qui lui tombent sur le visage, c'est un « trembleur ». Il était sur le front et, un jour, il n'a plus été capable de tenir son fusil. Il est passé par l'infirmerie militaire et a été réformé. C'est sa famille qui l'a amené ici.

Charlotte regarda en direction de ce jeune homme extrêmement pâle qui discutait avec sa voisine de table. On aurait dit qu'il avait senti son regard se poser sur lui. Il tourna les yeux vers elle et fit un signe discret. Lui et l'aveugle étaient les seuls hommes encore jeunes parmi les pensionnaires.

— Le trembleur est une exception. Sa famille doit avoir des relations, expliqua Lukas. En général, ceux qui ne supportent plus de faire la guerre sont traités sur place et renvoyés au front le plus vite possible. Les chefs ont peur que les soldats cherchent à se défiler en simulant la folie.

Charlotte s'étonna que Lukas connaisse autant de choses. Il était beaucoup mieux informé qu'un concierge classique, elle s'était déjà fait cette réflexion au cours de leur voyage nocturne en traîneau. Elle se dit aussi qu'il devait l'apprécier, sinon il ne lui confierait pas autant de renseignements sur les patients. D'un regard, elle l'encouragea à poursuivre en désignant une table occupée par une femme élégante à la coiffure savamment frisée.

Lukas remplit son bol de bouillie d'avoine et reprit son tour d'horizon.

— Certains patients sont gravement perturbés. La femme rousse frisée avec la ceinture à paillettes se prend pour Zarah Leander[1], vous savez, la chanteuse et actrice. Elle fait très attention à sa coiffure. J'ai entendu dire qu'elle passait beaucoup de temps, le matin, à boucler ses cheveux au fer à friser.

Il sourit, vida son bol et poursuivit.

— En face d'elle, le beau moustachu plus âgé, avec le haut-de-forme, est un alcoolique en sevrage. Il cherche à séduire Zarah Leander. Les alcooliques suivent un traitement très simple, il leur est juste interdit de boire de l'alcool. Comme ils sont plutôt en bonne santé en dehors de leur addiction, ils nous sont bien utiles. Par exemple, ils m'aident à aller couper du bois.

L'alcoolique leva sa tasse de café au lait pour trinquer avec sa voisine de table comme s'il tenait une pinte de bière. Tous ces gens formaient une société bigarrée.

Lukas but une gorgée de son ersatz de café.

— Mon frère aussi est ici, dit-il en désignant un jeune homme bien bâti, aux cheveux courts, assis au fond à côté d'une infirmière. Konrad était trop agité et parlait à tort et à travers, ils n'ont pas voulu de lui à l'armée. Ils l'ont placé dans un hôpital psychiatrique. Un soir, il a fait une crise, il hurlait que le Führer allait exterminer tout le monde, qu'il allait tout anéantir. Ils voulaient le transférer à Hall. Alors je suis vite allé le chercher. Ceux qui partent pour Hall n'en reviennent pas.

Charlotte pensa à Ratisbonne et aux pensionnaires de l'asile. Là aussi, les gens disaient qu'on ne revoyait pas ceux qui y étaient transférés.

La fausse Zarah Leander s'approcha de la table.

1. Cette chanteuse et actrice suédoise débuta sa carrière à la fin des années 1920, puis devint une grande star du cinéma allemand à l'époque nazie. Elle rentra en 1943 en Suède où elle prétendit ne jamais avoir fait de politique et s'être uniquement consacrée à son public.

— Bonjour, vous êtes une nouvelle pensionnaire, n'est-ce pas ? dit-elle d'une voix grave en tendant sa main droite à Charlotte, comme si elle attendait qu'elle lui fasse un baisemain.

La femme portait une robe longue, cintrée, avec des épaulettes et retenue par une ceinture à paillettes. Une tenue très décalée pour se rendre à la salle à manger d'une clinique mais, manifestement, chacun pouvait s'habiller comme il voulait.

Charlotte avait toujours adoré se déguiser, tout comme Robert. Elle serra la main de la femme.

— Vous êtes danseuse et actrice, si je ne me trompe ? interrogea-t-elle. Ça s'entend tout de suite.

La fausse Zarah Leander sourit, flattée.

— En ce moment, je répète très peu, répliqua-t-elle. Un sanatorium n'est pas le lieu adéquat. Mais dès que mes poumons iront mieux, je reprendrai le chant.

Elle fit un petit signe à Charlotte et s'avança vers la table suivante.

Lukas sourit et dit en passant :

— Vous vous demandez qui est vraiment fou ici, mademoiselle Rotstetter, pas vrai ? Je vais vous raconter une blague. C'est l'histoire d'un psychiatre qui va à la salle de bains. Il voit un fou assis dans la baignoire en train de pêcher. Le médecin lui demande : « Alors, ça mord ? » Et le fou répond : « Comment ça, dans une baignoire ? » Ceux qui rient de cette blague ne sont pas fous. Et ceux qui ne rient pas sont psychiatres. C'est facile.

Charlotte sourit. Ici, dans la salle à manger du sanatorium, elle se sentait plus vivante, plus réelle que chez elle. À Ratisbonne, une femme qui se prendrait pour Zarah Leander n'aurait pas droit de cité, tout le monde se détournerait d'elle. C'était réconfortant qu'il en soit autrement ici. Charlotte avait avalé son bol de bouillie et deux tranches de pain ; chez elle, cela faisait des semaines qu'elle n'avait pas autant mangé.

— Mademoiselle Rotstetter, si nous allions faire une promenade ?

Le docteur Amberg venait d'arriver à la table de Charlotte. Dans sa blouse blanche, ce matin-là, il avait l'air d'un médecin normal en train de visiter des patients souffrant de maux de gorge et de diarrhées. Ses yeux n'avaient plus l'éclat particulier de la veille. Cette fois encore, il ne fit aucune remarque sur le pantalon d'homme de Charlotte.

— Attendez-moi dans le hall d'entrée dans une heure, je passerai vous prendre.

Elle partit chercher le long manteau cintré en laine que Johanna avait glissé dans sa valise. Elle garda sur elle le pantalon de Robert. Le médecin-chef apparut dans son manteau à pèlerine et coiffé d'une chapka en fourrure. Il était accompagné d'un jeune homme blond aux traits fins et au regard glacial.

— Docteur Josef Stühling, mon assistant, le présenta Amberg.

Ils sortirent dans le froid. Amberg lui expliqua que le Bois des Ombres se composait de trois bâtiments en briques. Ils avaient été construits au XIXe siècle. Le bâtiment principal se dressait au centre avec, à droite, contiguë, l'aile des pensionnaires. Sur la gauche, un peu plus loin, était bâtie la maison du personnel, où logeait aussi le médecin-chef. Le long du mur du bâtiment principal, sous de petits auvents, étaient entreposées des piles de bois mis à sécher.

À quelques pas, se trouvait une remise devant laquelle Charlotte aperçut Lukas, le concierge, qui supervisait son frère Konrad en train de fendre du bois. Lukas lui fit un signe de la main. Près de la remise s'activaient également le trembleur et le beau moustachu qui maniaient une longue scie pour débiter un tronc de mélèze. À part le tremblement, le jeune homme blond ne laissait voir aucun autre handicap.

— Nous ne sommes pas un établissement de luxe comme les sanatoriums qui soignent les tuberculeux, expliqua Amberg. Au Bois des Ombres, la thérapie repose sur le travail et la pratique des arts. L'activité physique ancre les patients dans la réalité, mais ils ne sont pas tenus de travailler tous les jours s'ils ne s'en sentent pas la force.

Le service de travail du Reich vantait également le travail physique, mais personne n'avait le droit de s'y soustraire, songea Charlotte.

De retour dans le bâtiment principal, ils empruntèrent quelques marches pour descendre au sous-sol. Amberg ouvrit une porte. Un flot d'air chaud et humide monta vers eux. Des patientes s'activaient déjà dans la buanderie. Du linge avait été mis à bouillir dans une lessiveuse en cuivre posée sur le feu. Une femme sortait les torchons en lin bouillants avec une cuiller en bois et les transvasait dans une cuve. Une autre patiente agitait des pièces de linge avec un fouloir. L'établissement ne disposait pas d'équipements modernes comme il en existait à Ratisbonne. Le père de Charlotte était tellement fier de son lave-linge à tambour Elektrolux qui brassait la lessive. Les voisins lui enviaient aussi sa presse d'essorage, une sorte de sac en caoutchouc placé dans un tambour à entraînement hydraulique. Le linge était comprimé à l'intérieur, ce qui faisait sortir l'eau par les côtés.

Ici, la lessive se faisait encore entièrement à la main. Deux femmes, occupées à tordre un drap pour l'essorer, tournèrent la tête vers Charlotte. L'une d'elles lui sourit, son visage était en sueur, et une mèche rebelle sortait de son chignon.

La vapeur procura à Charlotte une sensation de bien-être, les pores de sa peau s'ouvraient. Il flottait une agréable odeur de citron.

— Le travail à la buanderie est bénéfique pour les patients atteints de mélancolie, dit Amberg. La vapeur, la chaleur et l'effort les ramènent dans le monde réel lorsqu'ils ont tendance à s'en écarter. Les patients participent à la corvée de bois, aux travaux de cuisine et de ménage, et des hommes sont également affectés à tous ces postes.

Il rit. Charlotte aimait son rire chaleureux. Le médecin-chef était visiblement fier des thérapies qu'il mettait en œuvre. Il avait une façon très personnelle de voir les choses. De plus, il était pratique de faire exécuter aux patients les tâches les plus pénibles. L'assistant Stühling le suivait toujours en prenant des notes.

Amberg ouvrit la porte suivante qui menait dans une grande salle d'eau équipée de plusieurs baignoires. Un fin rayon de lumière pénétrait par la fenêtre. Deux pensionnaires mettaient du bois sec dans le foyer du chauffe-bain. Il était encore trop tôt pour que les baignoires soient déjà en service.

— Les bains sont très relaxants. Nous prescrivons aux patients malades des nerfs de rester une heure dans un bain chaud parfumé avec quelques gouttes d'essence de lavande, dit le médecin-chef. Dans l'eau chaude, ils perçoivent mieux les contours de leur corps et se sentent protégés. C'est bon contre l'angoisse. Mais ça ne fonctionne pas avec tout le monde.

Charlotte s'étonnait que le médecin-chef lui parle pratiquement comme à une collègue, quelqu'un du métier, à qui il exposerait ses méthodes. Le faisait-il parce qu'elle appartenait à la famille Rotstetter, qu'elle était la fille d'un fabricant d'armes considéré, une jeune femme qui avait reçu de l'instruction ? Ratisbonne était pourtant tellement loin.

— Nous allons visiter maintenant l'atelier d'activités artistiques, dit Amberg une fois qu'ils eurent rejoint le couloir. Il ouvrit la porte d'une salle percée de larges fenêtres qui laissaient entrer la lumière du soleil. Il régnait dans la pièce une ambiance d'atelier. Des peintures étaient accrochées au mur et posées sur des chevalets.

Elle eut un mouvement de recul. Elle venait de voir un visage sans yeux. À côté, une tête hérissée de dents flottait au-dessus d'un pré. Un peu plus loin, quelqu'un avait peint un corps humain à qui il manquait toute la moitié droite. Depuis la mort de Robert, c'est exactement ce qu'elle ressentait. Qui avait peint ces toiles ?

De l'autre côté de la pièce étaient accrochés des tableaux d'une tout autre nature. Un ange descendait du ciel en souriant. Une femme à la poitrine dénudée regardait avec tendresse un bébé qu'elle tenait dans ses bras. Et un ours blanc portait à califourchon sur son dos un enfant joyeux.

— À l'atelier, les patients peuvent créer leurs anges gardiens, expliqua Amberg, et aussi leurs démons. Quand on arrive à leur donner une figure et à les nommer, les démons sont moins effrayants.

Amberg détailla Charlotte du regard. Elle pensa aux vêtements qu'elle portait sous son manteau. À sa maigreur. Au pantalon de Robert retenu par un ceinturon.

— Vous portez peut-être votre ange gardien sur vous ? demanda Amberg. À moins que ce soit un démon ? Il est parfois difficile de faire la différence, n'est-ce pas ?

Il parlait d'une voix chaleureuse. Elle sentit le sang battre dans ses tempes. Elle faillit fondre en larmes. Stühling continuait à prendre des notes. Elle aurait préféré que l'assistant aux yeux de fouine n'assiste pas à cet entretien.

Amberg désigna deux gros fauteuils à oreilles qui se faisaient face près d'une fenêtre.

— C'est le fauteuil où les patients peuvent parler d'eux, dit-il. De la zone sombre qui se dissimule en chacun de nous et qui nous détermine parfois plus qu'on ne le souhaiterait. Nous portons tous une part d'ombre qui alimente nos démons. Et nous devons nous en accommoder.

Charlotte n'en revenait pas. Chez elle, dans les conversations entre adultes à table et dans les discours retransmis à la radio, il n'était question que de bravoure et de devoir, de nécessité de préserver la communauté du peuple face à l'ennemi. Cet ennemi se trouvait à l'étranger, bien sûr, mais aussi à l'intérieur du pays, lui avait expliqué sa mère. Elle avait parlé de la prédominance des Juifs qui détenaient trop de pouvoir en Allemagne. Charlotte n'avait jamais entendu parler de démons qui se logeaient en chacun de nous. Amberg lui ouvrait de nouveaux horizons. Elle sentit son cœur libéré d'un poids.

Ils quittèrent l'atelier, le médecin-chef en tête. Ils reprirent le couloir. Tout au bout, Charlotte aperçut un passage qui menait visiblement au sous-sol de l'aile des pensionnaires. Aucune lumière n'en sortait, sans doute ne conduisait-il qu'à des caves. Charlotte distingua dans l'obscurité une porte massive. Elle était fermée de l'extérieur par un gros loquet. La vue de cette porte la troubla. À quoi servait ce loquet ? Leur médecin de famille, Rundling, lui avait expliqué que, dans les cliniques, les malades mentaux étaient parfois enfermés et attachés. Mais il l'avait rassurée en ajoutant qu'au Bois des Ombres, il n'y avait certainement pas de malades susceptibles de subir des traitements de ce genre. Charlotte observait Amberg à la dérobée.

— Que se passe-t-il quand un patient se comporte de façon violente ? demanda-t-elle. Est-ce qu'on l'attache ?

Amberg s'apprêtait à répondre, mais ils furent interrompus. Une femme en blouse marron et sabots de bois surgit du couloir obscur et se précipita vers le médecin-chef.

— Docteur, s'écria-t-elle en attrapant le bras d'Amberg. Docteur, Rose est introuvable. Je l'ai cherchée partout. Où a-t-elle pu passer ?

Amberg tressaillit.

— D'où venez-vous ? demanda Stühling à la patiente d'un ton brusque. Qu'est-ce que vous faites ici en bas ?

Amberg dégagea son bras et caressa furtivement la main de la femme.

— Rose ne se sentait pas bien, lui dit-il, mais elle reviendra peut-être bientôt. Elle a besoin d'un traitement spécial pour aller mieux.

— Elle était si gentille. Et elle dessinait tellement bien, gémissait la patiente. Vous ne l'avez pas envoyée ailleurs, docteur ? Elle s'est peut-être cachée quelque part ? Où est Rose ? Dites-le-moi, s'il vous plaît !

Stühling attrapa la femme par les épaules.

— Calmez-vous, dit-il d'une voix pressante, une infirmière va venir s'occuper de vous. À quelle tâche êtes-vous affectée, aujourd'hui ?

Il poussa rudement la pensionnaire en direction des escaliers et monta avec elle.

Charlotte ressentit une gêne diffuse. Elle aurait voulu savoir qui était Rose. À moins que la patiente en blouse marron se soit imaginé tout cela ? Charlotte n'osa pas questionner le médecin-chef à ce sujet. Le visage d'Amberg avait pris une expression soucieuse.

— Est-ce que certains patients sont trop gravement atteints pour suivre la thérapie par le travail ? demanda-t-elle en voulant poser une question plus anodine.

— Très peu, répondit Amberg. Le travail est un bon outil thérapeutique, il aide les patients.

— C'est aussi une aide non négligeable pour le sanatorium, dit Charlotte.

— Vous avez parfaitement raison, mademoiselle Rotstetter, confirma le médecin. La thérapie par le travail est un atout en cette période où nous disposons de peu de moyens. C'est la seule façon de conserver la bienveillance des services sociaux de la province du Tyrol et de certains autres messieurs influents au département de la santé publique.

Sa voix avait pris un ton plus artificiel et contraint. Charlotte se remémora l'épisode de la gare d'Innsbruck. Kettenbach. Le fameux médecin qu'elle avait déjà croisé dans la maison familiale. Elle prit son courage à deux mains. Elle voulait montrer à Amberg qu'elle s'y connaissait un peu.

— Pendant le voyage pour venir ici, j'ai croisé un psychiatre connu, dit-elle. Mon père le connaît aussi. C'est le professeur Kettenbach. Hermann Kettenbach. Il est monté dans un train à Innsbruck. Est-il déjà venu au Bois des Ombres ?

Elle regretta aussitôt d'avoir posé cette question. Les traits du visage d'Amberg se figèrent. Il ne répondit pas, son front se creusa d'un profond sillon. Il y eut une pause. Elle entendit un bruit de pas, Stühling réapparut, seul.

— Les infirmières doivent mieux surveiller l'établissement, dit l'assistant mécontent. On ne peut tout de même pas laisser les patientes circuler dans la cave.

Amberg se reprit.

— Nous n'enfermons jamais personne, docteur Stühling, vous le savez bien, dit-il calmement.

Puis il se tourna vers Charlotte.

— Je connais bien le professeur Kettenbach. Nous avons fait nos études ensemble à Munich. Le professeur fait partie des gens qui président à la destinée du sanatorium. Il a des accointances avec le chef des services de santé du Tyrol dont nous dépendons. Kettenbach estime beaucoup nos méthodes de travail. N'est-ce pas Stühling ?

L'assistant approuva avec empressement.

Charlotte sentit qu'Amberg ne disait pas toute la vérité. Il était plus faible que ce qu'elle avait pensé. Mais c'était la première personne qui avait compris son angoisse.

9

Innsbruck, décembre 2014

Dans quel genre d'établissement ma grand-mère s'était-elle retrouvée ? Amberg était-il un personnage douteux, un médecin à la botte des nazis ? Ou l'avait-il réellement aidée ? Je m'étais plongée dans ses cahiers jusque tard dans la nuit et j'avais repris ma lecture le lendemain, après avoir sorti Leo aux premiers rayons du soleil hivernal. Je peinais toujours à déchiffrer l'écriture, surtout lorsqu'un paragraphe avait été barré et corrigé dans la marge en fines pattes de mouche.

On était dimanche, et j'avais repris ma place au bureau dans la pièce du bas. Robert m'observait d'un air grave depuis son cadre. Ce matin-là, je ne lui trouvais plus rien de commun avec l'oiseleur de mon cauchemar. Robert était redevenu mon grand-oncle. Un jeune homme mort trop tôt, et qui avait laissé derrière lui un immense chagrin. Je sentis la tristesse m'envahir. Mon regard s'évada par la fenêtre et se fixa sur la crête des sommets couverts de neige. Il me tardait d'aller faire un tour en montagne.

Je pensai à mon rendez-vous du soir avec Siegfried Rattler. Un homme qui jugeait illusoire de croire en son intuition, mais qui s'y intéressait pourtant.

Franchement, il m'attirait, même si je le trouvais un peu déconcertant.

J'allai dans le petit salon où j'avais dormi une deuxième nuit sur le divan et passai en revue le contenu de ma valise. Par bonheur, outre les tenues d'hiver, j'avais pris une paire de collants noirs, assez chic, et ma jupe moirée vert sapin. Pour l'occasion, je mettrais le soutien-gorge pigeonnant que je ne trouvais pas assez confortable pour le porter au quotidien. Je pris les vêtements et montai dans la chambre de ma grand-mère. Une glace en pied était fixée à la porte de l'armoire. Je passai la jupe. Elle était vraiment serrée et trahissait un début d'embonpoint. Mieux valait que je laisse flotter mon corsage plutôt que d'essayer de le faire blouser dans la jupe.

Je repensai à ce que décrivait ma grand-mère de ces années de guerre. À l'époque, il y avait pénurie de beurre. Moi, toute ma vie, j'avais connu la situation inverse, un monde où *Vita* recommandait de ne surtout pas manger trop de graisse, que c'était le mal incarné, et qu'il fallait s'en tenir au lait écrémé si l'on ne voulait pas sacrifier sa silhouette. Je me dis que mes collègues feraient bien de ressortir les vieilles recettes sans beurre pour les publier, mais je rougis aussitôt d'avoir osé formuler une idée pareille.

Le soir, à dix-huit heures trente, quand je sortis de la maison, un vent glacial soufflait dehors. Dans le taxi, j'eus la vague impression d'avoir oublié quelque chose. Ah, oui ! Maria Pramstaller ne m'avait pas appelée. Elle avait pourtant promis de le faire pour fixer l'heure à laquelle elle passerait lundi. Je l'aurais imaginée plus fiable. Enfin, elle avait encore le temps de se manifester.

J'arrivai en avance devant le restaurant au centre d'Innsbruck. Il n'était que dix-huit heures cinquante quand je sortis du taxi après avoir réglé la course. Je ne voulais en aucun cas arriver avant Rattler et devoir l'attendre comme si je n'avais rien d'autre à faire. Je décidai de marcher autour du pâté de maisons. Les trottoirs n'étaient que partiellement sablés. Je patinais sur la glace et gelais dans mon manteau en cachemire et mes collants trop fins. Un instant, j'eus le sentiment d'être déguisée avec mes bottines, ma jupe serrée et mon soutien-gorge rembourré sous mon corsage en soie.

J'entrai dans le restaurant à dix-neuf heures cinq. La salle était décorée de bois foncé, des piliers habillés de miroirs en structuraient l'espace. La lumière était tamisée, mais je reconnus Rattler assis à l'une des tables. Il me fit un signe de la main et se leva.

— Je suis content de vous revoir, dit-il.

Je remarquai à nouveau son sourire en coin qui contrastait curieusement avec sa voix franche et sonore. Il m'aida à quitter mon manteau. Il sentait très légèrement le bois de santal. Un parfum suave.

Je m'assis. Le serveur nous apporta deux menus qu'on se mit à étudier. J'observai l'homme assis en face de moi à la dérobée. Rattler était habillé comme pour un repas d'affaires décontracté, il portait une chemise bleu ciel, mais sans cravate. Il avait le visage fin ; ses cheveux lui arrivaient deux centimètres en dessous des oreilles, un style que je trouvais en général détestable, mais qui lui conférait un charme particulier.

Rattler proposa qu'on débute avec un consommé.

— Viande, poisson ou végétarien ? demanda-t-il. Laissez-moi deviner, je crois que vous aimez le poisson.

— Vous avez procédé par déduction ou par intuition ? rétorquai-je en souriant.

J'avais encore en tête notre conversation de l'avion. Ce soir, je ne me laisserais pas faire. J'observai mon reflet dans le miroir du pilier, la lumière flattait mes traits. Je me trouvais belle.

— Ah, l'intuition, c'est le langage des tripes, dit Rattler. Un bon sujet pour une discussion au restaurant, n'est-ce pas ?

Je ris bruyamment. Rattler, lui, affichait toujours son étrange sourire, et je me demandais si je devais y voir de la timidité ou du défi.

Après le consommé aux croûtons de pâte feuilletée, je choisis un plat de dorade et Rattler un *Tafelspitz*, le pot-au-feu autrichien. J'avais envie de boire du vin blanc, il commanda une bouteille de chardonnay.

Quand le vin et la soupe arrivèrent, nous étions en pleine conversation sur les Alpes et le tourisme en Autriche et en Suisse. Il me vint à l'esprit que Rattler n'avait pas abordé ma situation familiale. Le fait est qu'à Hambourg, je n'avais ni famille, ni mari. Et que je ne portais plus mon alliance. Mais je préférais que Rattler ne me pose pas de questions personnelles.

— Le climat et les paysages façonnent le caractère des habitants, dit-il pour conclure. Des conditions climatiques peu clémentes favorisent la clarté d'esprit, c'est peut-être une consolation.

— Ma grand-mère a passé une partie de la guerre dans les montagnes, racontai-je, dans un sanatorium psychiatrique. Pour soigner ses nerfs.

Voilà que je me mettais à parler de ma grand-mère, je m'étais pourtant juré de ne pas le faire.

— Dans un sanatorium ? reprit Rattler. On se croirait dans *La Montagne magique* de Thomas Mann !

Je bus une grosse gorgée de chardonnay.

— Son frère jumeau était tombé à Stalingrad et ce fut un choc terrible, expliquai-je. J'ai retrouvé son journal intime écrit sur de vieux cahiers d'écolier.

C'était sorti tout seul. Mais je n'avais personne d'autre à qui me confier. D'ailleurs, quel mal y avait-il à parler de ces cahiers à quelqu'un qui n'avait pas connu ma grand-mère ?

— De quel genre de clinique s'agissait-il ? demanda Rattler.

— Un établissement privé qui s'adressait plutôt à la bonne société. C'était pendant l'hiver 1943. Il faisait visiblement très froid. Ils se chauffaient avec des poêles à bois. Pourtant, malgré ce côté rustique, les psychothérapies y étaient apparemment déjà à l'honneur.

Ça me faisait du bien de pouvoir parler de ce qui m'occupait l'esprit.

Rattler avait pratiquement terminé son potage.

— Cette clinique était manifestement une exception, dit-il. Peu d'établissements de ce genre ont pu poursuivre leurs activités pendant la guerre. En Autriche, certains sanatoriums très connus ont été fermés et transformés en hôpitaux militaires. Est-ce que votre grand-mère raconte dans ses carnets pourquoi celui-ci avait été épargné ?

Je secouai la tête.

— Je ne suis peut-être pas arrivée jusque-là, répondis-je. Je peine à lire l'écriture manuscrite de l'époque.

Le serveur apporta le poisson et le pot-au-feu. J'étais rassurée de voir que c'était un filet, je n'aurais pas à le découper et à me battre avec les arêtes sous le regard de Rattler.

— Oui, il n'est pas toujours facile de déchiffrer un texte manuscrit, dit Rattler. Vous savez déjà comment finit l'histoire ? Quand je lis un roman policier, je n'arrive jamais à attendre pour lire la fin.

— C'est une série de treize cahiers, dis-je. Je n'ai même pas eu l'idée de regarder la fin, je lis toujours dans l'ordre.

Je pris une bouchée et l'avalai.

— Oui, c'est peut-être mieux comme ça. Où votre grand-mère a-t-elle gardé ces cahiers pendant toutes ces années ? Sans doute dans une vieille malle, non ?

Rattler avait pris un ton désinvolte qui me déplut. Faisait-il de l'ironie ? Mais pourquoi ? Je ne répondis rien. Peut-être valait-il mieux changer de sujet. Il n'avait pas besoin d'en apprendre davantage sur ma grand-mère. J'en savais moi-même si peu sur son passé.

— Parlons plutôt de vous, enchaînai-je. Comment se passe votre congrès ?

Il m'avait confié dans l'avion qu'il venait à Innsbruck pour un congrès sur la maladie de Parkinson. Il eut l'air décontenancé.

— Quel congrès ?

— Celui dont vous m'avez parlé dans l'avion, rétorquai-je interloquée.

— Ah oui, le congrès, dit Rattler. Je l'avais complètement oublié depuis que je suis dans ce restaurant. Il ne commence que lundi. Il portera sur les médicaments contre la maladie de Parkinson. Certains pourraient avoir des effets secondaires importants. Il semblerait qu'ils perturbent les facultés mentales.

Il se passa nerveusement la main dans les cheveux, dont la coupe était soignée.

— Je n'en attends pas grand-chose. Vous vous intéressez à ces maladies ? Vous en parlez aussi dans votre magazine ?

— Oui, *Vita* publie des articles médicaux, mais pas souvent, répondis-je.

Je trouvais étrange qu'il soit parti dès le vendredi pour un congrès qui n'était censé débuter que le lundi. Mais peut-être avait-il autre chose à faire à Innsbruck.

— Nous sommes un magazine féminin, continuai-je, nous nous adressons à une cible qui a des attentes précises.

Nos lectrices préfèrent les histoires positives aux articles sur les maladies.

— Des histoires positives, reprit Rattler. Oui, qui aime parler des maladies ? Ça ne fait que démoraliser les gens. On gagne sûrement plus d'argent à parler de choses positives.

Son visage apparut soudain tendu.

J'avais vidé mon deuxième verre de chardonnay. Rattler, lui, avait à peine bu. Ma bonne humeur retomba. Rattler ne m'avait posé aucune question sur moi, ni sur ma façon de vivre. Nous avions parlé de ma grand-mère, du froid, de la guerre, de la psychiatrie, des maladies. Est-ce qu'il s'intéressait seulement à moi ? Il ne semblait pas avoir remarqué ma tenue. Et son regard n'avait pas effleuré une seule fois mon décolleté.

J'avais envie de sentir à nouveau cette force qui nous attirait vendredi, pendant le vol. Peut-être était-ce à moi de le mettre à l'aise ?

— Parlez-moi de la recherche sur le cerveau, enchaînai-je. Comment notre cerveau peut-il être capable d'appréhender l'étude du cerveau ? Au fond, n'est-ce pas un peu illusoire ?

— Les neurologues font des expériences, répliqua Rattler. Elles fournissent des résultats. Et on peut en tirer des conclusions. Par exemple sur les conditions qui font que l'on peut se tromper.

— On se fourvoie en ne voulant pas voir les choses telles qu'elles sont, dis-je. En voulant qu'une personne soit différente de ce qu'elle est.

Le vin m'avait embrumé l'esprit, mais je pensai immédiatement à Alex. J'étais tellement sûre de sa loyauté. J'avais toujours été persuadée qu'il m'aimait plus que je ne l'aimais. Et je m'étais trompée. De même que je m'étais peut-être leurrée en pensant que Rattler m'avait invitée à un rendez-vous galant. Au fond, j'étais trop dépendante du regard des hommes.

— Les désirs et les peurs déforment notre perception, poursuivit Rattler, mais on peut s'efforcer de rassembler suffisamment d'informations avant de juger quelqu'un.

— Ah, ah, vous allez me resservir votre critique de l'intuition, dis-je en lui adressant mon plus charmant sourire.

— Ne vous est-il jamais arrivé de trouver sympathique quelqu'un qui, au départ, vous semblait carrément antipathique ? Ou inversement ? De changer d'avis en apprenant quelque chose que vous ignoriez à son sujet ?

Il avait haussé le ton. Sa fourchette et son couteau restaient posés dans son assiette comme s'il ne voulait pas terminer son plat.

Il se pencha en avant et me regarda droit dans les yeux, sans esquisser le moindre sourire.

— Vous êtes en train d'apprendre sur votre grand-mère des choses que vous ne connaissiez pas. Songez au peu de chose qu'on savait sur nos parents et nos grands-parents… ça ne nous a pas empêchés de les juger ! C'est terrifiant. Ça nous donne une idée de la facilité avec laquelle les autres nous jugent, sans rien savoir des épreuves et de la culpabilité qui nous ont façonnés. Notre vie durant. Et il en va de même pour vous. Même si vous ne vous en rendez pas compte.

Je me figeai. J'entendis la sirène d'une ambulance qui peinait à se frayer un chemin dans la rue. Sans doute un accident. Je fus prise de vertige. De quoi Rattler venait-il de parler ? Les épreuves, la culpabilité qui nous façonnent. De vieilles images resurgirent de la brume. Cet homme n'avait pas le droit de réveiller en moi ces souvenirs. Mon père m'avait toujours dit que l'accident aurait pu avoir lieu n'importe où. Que je n'avais aucune responsabilité. Que c'était un hasard si mes parents étaient venus me chercher chez ma grand-mère ce jour-là. Le chauffeur de la Mercedes avait tous les torts, c'est lui qui avait brûlé la priorité et heurté la voiture de mes parents. Mais j'étais hantée par l'idée que ma mère vivrait peut-être encore si, ce jour-là, à cause de moi, mes parents ne s'étaient pas trouvés à ce carrefour.

Je fixais mon assiette où il ne restait plus qu'une pomme de terre dans la sauce. Rattler se taisait. Un fossé s'était creusé entre nous. Toute tension érotique s'était dissipée. J'aurais aimé disparaître de ce restaurant. Qu'est-ce que je faisais ici ? Tout était absurde, ma tenue, mon soutien-gorge, cet inconnu. C'était ridicule.

Je m'excusai et partis aux toilettes. Face au miroir, devant le lavabo, je vis mon visage parsemé de rougeurs, mes cheveux plats sur ma tête, et le mascara qui avait bavé sous mes yeux. Je n'aurais pas dû boire autant de vin. Je ne supportais décidément pas l'alcool. Je tamponnai mes tempes avec un mouchoir humide et laissai couler de l'eau sur mes poignets.

Au bout d'un moment, je repris lentement le chemin de la salle, il n'était pas question que j'avance en titubant. En arrivant près de notre table, j'aperçus le visage de Rattler dans le miroir du pilier. Je restai interdite. Je n'avais pas remarqué ses traits tirés. Son regard fixe donnait l'impression qu'il venait de fournir un gros effort. Avait-il fait semblant de prendre plaisir à notre conversation ? Donné le change toute la soirée alors qu'il avait l'esprit ailleurs ?

Chacun se mit en devoir de finir son assiette. J'étais peu loquace. Rattler parla de la pluie et du beau temps, des prévisions météo pour le lendemain.

— Je commande un café ? demanda-t-il finalement sur un ton léger. Ou souhaitez-vous prendre un dessert ? Un peu de sucre, c'est bon pour le cerveau.

— Non merci. J'ai envie de rentrer.

— Oh, je comprends, vous êtes fatiguée. Je vous ramène ?

Je refusai.

Peu de temps après, je descendis du taxi et m'efforçai de garder l'équilibre sur le chemin verglacé qui traversait le jardinet. Lorsque je réussis à ouvrir la porte d'entrée, Leo vint à ma rencontre en jappant gaiement. J'enlevai mon manteau en vacillant. Il fallait que je mette de l'ordre dans mes idées. Rattler n'était certainement pas mal disposé à mon égard. Au moment de partir, il avait dit qu'il voulait me revoir. Mais quelque chose n'avait pas fonctionné. Peut-être était-ce de ma faute. J'attendais trop de cette rencontre. Une fois de plus.

J'avais envie de m'enfuir. Mais je ne savais pas où aller. Je montai en chancelant dans la chambre à coucher où je m'étais pomponnée l'après-midi même devant le miroir. La nuit précédente, j'avais dormi sur le divan près du piano. Mais cette fois, je retirai le couvre-lit et me laissai tomber sur le lit à baldaquin de ma grand-mère. C'était le seul refuge possible. Leo arriva en se dandinant avec un jouet dans la gueule et sauta sur le lit. Tandis que je le caressais, je me mis à pleurer doucement. Leo grognait de plaisir. Sa présence me réconforta.

Le linge sentait bon le propre. L'aide-ménagère avait sans doute mis des draps propres peu de temps auparavant. Comment s'y prenait ma grand-mère pour lui faire changer le lit tout en lui interdisant de nettoyer sa chambre ? C'est vrai qu'elle cachait sous son lit des cahiers qu'elle ne voulait sans doute pas que quelqu'un découvre. Quel drôle de personnage que cette grand-mère qui veillait sur ce journal comme sur un trésor. Une idée me traversa l'esprit. Rattler m'avait posé une question sur la fin. Le dernier volume ? Je me ressaisis et redescendis l'escalier. La pile de cahiers était posée sur le bureau, sous le regard du frère jumeau.

Je m'assis dans le fauteuil, tirai le cahier du dessous et regardai la couverture. C'était le onzième volume. Étrange, il y en avait pourtant treize. Je l'ouvris à la dernière page. Le jour où j'avais trouvé les cahiers, j'avais vu que le dernier texte était daté du 17 février 1943. Or, les dernières pages écrites dans ce cahier mentionnaient le 5 février 1943. Ce n'était donc pas le dernier. Mon cœur s'accéléra. Je me mis fiévreusement à recompter tous les cahiers. Je n'arrivai qu'à onze. Onze. Il manquait les deux derniers.

Comment ces cahiers avaient-ils pu disparaître ? Quelqu'un avait-il pénétré dans la maison pendant que j'étais au restaurant avec Rattler ? Quelqu'un s'était-il introduit par effraction ? Mais la porte ne paraissait pas avoir été forcée. À moins que… Maria Pramstaller pouvait les avoir subtilisés samedi lorsque je l'avais laissée seule quelques minutes dans le bureau. Une amie, soi-disant, affublée d'habits vieillots. Dès le début, elle ne m'avait pas inspiré confiance. Sans doute était-ce elle aussi qui avait fouillé dans les étagères de livres avant que je n'arrive dans la maison, le vendredi. La colère s'empara de moi.

En même temps, Theres Kurz pouvait aussi être passée ce soir. Et qu'en était-il de cette Hongroise qui avait encore une clé ? Je repensai au mystérieux coup de fil. Est-ce que quelqu'un avait téléphoné pour vérifier si j'étais dans la maison ? Ce quelqu'un avait-il appelé aussi ce soir ? Et, voyant que personne ne décrochait, s'était-il risqué à l'intérieur à la maison ? Mais comment cette personne aurait-elle pu savoir que j'avais trouvé ces journaux intimes ? Que contenaient-ils de si précieux pour que quelqu'un veuille s'en emparer ?

Demain, je poserais la question franchement à Maria Pramstaller. Elle avait dit qu'elle passerait. Et j'interrogerais aussi Theres Kurz et Gita Mogany. Le numéro de portable de l'aide-ménagère était épinglé dans la cuisine. Il était insensé que quelqu'un s'intéresse à ces cahiers au point de les voler.

Il était onze heures du soir. J'allai à la cuisine me préparer un café. Puis je passai dans le bureau chercher le cahier suivant sur la pile et montai à l'étage. À partir de maintenant, je dormirais dans le lit à baldaquin. Je m'allongeai, allumai la lampe de chevet et ouvris le cahier. Ma grand-mère avait fait des ratures et utilisé une gomme qui avait laissé des traces sombres, ce qui ne facilitait pas la lecture. Mais le café m'aiderait à rester éveillée.

10

Ötztal, janvier 1943

D'emblée, Amberg affecta Charlotte au groupe dédié à la cuisine. Elle supposa que sa maigreur devait y être pour quelque chose et ne se posa pas davantage de questions. Le lendemain, il lui présenta la cuisinière.

— Voici Mimi Westheimer. Elle n'est pas chez nous depuis longtemps, mais on ne peut déjà plus se passer d'elle, expliqua-t-il.

— Bienvenue aux fourneaux du Bois des Ombres ! s'écria Mimi d'une voix grave.

Elle tendit la main à Charlotte. La cuisinière avait un visage anguleux surmonté d'un haut chignon roux. Charlotte lui serra mollement la main, elle se sentait mal à l'aise dans cette grande pièce, face à tous ces inconnus. Mimi semblait habituée à ces marques de timidité et ne s'en affecta pas. Elle présenta Charlotte aux autres patients.

— En plat du jour, on va préparer des pommes de terre farcies, annonça-t-elle en désignant une affiche sur le mur. Ici, on ne mange pas que des patates à l'eau.

L'affiche représentait une pomme de terre qui faisait triste mine, avec un texte qui disait : « On m'a tout enlevé ! Éplucher les pommes de terre, c'est gaspiller la nourriture du peuple. La récolte n'a jamais été aussi maigre. Mais il faudra tenir le coup ! Tout se mange dans la pomme de terre, même la peau ! » Pour Mimi, cuisiner des pommes de terre farcies était manifestement un acte de résistance contre les injonctions de cette affiche apposée sur le mur avant son arrivée.

Mimi disparut dans la pièce voisine et revint en nouant sur sa tête un foulard qui faisait partie de sa tenue de travail. Elle portait une robe-tablier et un médaillon autour du cou. Peut-être dissimulait-il une photo de son amoureux qui était au front, pensa Charlotte. La chaîne était inhabituellement longue.

La cuisinière apporta une grande bassine en fer-blanc remplie de pommes de terre lavées, mais non épluchées. Huit personnes étaient installées autour de la table, parmi lesquelles Sophia, le beau moustachu qui avait retiré son haut-de-forme, la fausse Zarah Leander avec ses boucles rousses, ainsi que Luise, une jeune femme au regard fixe avec une large bouche. L'aveugle était également présent, il avait relevé la tête et se tenait un peu penché, ce qui l'aidait visiblement à localiser les voix. Il ne s'éloignait jamais de Mimi. Son visage portait des traces de brûlures. Qu'est-ce que faisait un aveugle au Bois des Ombres ? se demanda Charlotte.

Mimi expliqua la recette et répartit les tâches. Charlotte se retrouva avec un couteau aiguisé à la main.

— Kolia, tu prends l'économe, dit Mimi à l'aveugle en lui remettant un épluche-légumes à lame de rasoir qu'il empoigna avec précaution.

Charlotte se rappela qu'à Ratisbonne, Johanna aussi avait vanté les avantages de ce couteau moderne. Les autres patients prirent les couteaux qui leur étaient destinés et se mirent en devoir d'éplucher les pommes de terre. Seule, Sophia resta assise sans bouger. Mimi la laissa tranquille.

Charlotte regarda par la fenêtre la forêt enneigée. De la glace pendait aux branches des mélèzes. Il faisait un froid de loup. Mais ici, à l'intérieur, tout s'organisait autour du feu. La pièce était équipée de deux cuisinières à bois. On disposait aussi d'une plaque électrique pour pouvoir faire chauffer de l'eau rapidement, mais on faisait à manger sur les cuisinières qui dégageaient une bonne chaleur. Plusieurs paniers remplis de bois étaient posés à côté. Au-dessus du foyer, des cercles en fonte permettaient d'adapter l'ouverture à la largeur de la marmite qu'on utilisait. À droite de la plaque de cuisson était encastré un réservoir d'eau chaude.

Sur la gauche de la façade se trouvait la porte du foyer et le tiroir à cendres, sur la droite le four. Une bonne flambée de bûches fournissait suffisamment de chaleur pour cuisiner en posant la marmite à même la flamme, mais aussi pour maintenir une température constante dans le four.

Gerlinde et une aide étaient chargées d'entretenir le feu qui brûlait déjà depuis tôt le matin. Dans l'air flottait l'odeur familière du bois. Charlotte savoura ce parfum. Mimi ouvrit la porte du foyer et rajouta deux bûches. Charlotte remarqua que sa main droite portait des marques de brûlures.

— Pommes de terre, graisse, champignons et chair à saucisse, tout est là, annonça Mimi. Ce midi, les pensionnaires n'en reviendront pas du plat qu'on va leur servir.

Sur les instructions de Mimi, les patients coupèrent ensuite la base de chaque pomme de terre de façon à pouvoir les poser bien à plat. Puis ils creusèrent un peu l'intérieur.

Kolia s'écorcha le doigt avec l'épluche-légumes, sans que ça saigne.

— Fais une pause, dit Mimi.

Elle retira la chaîne qu'elle avait autour du cou et tendit le médaillon à Kolia comme s'il s'agissait d'une amulette qui allait apaiser l'aveugle. Kolia frottait le médaillon dans sa main, ouvrant et refermant le rabat. Il ne le faisait manifestement pas pour la première fois. Peut-être était-ce pour cette raison que Mimi le portait au bout d'une chaîne aussi longue, pensa Charlotte. Elle pouvait ainsi facilement l'enlever et le remettre autour de son cou. Ces deux-là entretenaient visiblement des liens privilégiés.

Les pommes de terre furent bientôt prêtes. Mimi étala un peu de saindoux dans une grande poêle en fer qu'elle plaça sur la cuisinière.

— Allez-y doucement avec la graisse, recommanda-t-elle.

Charlotte et deux autres pensionnaires furent désignées pour prendre un peu de saindoux au bout d'un couteau et graisser les autres poêles. Charlotte se souvenait de ce que Robert avait écrit de Russie : « Le soir, on mange des pommes de terre sautées. On se délecte. » Les repas et le froid étaient les deux principaux sujets de ses lettres.

La fausse Zarah Leander badigeonna également une poêle de saindoux. Elle chantonnait *Ich weiss, es wird einmal ein Wunder geschehen*[1]. Charlotte connaissait cette chanson d'un film qui avait eu un énorme succès au cinéma.

— Si seulement un miracle pouvait se produire, dit le beau moustachu qui s'appelait Hans Schuster. Mais j'ai du mal à y croire.

— *Ich weiss, es wird einmal ein Wunder geschehen, und dann werden tausend Märchen wahr*[2], reprit l'imitatrice

1. « Je sais qu'un jour un miracle se produira. »
2. « Je sais qu'un jour un miracle se produira et que mille contes deviendront réalité. »

de Zarah Leander. Les traits du visage de Sophia se crispèrent. Manifestement, elle n'appréciait guère la justesse approximative de la mélodie qui parvenait à ses oreilles de musicienne confirmée.

— Si tu nous chantais une chanson ? demanda Charlotte à Sophia.

Elle n'avait pas renoncé à la faire sortir de sa réserve. Depuis son arrivée, Charlotte se sentait une responsabilité vis-à-vis de sa compagne de chambre.

— Si on cherchait des chansons qui parlent de nourriture ? proposa Mimi.

Charlotte approuva l'idée. Les chansons, c'était aussi son domaine, elle avait si souvent accompagné Robert au piano.

— « In einer kleinen Konditorei, da saβen wir zwei bei Kuchen und Tee »[1], fredonna-t-elle doucement.

Une patiente et une aide de cuisine se mirent à chanter avec elle :

— « Du sprachst kein Wort, kein einziges Wort und wusstest sofort, dass ich dich versteh »[2].

Tout le monde connaissait ces paroles.

— La pâtisserie, les gâteaux ! s'exclama la fausse chanteuse qui avait l'air de trouver infamant de chanter un refrain populaire qui n'était pas de Zarah Leander. Moi, je veux bien, mais alors des vrais gâteaux, pas à base de pomme de terre ! Je rêve de crème au beurre et de pâte d'amande, avec du vrai beurre et de vraies amandes !

La patiente à large bouche, Luise, releva la tête :

— Qui se nourrit de gâteaux et de pain blanc regrettera un jour de s'être gâté les dents.

---

1. « Toi et moi, on a pris le thé à la pâtisserie. »
2. « Tu n'as pas dis un mot, mais je t'ai compris illico. »

Luise débita cette phrase sur un ton monocorde, comme si elle l'avait apprise par cœur et qu'elle se sentait obligée de la réciter.

Charlotte se demanda quelle était cette maladie. Comment se faisait-il que Luise ne soit capable de participer à une conversation qu'en débitant des formules toutes faites ? Charlotte aussi connaissait cette maxime, Johanna s'amusait parfois à la citer, c'était un appel de l'Organisation des femmes allemandes pour inciter les ménagères à se satisfaire de pain de seigle et les dissuader de réclamer du pain blanc et des ingrédients de pâtisserie devenus introuvables à cause des restrictions.

Il fallait passer à l'étape suivante de la recette. Les pensionnaires roulèrent les pommes de terre dans le saindoux et les enfournèrent. Les bonnes remirent des bûches dans le foyer des cuisinières. Le feu crépita bruyamment. Charlotte sentait remonter en elle de doux souvenirs. Chez elle, enfant, elle avait passé des heures dans la cuisine avec les domestiques. Grâce à la personnalité de Johanna, cette pièce constituait le cœur battant de la maison.

— Nous allons maintenant préparer la farce, annonça Mimi.

Les pensionnaires passèrent des petits morceaux de viande au hachoir, puis firent revenir la chair à saucisse dans deux poêles en fer. À Ratisbonne aussi, le hachoir était devenu un accessoire de cuisine essentiel depuis que les tickets de rationnement ne donnaient droit qu'à d'infimes quantités de viande qu'il fallait allonger avec du chou ou d'autres aliments, mais qui donnaient quand même de la saveur au plat.

Et maintenant, les champignons ! Deux pensionnaires firent fondre un peu de graisse dans des casseroles. Charlotte et la fausse Zarah Leander y jetèrent une grande quantité de champignons séchés. Lorsqu'ils furent ramollis, elles les saupoudrèrent de quelques cuillerées de farine, ajoutèrent du sel et du poivre, puis incorporèrent à la masse le hachis de viande. La chaleur et l'effort avaient donné des couleurs au visage des pensionnaires. La pièce embaumait les champignons braisés et les pommes de terre au four. Charlotte se sentait bien.

— Charlotte et Hans, allez chercher une bonbonne de jus de pomme à la réserve, demanda Mimi, mais pas celui qui a fermenté !

Les caves du Bois des Ombres abritaient manifestement des bouteilles de jus de fruits, mais aussi de cidre qui n'étaient visiblement pas destinées aux pensionnaires. Charlotte et le beau moustachu descendirent à la réserve. La lumière de la cave ne fonctionnait plus et Lukas n'avait pas encore réussi à trouver d'ampoule neuve pour la remplacer, mais Hans avait apporté une lanterne. La cave regorgeait de pommes de terre, de pommes, de conserves de légumes et de fruits en bocaux. Elle abritait aussi un frigidaire. L'intérieur était maintenu à basse température grâce à un compartiment rempli de blocs de glace intégré à l'étagère supérieure. Il fallait changer la glace quand elle avait fondu et que l'eau s'était écoulée dans un réservoir spécial. Ici, en montagne, on n'avait aucun mal à trouver de la glace pour recharger le compartiment. À Ratisbonne, en revanche, il fallait faire appel à un marchand qui venait régulièrement livrer de la glace.

Ils remontèrent à la cuisine avec le jus de pomme. Peu après, la fausse Leander et Luise sortirent les pommes de terre du four. Charlotte et Hans les remplirent de farce. Pour les garder au chaud, on les laisserait jusqu'au repas sur la plaque de la cuisinière. Les pensionnaires les emporteraient ensuite dans la salle à manger avec le pain, les carafes d'eau et le jus. Zarah Leander affichait une mine réjouie lorsqu'elle arriva dans la salle avec son plateau chargé de nourriture.

Mimi, Gerlinde, Kolia et Charlotte restèrent dans la cuisine.

— Mission accomplie pour votre premier jour en cuisine, mademoiselle Rotstetter ! s'exclama Mimi en regardant Charlotte d'un air radieux.

Cela fit plaisir à Charlotte. Il n'arrivait pas souvent qu'une femme se montre chaleureuse avec elle et qu'elle n'exprime ni reproche ni réprimande. Chez elle, autrefois, dans les moments d'intimité, sa mère en profitait généralement pour la gronder, soi-disant parce qu'elle se tenait mal.

Kolia posa le médaillon de Mimi et chercha à tâtons son verre d'eau. Une pensionnaire l'avait déplacé pour faire de la place sur la table. C'est alors que, patatras... d'un geste malencontreux, Kolia renversa le médaillon par terre. L'aveugle se figea en entendant le bijou tomber.

— Mer... credi ! s'exclama Mimi. Fais donc attention !

Charlotte nota à cette occasion que Mimi ne s'exprimait pas dans le dialecte du Tyrol. Charlotte se mit à quatre pattes pour l'aider à chercher. Le médaillon avait glissé sous l'armoire où l'on rangeait les assiettes.

— Bonjour, les dames, qu'est-ce que vous fabriquez ?

Lukas venait d'entrer dans la cuisine, et Mimi interrompit ses recherches. Elle avait une mission à confier à Lukas qui s'apprêtait à partir au village en traîneau.

Charlotte plongea la main droite aussi loin qu'elle put sous l'armoire. L'espace était étroit et le sol, sale et humide à cet endroit. Elle réussit à atteindre le bijou et à le tirer jusqu'à elle. Le couvercle s'ouvrit. L'intérieur ne renfermait pas une photo comme Charlotte l'imaginait, mais une petite plaque gravée. Elle représentait un bâton avec un serpent qui s'enroulait autour. Charlotte avait déjà vu ce symbole sur une lettre du docteur Rundling. Le dessin était inclus dans un triangle inversé.

Charlotte se dépêcha de refermer le médaillon. Elle sentait qu'il valait mieux ne pas demander à Mimi ce que représentait cette figure. Cela relevait de la sphère privée.

— Tenez, dit-elle en tendant le bijou à la cuisinière.

Mimi lui jeta un regard reconnaissant et passa la longue chaîne autour de sa tête.

— Ce sont des choses qui arrivent, dit-elle à Kolia en lui tenant le bras. Je ne vais pas te gronder. Mais ce médaillon, c'est ce que nous possédons de plus précieux.

Charlotte se demanda ce que la cuisinière entendait par là.

— Tu peux utiliser le savon et le lavabo des bonnes, dit Mimi à Charlotte qui s'était sali les mains en tâtant le sol sous l'armoire.

Le lavabo se trouvait à gauche de l'entrée, dans un recoin où étaient fixées des patères auxquelles le personnel suspendait ses affaires.

Charlotte s'approcha du lavabo, tourna le robinet d'eau froide, prit le savon et se lava les mains. Son regard se posa sur un livre. Il était ouvert à une page qui donnait la recette des « pommes de terre farcies ». Bizarre. Comment se faisait-il qu'une cuisinière professionnelle ait besoin d'un livre de recettes pour préparer un plat aussi courant ? Charlotte se sécha les mains et referma le livre. Il s'intitulait *Les recettes de guerre.* Le livre datait de 1916 et provenait d'une bibliothèque de prêt de Vienne, il n'avait manifestement pas été rendu. Il publiait des recettes à base d'ingrédients qu'on pouvait trouver malgré les restrictions. Charlotte se retourna. Mimi avait attrapé Kolia par le bras et chuchotait à son oreille.

11

Innsbruck, décembre 2014

Le médaillon qui renfermait un caducée, et qui m'avait été légué, avait donc appartenu à la cuisinière du Bois des Ombres. Ou, du moins, à une femme qui se faisait passer pour telle.

Je m'étais endormie dans la nuit sur un cahier et j'avais repris ma lecture au matin, dans le lit à baldaquin, après être allée promener Leo.

Je me levai et descendis dans la pièce du bas. Mon regard parcourut le bureau et se posa sur la carte de l'entreprise de pompes funèbres du Cimetière Ouest d'Innsbruck. Maria Pramstaller me l'avait laissée. Oui, l'enterrement. J'allais devoir m'en occuper aujourd'hui. J'ouvris le placard droit du bureau, sortis le médaillon et fis jouer le mécanisme d'ouverture. Le serpent dans le triangle inversé. L'amulette de Mimi. Où avais-je déjà vu ce symbole ? Cela me revint subitement.

Il y avait très longtemps, j'étais allée au cimetière avec ma grand-mère sur la tombe de mon grand-père Lukas. Je devais avoir une dizaine d'années et j'avais demandé ce que signifiait un drôle de dessin qui était gravé sur la pierre tombale. Avec un serpent et un bâton.

— Il représente la grande aventure de notre vie, avait-elle répondu. Je t'en parlerai peut-être quand tu seras plus grande.

Je revoyais la scène du cimetière comme si elle s'était passée la veille.

Que signifiait ce symbole ? Je trouverais certainement l'explication dans les cahiers, j'en étais convaincue. Mais où étaient passés les derniers volumes ? J'allai dans la cuisine et décrochai les numéros de téléphone affichés sur le panneau en liège. J'interrogerais l'une après l'autre toutes les personnes qui auraient pu entrer dans la maison.

Je composai le numéro de Gita Mogany, l'aide ménagère. Un message automatique se déclencha aussitôt. « La ligne de votre correspondant est momentanément indisponible. » Indisponible. Je n'en revenais pas. Gita Mogany avait prévenu qu'elle devait partir en Hongrie pour s'occuper de sa mère. Est-ce qu'elle avait désactivé son téléphone ?

Sur le papier étaient notés aussi les numéros de portable et de fixe de Maria Pramstaller. Elle n'avait toujours pas rappelé pour fixer l'heure à laquelle elle passerait aujourd'hui lundi. J'appelai son portable. Un signal sonore retentit, et j'entendis sur son répondeur sa voix de vieille dame énergique. Je laissai un message. Si Maria Pramstaller avait effectivement dérobé les cahiers, il fallait qu'elle sache que je m'en étais rendu compte. Avait-elle pensé que je ne m'en apercevrais pas ?

Je cherchai le numéro de la paroisse catholique dont dépendait Charlotte et empoignai à nouveau le téléphone. Le prêtre accepta de prendre en charge l'enterrement lundi prochain, bien qu'il n'ait vu ma grand-mère qu'une seule fois, le jour où il était venu la féliciter à l'occasion de son quatre-vingt-dixième anniversaire. J'appelai ensuite l'entreprise de pompes funèbres et communiquai la date que nous avions fixée pour les obsèques. J'annonçai aussi que je passerais le lendemain pour régler les détails.

Cela me faisait bizarre d'imaginer que ma grand-mère était allongée dans un tiroir frigorifique. Je pris la décision de ne pas la revoir. J'avais peur que la vision de ce masque mortuaire n'occulte d'autres images que j'avais gardées en mémoire.

Je me préparai un café à la cuisine et mangeai les deux dernières tranches de pain avec du fromage. On était lundi, il fallait que j'aille faire des provisions pour le chien et pour moi. Il restait encore un peu de fromage dans le frigidaire, mais plus de lait. Theres Kurz m'avait parlé d'un supermarché non loin que j'avais repéré en allant promener le chien.

J'enfilai mes grosses bottes et ma veste d'hiver, attachai la laisse au collier du chien et quittai la maison. Il faisait toujours très froid, mon souffle produisait des nuages de vapeur. Mais le ciel était bleu.

Le supermarché regorgeait de marchandises. Mais je constatai que je n'étais pas d'humeur consommatrice. Je renonçai à prendre une baguette et glissai à la place un pain de seigle dans mon panier. Je choisis une pâte à tartiner végétarienne à base de levure, d'huile, d'épices et de purée de tomate. J'eus soudain l'impression de vouloir être aussi frugale que Charlotte dans sa jeunesse. Était-ce l'envie de me rapprocher le plus possible de ma grand-mère ? Mais il ne fallait tout de même pas exagérer. J'ajoutai dans mon panier un litre de lait entier, de la margarine, des saucisses, quelques pommes de terre et un chou-rave, et aussi une boîte de café aux céréales. Le café en grain avait tendance à m'énerver.

Lorsque j'arrivai à la maison, je me dépêchai de ranger les provisions dans la cuisine et allai téléphoner dans le bureau. Cette fois, je composai le numéro du fixe de Maria

Pramstaller. Personne ne décrocha, et aucun répondeur ne se mit en marche. Si je n'arrivais pas à la joindre, je ferais un saut jusque chez elle.

Je me préparai dans la cuisine une tasse de café aux céréales. Il était étrange de penser que certains succédanés végétaux utilisés pendant la guerre se vendaient aujourd'hui aux rayons « bio » des épiceries. Je me coupai une tranche de pain de seigle. Mon regard se posa sur un tract épinglé au panneau en liège. Je m'approchai, la tasse à la main.

Le tract annonçait une exposition qui avait lieu à Innsbruck. Je détachai le prospectus et le dépliai. L'exposition s'intitulait : « Le massacre des malades, une monstrueuse aberration ; psychiatrie et psychothérapie sous le national-socialisme ». Un frisson me parcourut. Ma grand-mère avait sans doute prévu d'y aller. Sinon elle n'aurait pas épinglé ce papier dans sa cuisine.

Il s'agissait d'une exposition itinérante qui avait déjà été présentée à Vienne. Elle n'était pas encore terminée. J'irai la visiter, peut-être demain, une fois que j'aurais réglé les formalités aux pompes funèbres. Et que j'aurais réussi à coincer Maria Pramstaller. J'allai dans le bureau, saisis le combiné du téléphone et composai son numéro de fixe. C'était ma troisième tentative pour la joindre.

J'eus la surprise d'entendre quelqu'un décrocher. Une voix masculine s'annonça. Une voix plutôt jeune. Était-ce son ami ? Ou son fils ?

— Anne Südhausen, dis-je pour me présenter. Excusez-moi, j'aurais aimé parler à Maria Pramstaller.

Il y eut un silence à l'autre bout du fil.

— Je suis désolé, répondit la voix, je suis Ulrich Pramstaller, le neveu de Maria Pramstaller. Vous ne pourrez malheureusement plus parler à ma tante.

— Et pourquoi donc ? On avait rendez-vous aujourd'hui.

— Ma tante est décédée, répondit l'homme dans le téléphone. Sa voix était neutre et sans émotion.

— Qu'est-ce que vous dites ? m'écriai-je, la bouche sèche. Que s'est-il passé ?

— On l'a retrouvée dans le réservoir de Längental, un lac de barrage en montagne, répondit le neveu.

— Comment cela ? Mais pourquoi ? bafouillai-je. Je fus prise d'une sorte de vertige.

— Est-ce que je peux vous demander qui vous êtes ?

Sa voix avait pris un ton plus sévère.

— Je suis la petite-fille de son amie Charlotte Waldhofer qui vient de mourir. Je devais parler avec votre tante. C'est important.

— Ah, la petite-fille de madame Waldhofer. Je suis désolé. Ma tante s'est vraisemblablement suicidée. Mais je n'ai pas envie d'en parler au téléphone.

— Je pourrais passer, dis-je précipitamment. Votre tante et moi avions quelque chose à voir ensemble, et vous pourrez sans doute m'aider.

Je pensais aux cahiers et je me fis soudain l'effet d'être terriblement égoïste. S'ils étaient chez Maria Pramstaller, comment allais-je pouvoir les récupérer ? Je ne pouvais tout de même pas aborder le sujet maintenant avec le neveu de la défunte. Il fallait absolument que je me rende chez elle.

— Je peux passer aujourd'hui, repris-je. Votre tante était très liée à ma grand-mère, vous savez.

Je lui aurais dit n'importe quoi pour qu'il me reçoive dans l'appartement de la vieille dame.

— Vous ne pourrez pas passer avant demain, dit le neveu, je m'apprête à quitter la maison. J'habite à l'autre bout de la ville.

Je me forçai à rester calme au téléphone et pris rendez-vous avec lui pour le lendemain après-midi. Puis je raccrochai. Tout s'embrouillait maintenant dans ma tête. Une vieille femme aurait dérobé un cahier et se serait jetée dans un lac glacé de montagne, c'était délirant ! Je m'imaginai Maria Pramstaller flottant dans l'eau, sa large jupe déployée telle une montgolfière échouée.

Je sentis soudain mon estomac se nouer. Sa mort pouvait-elle avoir un lien avec les cahiers ? Il fallait absolument que je parle à Theres Kurz et Gita Mogany. Maria Pramstaller ne portait pas l'aide-ménagère dans son cœur. Mais pour quelle raison ? N'était-ce pas son neveu qui l'avait mise en rapport avec ma grand-mère ?

Je devais me calmer et, surtout, arrêter de me croire la cible d'un complot, je commençais à perdre tout sens commun. Il fallait que je parle de tout cela avec quelqu'un, ça devenait urgent. Mais avec qui ? Devais-je me résoudre à appeler Alex ? Absurde. Il me traiterait de folle si je lui parlais des cahiers de ma grand-mère décédée et d'une vieille femme qui s'était jetée dans un lac. Pendant nos disputes, il m'avait souvent reproché d'être trop exaltée. Et je ne tenais pas à endosser le rôle de la femme abandonnée qui craque nerveusement.

Leo s'approcha en trottinant et vint frotter sa gueule contre mon genou, comme s'il captait mon désarroi. Je le caressai d'un geste mécanique. Je parcourus des yeux les photos et les étagères du bureau. Tout comme ma grand-mère et son amie défunte, ces photos de glaciers, ces livres, ce télescope semblaient receler un secret que je n'arrivais pas à percer.

Mon regard se posa sur le piolet que ma grand-mère avait appuyé contre le mur dans un coin de la pièce. Je me levai et l'empoignai. Il avait une pointe massive et un manche en bois patiné par le temps. Les piolets modernes devaient avoir une tout autre allure. Je soupesai l'objet. On l'avait bien en main. Comme une arme.

La première chose à faire, c'était de vérifier que la maison était bien verrouillée de l'intérieur. J'emportai le piolet avec moi et allai contrôler les fenêtres et la porte d'entrée. Tout était bouclé. Dehors, la nuit était tombée. Je tirai les rideaux devant les fenêtres du rez-de-chaussée. Mais au lieu de me sentir plus en sécurité, j'éprouvais une sensation d'enfermement. En fait, je détestais les rideaux.

Mon Dieu, je me retrouvais dans le bureau de ma grand-mère en grosses bottes, un piolet à la main, paralysée par l'angoisse. Je me rappelai mon cauchemar avec l'oiseleur. Et cette menace que je n'avais pas perçue tout de suite. Mais cela n'était qu'un rêve. Il fallait que je me raccroche davantage à la réalité.

Demain, je me rendrais aux pompes funèbres et passerais au cimetière sur la tombe de mes grands-parents. Après cela, j'irais rendre visite à Ulrich Pramstaller pour parler de sa tante défunte. D'ailleurs, il aurait peut-être retrouvé les cahiers, si sa tante les avait empruntés par simple curiosité. Et tout s'arrangerait. Ensuite, j'irais voir l'exposition sur la psychiatrie sous le régime nazi. Ça me permettrait de voir un peu de monde.

Je pourrais aussi téléphoner à ma copine Sabine à Hambourg pour tout lui raconter. Si Sabine avait réussi à surmonter sa crise avec Hartmut, elle saurait m'écouter. Sabine, Hambourg, *Vita*. Tout ce qui remplissait ma vie. Cela me semblait tellement lointain. J'eus soudain envie que Siegfried Rattler se manifeste. Peu importait ce qui s'était passé ou non hier soir entre nous, je serais contente de l'avoir au bout du fil.

Je me fis encore un café aux céréales et mangeai une tartine de pain. Il fallait absolument que j'avance dans ma lecture des cahiers de Charlotte. Quand je pensais à elle, j'appelais désormais ma grand-mère par son prénom, comme si elle était encore une jeune fille.

Il était encore tôt dans la soirée, mais j'allai chercher les cahiers dans le bureau et montai dans la chambre à coucher. Je les rangeai sous le lit, là où Charlotte les avait cachés. Je ne gardai que celui que je voulais lire. J'allai chercher le piolet et le posai sur le lit. Malgré son âge, Il était en très bon état. Puis je m'allongeai sur le couvre-lit décoré d'oiseaux jaune orangé. J'avais trouvé ma place. Et j'avais une mission. Je percerai le secret de Charlotte. Je pris le cahier posé sur la table de nuit et l'ouvris.

12

Ötztal, janvier 1943

Charlotte avait espéré que Lukas apporterait des réponses à toutes ses interrogations concernant le Bois des Ombres. Ils avaient rapidement développé une grande familiarité, et Charlotte se posait des questions qu'elle n'aurait osé poser à personne d'autre au sanatorium. À part Lukas, qui aurait pu lui parler du parcours de Mimi ou des liens que le docteur Amberg entretenait avec le professeur Kettenbach ? Sans parler de Rose, la patiente disparue dont personne ne semblait se soucier. Même la pensionnaire en blouse marron n'avait plus demandé de ses nouvelles, ou alors Charlotte n'en avait rien su.

Lukas se montrait désormais peu loquace. Au petit-déjeuner, il venait toujours s'asseoir à la table de Charlotte, tremper sa tartine dans le malt et parler du temps qu'il faisait, des problèmes d'approvisionnement en bois et en vivres du sanatorium. Mais il ne s'étendait pas sur les histoires de personnes. Il s'était borné à dire que Mimi avait travaillé auparavant dans d'autres hôpitaux. Qu'une patiente avait été transférée ailleurs, que cela arrivait. Quant au professeur Kettenbach ? Oui, il avait déjà entendu ce nom. Mais il n'en savait pas plus à son sujet.

Charlotte se demandait pourquoi, à l'inverse du premier jour, il se montrait aussi discret. Elle n'avait pourtant pas l'impression qu'il cherchait à mettre de la distance entre eux. Au contraire, elle voyait bien qu'il l'appréciait. Et qu'il s'était réjoui le jour où Charlotte avait été affectée à la corvée de bois. C'était un travail au grand air. Le froid clarifiait la pensée et apaisait l'esprit, disait le docteur Amberg. Les tâches physiques à l'extérieur aidaient à s'ancrer dans la réalité. À l'inverse, le médecin-chef n'avait pas encore proposé à Charlotte d'atelier artistique, ni mené avec elle d'entretien approfondi.

Pour la collecte du bois, un groupe de six personnes partait en forêt avec le traîneau pour abattre des arbres et ramener les troncs des mélèzes abattus par les tempêtes. Le frère de Lukas, Konrad, et le trembleur démobilisé en faisaient partie, ainsi que deux autres patientes. Selon Lukas, l'hiver était la meilleure saison pour couper les arbres, car les troncs n'étaient pas gorgés de sève. Le petit groupe suivait le traîneau attelé à un petit cheval de trait. Lukas marchait lui aussi à côté du traîneau quand le chemin devenait trop raide.

Charlotte adorait cheminer à travers le froid et la neige. Ses oreilles bien au chaud sous les rabats de la casquette de Robert, elle sentait les moindres parcelles de son visage. Elle remuait les doigts dans ses gros gants en laine et les orteils dans ses bottes pour faire circuler le sang à l'intérieur de ses membres. Elle portait le pantalon de son frère et sa veste trop grande pour elle. Le pantalon avait déjà été lavé une fois au Bois des Ombres. Charlotte avait recommandé aux pensionnaires qui s'en étaient chargées de ne pas utiliser le battoir pour ne pas risquer de déchirer le tissu un peu râpé.

Le lendemain, alors qu'elle était assise à côté de Lukas sur le siège du cocher, elle lui parla des lettres que son frère jumeau avait envoyées du front. Dans l'une d'elles, Robert avait demandé à ses parents s'ils pouvaient lui envoyer une paire de « chaussettes russes », des morceaux de tissu qui tenaient chaud aux pieds.

— Des chaussettes russes, dit Lukas en souriant dans sa barbe, j'en ai une paire quelque part.

Le lendemain, le concierge arriva avec deux morceaux d'étoffe de laine carrés tout neufs qu'un soldat lui avait donnés. Il lui montra comment les enrouler autour du pied de façon à ne pas provoquer d'ampoules.

Charlotte emballa dans l'étoffe ses pieds menus. Lukas l'observait avec ravissement. Puis Charlotte enfila ses bottes à lacets, car les tissus n'étaient tenus que par les chaussures. Ils formaient un bon isolant. Et il n'était pas nécessaire de les recoudre quand ils se trouaient, il suffisait de les retourner, avait expliqué Lukas.

Bien emmitouflée, il était agréable de marcher dans la forêt à côté du traîneau. Elle se sentait proche de son frère jumeau. Elle avait l'impression qu'il cheminait avec elle dans une forêt enchantée. Pas dans le froid glacial de Russie, affamé, éreinté, dans des vêtements trop fins, contraint par le commandement à parcourir cinquante kilomètres par jour ; non, elle s'imaginait Robert bien couvert, rassasié et joyeux, tel qu'il apparaissait dans ses souvenirs. Il avançait à ses côtés comme un esprit protecteur qui ne l'abandonnerait jamais. Et, pendant un moment, elle éprouva un sentiment de plénitude.

Dans la forêt, Charlotte apprit à manier la scie passe-partout avec le trembleur. Elle manquait d'endurance et ils mirent un temps infini pour découper un tronc tout fin. Mais au bout de quelques jours, elle avait pris le rythme et sentait ses forces revenir.

Lukas lui raconta que le petit-fils du fondateur du Bois des Ombres avait toujours rechigné à équiper le sanatorium d'un système de chauffage moderne. Il se justifiait en prétextant qu'il valait mieux que les malades puissent mettre eux-mêmes des bûches dans les poêles en faïence.

La plupart des patients étaient répartis dans les groupes de travail, même l'aveugle Kolia qui était toujours affecté à la cuisine. Cette activité était particulièrement prisée, d'autant que, certains après-midi, Mimi organisait des ateliers « confiserie » pour fabriquer des macarons et des sujets en pain d'épice ou en fausse pâte d'amande. Charlotte apprit de nouvelles recettes de biscuits qui privilégiaient les ingrédients comme la mélasse, le sirop de sucre, la semoule et les flocons d'avoine.

— Ce sont des recettes de notre temps, disait en souriant la cuisinière au chignon roux. La pénurie rend inventif.

Un certain nombre de patients préféraient toutefois rester assis dans la salle à manger à rêvasser et à regarder la neige tomber sur la forêt. Le beau moustachu alcoolique, Hans Schuster, et la fausse Zarah Leander, qui se nommait en réalité Bertha Uhlig, jouaient souvent aux petits chevaux, un jeu qui aidait aussi les soldats à passer le temps dans les infirmeries militaires. D'autres patients, comme Luise, la jeune femme à large bouche, aimaient se prélasser l'après-midi dans un bain parfumé à la lavande. Le médecin-chef les y autorisait, tout en veillant à ne pas les laisser trop longtemps inactifs.

Le soir, Charlotte se mettait quelquefois au piano. Dans la pile de partitions posées sur l'instrument, elle avait découvert un recueil de chansons. Pour faire plaisir à la fausse Zarah Leander, elle jouait *Nur nicht aus Liebe weinen*[1] et *Kann denn Liebe Sünde sein ?*[2], car Bertha n'aurait pour rien au monde accepté de chanter un autre

1. « Il ne faut pas pleurer quand on a aimé. »
2. « L'amour peut-il être un pêché ? »

répertoire que celui de Zarah Leander, et elle jetait des regards lourds de reproches à Charlotte quand celle-ci jouait d'autres chansons. Charlotte ne comprenait pas qu'une patiente aussi atteinte que Bertha parvienne à retenir des strophes entières de son idole.

Charlotte, elle, raffolait toujours autant de « La femme n'a plus qu'un rêve, aujourd'hui, avoir une auto et un permis ». Kolia et Alfred, le trembleur, entonnaient quelques phrases et Mimi les rejoignait au refrain : « Pourquoi sous le ciel bleu partez-vous seule ? C'est dangereux. Emmenez-moi, dites-moi oui, je connais le chemin du paradis ! »

Un soir, Amberg était arrivé dans la salle à manger au moment où les pensionnaires chantaient à pleins poumons. Elle ne l'avait jamais vu rire d'aussi bon cœur. Seul Stühling, l'assistant aux yeux de fouine, avait grondé qu'il conviendrait mieux de choisir un autre répertoire, que le pays était tout de même en guerre. D'ailleurs, Stühling allumait la radio de la salle à manger chaque fois qu'elle devait diffuser un reportage sur le front ou un discours de Joseph Goebbels, le ministre de la Propagande.

Pendant les concerts du soir, Charlotte se contentait en général de jouer du piano et ne chantait que quelques bribes de paroles.

— Cette musique est tellement gaie, et vous jouez avec une telle énergie, Charlotte ! s'enthousiasma un soir Mimi.

Cette remarque lui fit chaud au cœur. Dans une lettre adressée à Ratisbonne, elle écrivit qu'elle allait mieux et qu'elle souhaitait rester encore quelques semaines au Bois des Ombres.

Et puis vint la fameuse nuit du messager, et plus rien ne fut pareil...

Chaque soir, avant de se coucher, Charlotte avait pris l'habitude de regarder la maison d'en face depuis la fenêtre de la salle d'eau. Le docteur Amberg y logeait. Au rez-de-chaussée, la lumière de son appartement restait allumée jusque tard dans la nuit. Le médecin-chef semblait passer de longues heures à lire ou travailler sur des dossiers. Telle une bonne âme veillant sur le Bois des Ombres.

Un jour qu'elles étaient seules dans la cuisine, Mimi avait raconté à Charlotte que le père du médecin-chef était général, mais que sa mère était artiste-peintre.

— Le docteur Amberg a hérité de sa mère une sensibilité artistique, lui avait confié Mimi.

Ce soir-là, dans la chambre, Charlotte avait écouté avec Sophia sur le gramophone la chanson *Ich tanze mit dir in den Himmel hinein*[1] de Lilian Harvey et Willy Fritsch. Sophia avait souri et suivi le rythme en claquant des doigts. Une fois couchée, Charlotte eut du mal à trouver le sommeil. Amberg ne lui avait prescrit aucun calmant, alors qu'il administrait du barbital et du bromure à d'autres pensionnaires. Les patients les plus agités étaient même traités à la morphine. Amberg en faisait un usage généreux, lui avait dit un jour Alfred, le trembleur, sous le sceau de la confidence.

Il était déjà minuit passé quand Charlotte se rendit une nouvelle fois aux toilettes. Comme à son habitude, elle jeta un coup d'œil par la fenêtre. Elle resta stupéfaite. Devant la porte de la maison, un homme était étendu dans la neige. Mimi était accroupie près du corps. Lukas se tenait debout derrière elle. La lumière de l'entrée éclairait la scène. Charlotte fonça dans sa chambre et s'habilla en vitesse. Puis elle se précipita hors de la maison. Entre-temps,

1. « Je danserai avec toi jusqu'au ciel. »

Gerlinde avait accouru. Elle aussi avait dû s'habiller à la hâte et descendre l'escalier en courant.

L'homme était couché sur le ventre. Il portait une veste sombre, un pantalon de travail et des chaussures de montagne. Une grosse écharpe était nouée autour de son cou. Un bonnet gisait à quelques mètres dans la neige. Il n'avait pas de gants. Mimi lui prit le pouls.

— Son cœur bat encore, dit Mimi. S'il te plaît, Gerlinde, va chercher la civière à la cave.

— Je peux vous aider, proposa Charlotte.

Mimi approuva de la tête. Avec Lukas, elle retourna l'homme. Son visage était rigide et blafard. Sa tempe gauche portait une trace de blessure, mais elle ne saignait plus. Mimi manipula le bras du blessé. Elle procédait en infirmière expérimentée. Gerlinde réapparut avec un brancard.

Mimi et Lukas soulevèrent l'homme, Gerlinde et Charlotte glissèrent la civière sous le corps. À eux quatre, ils réussirent à le porter jusqu'à la maison. Amberg les rejoignit en robe de chambre. Sans doute avait-il travaillé jusqu'à cette heure tardive.

— Nous avons un blessé, dit Mimi, il était étendu ici devant la porte.

Amberg réagit sur le champ.

— Conduisez-le près du feu dans ma bibliothèque. Gerlinde, allez chercher de l'eau chaude, s'il vous plaît.

La servante partit en courant en direction du bâtiment principal.

Peu après, l'inconnu était étendu par terre devant l'étagère de livres. Amberg sortit son stéthoscope et l'ausculta.

— Son cœur bat faiblement, très faiblement, annonça le médecin-chef.

Il observa la tempe blessée.

— Les traces sont assez superficielles, mais le coup a pu être violent. La blessure remonte à quelques heures. Elle a pu être causée par une chute. Déshabillez-le avec précaution, dit-il à Mimi. Lucifer, occupez-vous de recharger le poêle.

Charlotte remarqua qu'il avait appelé le concierge par son surnom, comme le faisaient Mimi et les infirmières.

Le médecin-chef jeta son manteau-pèlerine sur son dos et se hâta de rejoindre le bâtiment des pensionnaires. Charlotte savait qu'au rez-de-chaussée, l'infirmerie fermée à clé abritait les médicaments, les somnifères, les calmants, les perfusions. Et aussi la morphine.

Dans le bureau d'Amberg, Mimi enleva la veste de l'homme blessé. Puis elle s'employa à lui retirer ses hautes chaussures de montagne. Pendant ce temps, Charlotte parcourait du regard les livres de la bibliothèque et le bureau. Elle était excitée d'avoir pu s'introduire dans la pièce où travaillait Amberg. Elle aperçut au dos d'un livre le nom de Carl Gustav Jung. Sur une autre étagère se trouvait un gros volume intitulé *Mythologie des peuples des montagnes*. À côté, sur le mur, étaient accrochés des drapeaux multicolores recouverts de signes étranges. Charlotte avait déjà vu ce genre de drapeaux sur des photos de l'Himalaya dans un récit de voyage qui appartenait à son père.

Sur le bureau du médecin-chef était posée une machine à écrire dans laquelle était engagée une feuille. Elle s'approcha. C'était un début de lettre. Charlotte déchiffra sur l'en-tête l'adresse de l'« Institut de recherche en psychologie et psychothérapie de Berlin ». À côté de la machine s'entassaient des pages couvertes de texte, visiblement un article. Charlotte lut le titre : *Symbolique de la neige et de la glace dans la nouvelle psychothérapie allemande.* Charlotte remarqua aussi des ampoules posées sur le bureau. Elle se demanda ce qu'elles faisaient là. S'agissait-il d'un traitement ?

— Venez, Charlotte, appela Mimi qui la tira de ses pensées. Aidez-moi. Je n'arrive pas à lui retirer ses bottes.

Charlotte se tourna vers l'homme, dénoua les lacets de sa botte gauche et tira. Ses chaussures lui tenaient vraiment bien aux pieds. Mimi réussit à libérer son pied droit.

— Oh, s'exclama-t-elle surprise, il avait quelque chose à l'intérieur. Pas étonnant que j'aie eu autant de mal !

Dans sa botte était dissimulée une feuille de papier roulée. Mimi ouvrit le message. Elle le parcourut rapidement et le roula à nouveau. Mais Charlotte avait eu le temps d'apercevoir quelque chose qui fit battre son cœur plus vite. Sur le message était tracé le dessin du serpent enroulé autour d'un bâton. Le même que Mimi portait caché dans son médaillon. Sans un mot, Mimi glissa le papier dans sa manche.

Peu après, elles avaient déshabillé l'homme. Amberg revint avec une seringue et un tube fin relié à une grosse bouteille. Gerlinde arriva avec un seau d'eau chaude. Elle le posa sur une chaise.

— Je le mets sous perfusion de chlorure de sodium, dit Amberg. Et nous allons lui appliquer des linges chauds sur les membres pour tenter de les dégeler.

À sa demande, Gerlinde plongea la bouteille dans l'eau chaude pour faire tiédir son contenu. Amberg chercha une veine dans l'avant-bras du blessé, posa l'aiguille de perfusion, puis inséra le tube relié à la bouteille. La solution tiédie commença à pénétrer dans le corps du blessé. Gerlinde lui étala des serviettes chaudes sur la poitrine, puis emballa ses bras et ses jambes. Lukas avait ramené une provision de bûches et relançait le feu dans le poêle. Il régnait dans la pièce une agréable chaleur. Charlotte espérait que tout se passerait bien. Grâce à Amberg, la perfusion et les serviettes chaudes, l'inconnu ne tarderait pas à se réveiller.

Mais le médecin-chef gardait l'air préoccupé. L'inconnu restait toujours inerte. Il avait l'air déjà très loin. Son visage était livide.

— Ça ne marche pas, dit Amberg au bout d'un moment. Il ne se passe rien. Peut-être à cause du coup qu'il a reçu sur la tête.

Gerlinde leva le bras pour monter la perfusion un peu plus haut, Amberg posa son stéthoscope sur le cœur de l'inconnu. Il secoua la tête. L'homme était mort.

Tout le monde était consterné. Mimi fut la première à se ressaisir. Elle inspecta la veste de l'homme.

— Rien, dit-elle, aucun papier.

Elle ne mentionna pas la feuille roulée qu'elle avait glissée dans sa manche.

— Je le reconnais, dit Lukas. C'est Hubi, un valet de ferme du village. On dit qu'il est un peu simplet.

— Il voulait me voir, le pauvre bougre ? demanda Amberg. On l'a retrouvé devant ma porte. Mais à cette heure de la nuit ? Il était peut-être blessé et s'est traîné jusqu'ici.

Il y eut un silence. Qu'allait-on faire de cet homme ?

— On va le garder ici cette nuit et le redescendre demain matin avec le traîneau, proposa Lukas. Je m'en occuperai.

Amberg secoua la tête.

— La police va se poser des questions. Une blessure à la tempe, ça intrigue. Ils vont se demander pourquoi il est venu mourir à minuit devant notre porte.

Il avait l'air inquiet.

— Cela pourrait avoir des conséquences fâcheuses, Lucifer.

Lukas se racla la gorge.

— On pourrait dire qu'on a retrouvé l'homme dans la forêt pendant qu'on ramassait du bois, suggéra-t-il. Ils vont se poser des questions mais, si on prétend avoir trouvé le cadavre en bas dans la forêt, ils ne monteront pas jusqu'au Bois des Ombres.

Charlotte n'en croyait pas ses oreilles. Lukas proposait au médecin-chef de mentir à la police. Comme s'ils faisaient partie d'une même équipe.

Amberg réfléchit.

— Lucifer, dit-il enfin, nous allons emballer le corps dans une toile et l'emmener dans la remise par la porte de derrière. Demain matin, vous le descendrez au village. Vous direz que vous l'avez trouvé par hasard en ramassant du bois dans la forêt. Nous n'avons pas le choix.

Les autres approuvèrent.

— Nous n'avons rien à nous reprocher, ajouta Amberg. Nous avons fait notre possible pour sauver cet homme. Il n'y a pas de raison que cela nous cause des ennuis avec les autorités.

Il affichait une détermination qui ne manqua pas d'étonner Charlotte.

Elle se sentit prise de vertige. Que se passait-il ici ? Elle n'était que pensionnaire et ne tenait pas à être témoin d'événements qu'il valait mieux ignorer. Elle avait peur de perdre un équilibre qu'elle avait bien du mal à trouver.

13

Cette nuit-là, le petit groupe avait quitté le bureau d'Amberg sans discuter plus longtemps. Mimi avait recommandé à Charlotte de ne pas évoquer ce qui s'était passé devant les autres pensionnaires. Charlotte avait acquiescé d'un signe de tête. Non, elle ne dirait rien à personne.

Tôt le lendemain, Lukas sortit le traîneau et emporta son sinistre fardeau au village. Aucun des patients n'avait manifestement posé de question au sujet de l'homme retrouvé dans la neige. Charlotte était soulagée que, la veille, Stühling, l'assistant, soit descendu dans la vallée rendre visite à des parents éloignés. Mieux valait qu'il soit absent dans de telles circonstances. Le jeune médecin au regard glacial la mettait mal à l'aise.

Charlotte fut affectée à la cuisine pour la matinée. Après le petit-déjeuner, le groupe se rassembla près des fourneaux. Pour la première fois depuis des semaines, Charlotte eut à nouveau l'impression de flotter en dehors de son corps, comme étrangère à elle-même.

Mimi envoya Charlotte et deux autres pensionnaires chercher du chou blanc dans la cabane à provisions derrière la réserve de bois. À l'automne, on passait une ficelle à travers les trognons pour suspendre les choux, la tête en bas. Cela évitait que l'eau ne stagne dans les trognons et fasse moisir les têtes. Lorsqu'elles revinrent avec les légumes, les pensionnaires s'installèrent autour de la grande table de travail. Luise aussi était de service.

— Camarade, rejoins-nous si tu veux œuvrer au salut de la communauté, commença-t-elle à réciter sur un ton monocorde, comme sous hypnose.

— Oui, oui, continua Mimi, vivement qu'il arrive, le salut. Luise, tu connais un slogan qui parle de nourriture ?

Luise n'eut aucune hésitation.

— Pour gagner la bataille alimentaire, il faut accroître la production. Pour avoir plus à manger, ne laissons pas pourrir les denrées ! déclama-t-elle.

— Parfaitement, dit Mimi, tout ce qui est pourri doit disparaître. C'est pour cela qu'on nettoie les légumes. Au travail !

Les pensionnaires découpèrent les feuilles de chou. Des pommes de terre cuisaient déjà dans une grosse casserole. Au menu, Mimi avait prévu aujourd'hui du chou farci à la pomme de terre. Le feu avait beau dispenser une agréable chaleur dans la pièce, Charlotte se sentait complètement ailleurs. Elle aurait aimé revenir sur les événements de la nuit. Mais elle avait promis de ne rien dire.

Elle s'assit à côté de Mimi. La cuisinière portait à nouveau son pendentif autour du cou. Elle sentait l'eau de rose, et Charlotte remarqua que ses mains étaient très soignées, bien qu'elle observât une marque de brûlure.

Charlotte arracha les feuilles extérieures du chou d'un geste mécanique. Puis elle saisit le couteau et poursuivit son travail. Mais la lame glissa le long du trognon et vint se planter dans la paume de sa main gauche. Le sang affleura aussitôt. Il coulait le long de sa main, rouge et chaud. Ce n'était pas désagréable. Charlotte ne poussa aucun cri. Ce qui se passa ensuite lui échappa complètement. Elle planta à nouveau le couteau dans sa paume, volontairement cette fois, plus profond, sous la première entaille. Le sang jaillit. Elle leva sa main ensanglantée. Charlotte ressentit un sentiment de triomphe, de consécration. Il lui semblait avoir traversé un mur.

Les autres pensionnaires la regardèrent stupéfaits. Mimi saisit un torchon blanc, attrapa le bras de Charlotte et emmaillota sa main gauche avec le linge.

— Tiens-le fort, dit-elle à Charlotte, on va à l'infirmerie.

Elles quittèrent la cuisine, tandis que Gerlinde calmait le reste du groupe.

Elles rejoignirent le bâtiment des pensionnaires. Mimi sortit une clé qui ouvrait la porte de l'infirmerie. Charlotte était heureuse de se retrouver seule avec elle. Elle s'assit sur la table de soins. Mimi maintenait le linge autour de la main de Charlotte. Puis elle passa son bras gauche autour de ses épaules. Cela faisait si longtemps que personne n'avait fait ce geste. Il lui sembla soudain qu'elle se libérait d'un poids. Qu'elle pouvait se laisser aller, ici, à l'infirmerie, dans les bras d'une cuisinière qui n'en était peut-être pas une. Dans une clinique où un homme avait été retrouvé à moitié gelé devant la porte, et où des patientes avaient disparu sans que personne ne s'en inquiète.

Elle se mit à pleurer. Elle se sentait épuisée et seule. Il se passait des choses tellement déroutantes au Bois des Ombres. Elle sanglota sans retenue, comme elle n'avait pu le faire après la mort de Robert, quand sa mère s'était retirée sans un mot dans sa chambre et qu'un vide oppressant s'était répandu dans toute la maison.

Mimi lui tendit un mouchoir et la laissa sangloter.

— Charlotte, dit-elle au bout d'un moment, je crois qu'on va devoir parler.

— Je ne veux pas.

— Il va pourtant bien falloir.

— De l'homme mort ? De la lettre avec le caducée ?

— Ah, tu l'as donc vue.

— D'Amberg ? De Kettenbach ?

— Oh, tu le connais aussi ?

— De Rose, la patiente qui peignait si bien ?

— Mon Dieu, qu'as-tu donc appris au sujet de Rose Wurzner ?

— Et de toi, Mimi ? Tu veux qu'on parle de toi ?

Charlotte était elle-même surprise d'entendre ces mots jaillir de sa bouche.

Mimi eut un long soupir. Elle lâcha le bras de Charlotte et se leva.

— Je vais d'abord te faire un pansement, dit-elle en ouvrant l'armoire à pharmacie.

Elle n'avait pas besoin d'appeler une infirmière. Elle savait parfaitement comment s'y prendre. Elle prit une compresse dans l'armoire et un flacon d'iode.

Charlotte tendit sa main blessée. Elle ne sanglotait plus, mais pleurait en silence.

— Rose Wurzner était pensionnaire ici, une patiente très malade, dit Mimi tandis qu'elle tamponnait doucement la paume de Charlotte. Le docteur Amberg l'a envoyée en traitement chez le professeur Kettenbach, à la demande de celui-ci. Hélas.

Charlotte ne dit rien. Peut-être aurait-elle préféré ne pas entendre ce qui allait suivre.

— Rose s'est enfuie de chez Kettenbach et s'est jetée sous un train.

Charlotte cessa de pleurer. Elle retint son souffle.

— Kettenbach réclame une nouvelle patiente du Bois des Ombres, dit Mimi d'une voix lasse. Le messager de notre organisation Esculape, qui est mort hier soir, nous a fait passer une lettre. Elle contient des renseignements nouveaux sur les traitements de Kettenbach. Et aussi le nom de la patiente qu'il veut emmener.

Charlotte sentit la coupure piquer sous l'effet de l'iode. Mimi s'empara d'une compresse. Elle l'appliqua sur la main de Charlotte et déroula une bande autour pour la faire tenir. On aurait dit qu'elle avait fait ce geste des centaines de fois.

— Quelle patiente réclame Kettenbach ?, demanda Charlotte. Elle sentait que Mimi avait un poids sur le cœur.

— Sophia Ederle, dit Mimi. Il faut la sauver. Et aussi le Bois des Ombres. Charlotte, tu pourras peut-être nous aider.

14

Innsbruck, décembre 2014

Lorsque j'ouvris les yeux, il me fallut un moment pour retrouver mes repères. On était mardi matin, je me trouvais à Innsbruck dans la maison de ma grand-mère, dans son lit à baldaquin jaune. Hier soir, j'avais lu ses cahiers jusque tard dans la nuit. Ma grand-mère avait vraiment vécu des choses incroyables ! Ainsi donc, le professeur Kettenbach appliquait des méthodes qui avaient poussé une patiente à se suicider.

Mes yeux se posèrent sur le piolet qui était posé à côté de moi, dans le lit, comme un objet familier. Les événements d'hier après-midi me revinrent en mémoire. Maria Pramstaller était décédée, noyée ou morte de froid dans un lac de retenue. Je fus à nouveau prise de panique. Existait-il un lien avec les cahiers ? Ou mon imagination me jouait-elle des tours ? Il fallait que je me lève et prenne cette journée à bras le corps. Cela me ferait le plus grand bien.

Je me mis debout et glissai le piolet sous le lit. Il était largement temps d'aller promener Leo. J'irais ensuite au cimetière. Puis je ferais la connaissance d'Ulrich Pramstaller qui, au téléphone, s'était montré plutôt réticent. Mais les choses allaient peut-être s'éclaircir.

Mon téléphone portable se mit à sonner. L'écran afficha un numéro de Hambourg que je connaissais bien, celui du magazine *Vita*. Je sentis la mauvaise conscience s'emparer de moi. Hier déjà, j'aurais dû appeler Gäbler, le rédacteur en chef, pour lui annoncer combien de temps je serais encore absente.

En réalité, je ne me préoccupais guère de *Vita*. Peu m'importait de savoir combien de temps je resterais encore loin de Hambourg et de la rédaction. Une attitude peu responsable pour une chef de rubrique...

Je décrochai. À l'autre bout du fil, ma collègue Rieke me salua de sa voix énergique de battante.

— Anne, comment vas-tu ?

— Oh, très bien. Enfin, je suis en train d'organiser un enterrement. Ma grand-mère est décédée, tu l'as peut-être appris ?

— Oui, Gäbler m'a prévenue, toutes mes condoléances.

Rieke devait avoir une bonne raison de m'appeler si elle était au courant que j'avais quitté Hambourg pour des raisons familiales.

— Gäbler ne savait pas quand tu allais rentrer, continua-t-elle. Alors il m'a demandé de voir avec lui le dossier sur le bonheur. Il m'a chargée de le boucler sans attendre de nouvelles propositions de ta part. Tu n'es donc plus dans la course. Je tenais à jouer franc-jeu avec toi.

Je sentis un léger pincement au cœur. On peut se retrouver très vite évincé. Mais Rieke, en m'appelant, avait eu la bonne attitude. D'habitude, j'avais mon mot à dire sur tous les sujets liés à la psychologie. Si Gäbler me mettait à l'écart, c'est qu'il voulait voir comment ça se passerait sans moi.

— Merci, Rieke. Votre dossier va faire un tabac, dis-je sans trop y croire.

— Gäbler est super directif avec moi, se plaignit Rieke. Il ne veut pas qu'on donne trop la parole aux femmes de cinquante ans qui s'éclatent avec leur chien, leur jardin ou leur chorale. Il veut davantage de consommation, et qu'on vise un public plus jeune. À cause de la publicité.

Les sondages indiquaient que la majorité de nos lectrices avaient un certain âge et qu'elles aimaient les articles sur la randonnée, les plantes et les animaux domestiques. Des domaines peu porteurs pour la publicité.

— Oh, Gäbler, dis-je en prenant un ton assuré. Vous finirez bien par trouver un compromis. La conso est synonyme de bonheur pour ceux qui ont connu des manques. Pense à l'après-guerre. Essaie d'ajouter une touche historique.

J'étais contente d'avoir pu trouver une idée.

— Tu as raison, concéda Rieke. On verra ce qu'en pense Gäbler. Mais il m'a déjà mise en garde contre les sujets historiques, soi-disant pas assez vendeurs. Les annonceurs n'aiment pas qu'on tape dans l'ancien.

— Oui, je sais bien.

J'étais contente d'être loin du boulot. J'échangeai encore quelques idées avec Rieke avant de raccrocher. Je restai immobile, songeuse. Je ne pensais pas qu'on me mettrait au placard si vite. Gäbler entendait diriger lui-même le dossier sur le bonheur d'un magazine féminin. C'était ridicule.

Je passai dans la salle de bains, me déshabillai et tournai le robinet de la douche. L'eau chaude qui ruisselait sur mon corps me réconforta. Quel luxe de disposer partout d'eau chaude sans être obligé d'allumer du feu dans une chaudière. Ma grand-mère avait peut-être raison de dire que notre génération considérait comme évidentes beaucoup de choses qui, autrefois, n'allaient pas du tout de soi. Il était parfois instructif d'imaginer la vie à une autre époque pour observer le temps présent.

Je m'habillai et partis faire un tour avec Leo. De retour à la maison, je me préparai un petit-déjeuner à base de café aux céréales, de pain de seigle et de pâte à tartiner végétale. Je me demandai qui viendrait à l'enterrement. Qui fallait-il prévenir ? Je repensai au carnet d'adresses de ma grand-mère. J'allai voir dans le tiroir du bureau et retrouvai le vieux carnet relié en cuir.

Ma grand-mère s'était servie d'un stylo noir pour inscrire, derrière certains noms, des indications de profession. Mon père aussi avait fait cela. Quand il avait commencé à perdre la mémoire, il avait eu très peur de ne pas se rappeler qui étaient ses amis et sa famille. Il était déjà dans une maison de retraite quand je découvris les annotations qu'il avait ajoutées dans son carnet d'adresses. J'avais été chavirée de lire, derrière mon nom, les mots « fille », « journaliste ».

Je feuilletai le répertoire de ma grand-mère. Je remarquai un nom anglais, Maureen Grave, suivi d'une adresse à Cambridge, en Angleterre. Ma grand-mère avait précisé « chercheuse en climatologie, petit âge glaciaire ». Un autre professeur, Rainer Holterer, figurait dans la liste, avec un numéro de téléphone, une adresse à Innsbruck et la mention « glaciologue ». Des médecins et une pédicure étaient également répertoriés. Plus loin, je trouvai le numéro de téléphone de Theres Kurz et le portable de Gita Mogany que j'avais essayé d'appeler en vain. Les numéros de portable et de fixe de Maria Pramstaller apparaissaient également. Certains noms avaient été soulignés par ma grand-mère. Peut-être voulait-elle indiquer par là que ces personnes lui étaient particulièrement chères ? Je décidai que j'enverrais à tous ces noms un faire-part pour les informer que l'enterrement aurait lieu lundi prochain.

Je regardai les dernières pages du carnet. À la lettre W, je marquai un moment d'arrêt. Je lus le nom de Mimi Westheimer, souligné de deux traits. Il correspondait à une adresse et un numéro de téléphone à Zürich. Ma grand-mère avait rajouté une croix avec une date, celle du 28 juillet 1993. Mimi Westheimer, la cuisinière du Bois des Ombres. Manifestement, ma grand-mère était restée en contact avec elle bien après la guerre. La cuisinière était décédée en 1993.

Je feuilletai le carnet en partant de la fin. À la lettre S, je trouvai mon nom : Anne Südhausen. Il était souligné trois fois et complété par cette phrase : « Ma petite-fille ! L'avertir en cas de décès ! » Je fus submergée par une vague de tristesse. J'aurais donné beaucoup pour voir ma grand-mère réapparaître une fois encore à la porte de ce bureau. Pourquoi avais-je attendu si longtemps pour revenir ?

Einstein avait peut-être raison lorsqu'il affirmait que le temps était une illusion. Tout existe simultanément, à l'image des trois villages situés à trois coudes du fleuve. Leurs habitants ne s'éloignent jamais et n'ont pas connaissance des autres villages. Ils pensent tous être seuls au monde et que le fleuve fait un seul virage. C'est peut-être la même chose avec le temps, nous ne voyons ni le passé ni l'avenir, alors qu'ils sont là au même titre que le présent. Cette idée me réconfortait.

Je comptai les noms soulignés dans le répertoire. J'enverrais donc le faire-part à dix personnes. Peu après, j'enfilai mes affaires d'hiver, attachai la laisse au collier de Leo et quittai la maison.

J'avais pris un plan de la ville et trouvai quel tramway prendre pour aller au cimetière. Il soufflait un vent glacial ce matin-là. Même s'ils étaient ponctués de gros tas de neige sale, les rues et les trottoirs étaient dégagés. Le bus se remplit de jeunes femmes avec des enfants et de dames âgées au visage rougi et pimpant qui partaient faire des courses en ville. Noël approchait.

Je ne m'étais pas encore inquiétée de savoir avec qui je passerais le réveillon. Pas avec Alex, en tout cas. Sabine et moi pourrions préparer un repas et inviter d'autres célibataires. Faire la cuisine à plusieurs, préparer les différents plats à deux, ça pouvait être amusant. Je repensai au récit de ma grand-mère sur la cuisine de Mimi au Bois des Ombres. Pour changer, on pourrait tenter un menu avec des recettes d'autrefois. Pas forcément du pâté sans viande ou des pommes de terre farcies, on pourrait trouver d'autres idées. Je ne me retrouverais pas seule à broyer du noir le 24 décembre à cause d'Alex. Cette idée m'apaisa.

Je descendis du bus peu après, marchai jusqu'au cimetière et attachai Leo à l'entrée. La neige recouvrait de nombreuses tombes d'un manteau blanc qui protégeait les morts. Des bougies brûlaient sur certaines pierres tombales. Les familles avaient creusé un trou dans la neige pour leur faire une place avant de les poser. Je remarquai les sculptures qui ornaient certaines tombes, des personnages de pierre moins périssables que les corps qu'ils gardaient. À l'arrière-plan, j'aperçus des galeries en arcades. La neige poudreuse voltigeait sur le sol, soufflée par le vent. J'étais seule avec deux autres visiteuses, il n'y avait personne d'autre ce matin-là.

Un mur entourait une parcelle du cimetière, le carré juif. Un monument rappelait le souvenir des juifs assassinés sous le régime nazi. Une pierre tombale nommait six membres d'une même famille qui avaient péri dans l'Holocauste. Sur les tombes étaient gravées l'étoile de David et des inscriptions hébraïques. Quel lien ma grand-mère avait-elle entretenu avec ses parents après la guerre ? Son père travaillait dans l'armement et soutenait le national-socialisme. Mon arrière-grand-père. J'ignorais tellement de choses.

Petite fille, j'étais venue dans ce cimetière avec ma grand-mère. Mais j'aurais été incapable de retrouver la tombe de mon grand-père à partir de mes souvenirs. Samedi, Theres Kurz m'avait donné un plan pour m'aider à la localiser. Je tournai à gauche, pris la deuxième allée à droite, puis à nouveau la deuxième à droite, puis tout de suite à gauche. D'après le plan de Theres, c'était là que devait être enterré mon grand-père, Lukas Waldhofer. Mais je ne trouvai pas sa tombe. Je continuai à chercher, mais aucune pierre tombale ne mentionnait le nom de Waldhofer. J'étais maintenant tout près des arcades. Si la tombe avait été à proximité, Theres me l'aurait sûrement signalé.

Il devait y avoir quelque part un service administratif dans ce cimetière. J'aperçus une porte au milieu des galeries en arcades. J'entrai dans les locaux. Une femme plus toute jeune, avec un visage aimable et des cheveux aux mèches blondes, était assise à un bureau. Je lui exposai le motif de ma visite.

— Lukas Waldhofer ? demanda-t-elle. Je viens de le chercher.

Elle chargea une liste sur son ordinateur.

— Sa tombe est ici, dans le carré numéro trois. Quand vous sortez d'ici, c'est la deuxième allée en diagonale à gauche.

Je remerciai poliment. Elle me regarda d'un air songeur.

— Vous êtes de la famille ?

— Oui, c'est mon grand-père. Lundi prochain, on enterrera ma grand-mère à ses côtés. J'habite à Hambourg et je ne suis pas venue sur la tombe depuis longtemps.

— Ah bon. D'autres parents se sont déplacés.

— Comment cela ? demandai-je.

— Quelqu'un cherchait déjà cette tombe samedi. J'étais passée pour récupérer quelque chose au bureau. Un homme s'est adressé à moi devant le portail d'entrée. Il cherchait la tombe des époux Waldhofer, il s'était visiblement perdu dans le cimetière, comme vous.

Je ressentis un étrange malaise. Un homme s'intéressait à la tombe de mes grands-parents sans savoir où elle se trouvait... Qui cela pouvait-il bien être ?

— À quoi ressemblait ce monsieur ? demandai-je en m'efforçant de ne pas avoir l'air indiscrète.

La femme hésita et réfléchit.

— Entre deux âges, de taille moyenne, il portait un chapeau et des lunettes sombres, dit-elle.

Cette description aurait pu correspondre à n'importe quel homme de mon entourage, connu ou inconnu, pour peu qu'il mette un chapeau et des lunettes. Mais je n'osai pas l'interroger davantage. Je n'aurais d'ailleurs pas su quoi lui demander.

Dehors, le vent s'était calmé. Un tendre soleil hivernal pointait dans le ciel. Je suivis les indications de la secrétaire et trouvai peu après la pierre tombale gris clair gravée au nom de « Lukas "Lucifer" Waldhofer ». Né le 10 mars 1913, mort le 1er décembre 1965, trois ans avant ma naissance. Sous son nom, je reconnus le caducée dans un triangle inversé. Il incarnait « l'aventure de notre vie » m'avait expliqué un jour ma grand-mère quand j'étais enfant. Le signe d'une organisation à laquelle avait manifestement aussi appartenu mon grand-père.

Un frisson me parcourut, mais il n'était pas dû au froid. Ce signe relierait bientôt leurs deux noms, Lukas et Charlotte Waldhofer. Celui de Lukas figurait en haut, et l'on pourrait bientôt lire celui de ma grand-mère en dessous. Ils seraient à nouveau réunis, liés par ce symbole. Je m'attardai encore quelques minutes devant la tombe. Elle avait l'air entretenue, autant que je pouvais m'en rendre compte sous la couche de neige. Je viendrais bientôt allumer une bougie dans un photophore pour que le vent ne l'éteigne pas.

Il fallait maintenant que j'aille aux pompes funèbres. Devant le portail du cimetière, Leo me fit la fête. Il était agréable d'avoir quelqu'un sur Terre qui se réjouisse autant de vous voir arriver. Au fond, je comprenais les femmes seules qui avaient un chien, la cible favorite des moqueries de mon rédacteur en chef.

Je fus reçue aux services funéraires avec une compassion toute professionnelle. Derrière son bureau, l'employée se détendit en entendant que la défunte était ma grand-mère de quatre-vingt-douze ans. Le personnel adaptait manifestement son discours au degré de parenté de la clientèle endeuillée. Le décès d'une personne âgée était jugé moins poignant que la perte d'un époux ou d'une épouse, d'une mère ou d'un père. Cette idée me déplut.

Je cherchai une formule à imprimer sur le faire-part. « Mon âme étendit largement ses ailes et survola les terres paisibles, comme si elle rentrait chez elle. » C'était un extrait d'un poème de Joseph von Eichendorff, *Nuit de lune*. Ces vers m'attristaient, mais je trouvais réconfortante l'idée que l'âme de ma grand-mère puisse regagner le lieu où elle se sentait bien.

15

J'arrivai vers midi à la maison de ma grand-mère. La sonnette retentit peu après, la voisine était derrière la porte, pâle et tremblante.

— Mon Dieu, avez-vous déjà appris la nouvelle ?, s'écria-t-elle. Il paraît qu'elle s'est suicidée. Jetée à l'eau. Morte de froid dans la retenue de Längental. Quelle horreur ! Dire qu'on buvait encore le café ensemble samedi. Ce doit être à cause de sa maladie.

— Quelle maladie ? demandai-je étonnée.

— Elle avait un cancer du sein, répondit la voisine, mais elle n'aimait pas en parler. C'est pour ça qu'elle portait cette perruque grise. Le cancer était revenu. Je sais qu'elle voulait partir en Suisse se faire traiter dans une clinique naturopathe. Mais ça coûtait très cher, et elle n'avait pas de quoi payer, elle ne roulait pas sur l'or.

— Ah bon, dis-je en me sentant un peu gênée.

Je m'étais affolée pour deux vieux cahiers disparus, allant jusqu'à soupçonner l'amie de ma grand-mère de les avoir volés. En réalité, cette femme était gravement malade et devait faire face à bien d'autres soucis.

— J'ai rendez-vous tout à l'heure avec le neveu de Maria Pramstaller, dis-je. J'en apprendrai peut-être davantage.

— Son neveu ! dit Theres d'un ton peu amène. C'est lui qui vous a appelée ?

— Non, c'est moi, dis-je en restant évasive. Pour une histoire de documents et de vieilles photos concernant ma grand-mère.

J'hésitais à l'informer de ma découverte du journal intime. La voisine avait toujours une clé de la maison. Je ne me voyais pas lui demander carrément : « C'est vous qui êtes entrée dans la maison dimanche soir ? Et qui avez emporté deux cahiers noirs de la pile posée sur le bureau ? » C'était absurde. Si elle s'était introduite en mon absence, elle les aurait certainement tous dérobés. De plus, j'avais encore besoin de la voisine, je ne voulais pas la malmener.

— Pourriez-vous prendre Leo pendant deux heures ? demandai-je pour changer de sujet.

Je fus ravie qu'elle accepte.

Peu après, je sautai dans un tramway et regardai défiler les façades d'immeubles bourgeois avec les montagnes dépassant à l'arrière-plan. Je n'étais ici que depuis quelques jours mais, bizarrement, je commençais déjà à m'y sentir chez moi.

J'arrivai rapidement dans la vieille ville où je marchai jusqu'à l'immeuble de Maria Pramstaller. C'était un bâtiment ancien à pignon pointu qui semblait formé de plusieurs petits appartements empilés les uns sur les autres. J'hésitai un peu car j'étais en avance. D'une vingtaine de minutes. Il n'était guère poli de débarquer aussi tôt. Mais ce n'était peut-être pas si grave, le neveu devait être en train de faire du tri dans l'appartement de sa tante. Un vieux monsieur qui sortait de l'immeuble me tint la porte lorsqu'il comprit que je voulais entrer. À en croire la plaque de porte, Maria Pramstaller devait habiter au deuxième étage. Je montai les marches grinçantes et sonnai à la porte.

Un homme de taille moyenne, râblé, au crâne dégarni, avec des lunettes carrées à monture sombre m'ouvrit. Je me l'étais imaginé autrement, moins anguleux et moins chauve. Il devait avoir une cinquantaine d'années. Il me regarda d'un air surpris et légèrement contrarié.

— Madame Südhausen ? Je ne vous attendais pas avant seize heures. Mais entrez. Donnez-moi votre manteau. Je suis Ulrich Pramstaller, le neveu de Maria.

Il portait un costume et une cravate, sans doute était-il venu directement du travail. Sa carrure ne correspondait pas aux dimensions de cet appartement plutôt réduit et encombré qui se composait d'une pièce assez vaste et d'une grande cuisine. Maria Pramstaller ne disposait manifestement pas de gros revenus. Quand je l'avais rencontrée samedi, j'avais remarqué, à sa coiffure et sa tenue, qu'elle avait de la personnalité, mais je l'imaginais plutôt issue de la haute bourgeoisie. Peut-être n'avait-elle manqué d'argent que sur ses vieux jours.

Le parquet était recouvert d'un tapis élimé qui avait dû avoir de la valeur. Le long du mur, un lit en fer forgé chromé était recouvert d'un dessus-de-lit en velours vert. Dans le fond, j'aperçus une cage où gazouillait un canari.

Une table en bois sombre servait visiblement aussi de bureau. Elle était encombrée par quelques dossiers sur lesquels Ulrich Pramstaller avait dû travailler avant que je l'interrompe par ma visite intempestive. Voyant fureter mon regard, il les regroupa rapidement. D'un geste de la main, il m'invita à m'asseoir. Sur la table étaient posées une cafetière et une fine tasse en porcelaine. Il alla en chercher une autre à la cuisine, ainsi que du lait et du sucre.

— Je vous présente mes sincères condoléances, commençai-je tandis qu'il me servait un café. Je venais de faire la connaissance de votre tante, car c'était une amie proche de ma grand-mère. Nous nous sommes vues samedi. Visiblement, beaucoup de gens ont été surpris et choqués par l'annonce de sa mort. Et par le fait qu'elle se soit suicidée.

— Je vous remercie pour ces marques de sympathie, dit Ulrich Pramstaller en s'asseyant.

Il me sembla déceler un peu d'ironie dans sa voix, comme s'il sentait que ma compassion n'était que de pure forme.

— Comment l'a-t-on retrouvée ? demandai-je, surprise de m'entendre poser une question aussi directe.

Au fond, le suicide de Maria Pramstaller ne me concernait pas. J'étais seulement la petite-fille de son amie.

— À moitié dans l'eau, à moitié sur la glace. C'est un promeneur en raquettes qui l'a découverte hier matin. La police n'a trouvé aucun indice qui laisserait supposer l'intervention d'un tiers.

Il parlait sur le ton neutre et froid d'un médecin légiste sans lien avec la personne défunte.

— Avait-elle une raison de se donner la mort ?

Je m'abstins de dire que Theres Kurz m'avait déjà informée de l'état de santé de sa tante, cela me paraissait un peu inconvenant.

— Elle était gravement malade. Un cancer, dit Pramstaller. Mais ma tante donnait le change et ne laissait rien voir de son état. Elle sauvait toujours les apparences. Hélas.

Il y eut un silence. Je bus une gorgée de café. Pramstaller ne touchait pas à sa tasse.

— Que puis-je faire pour vous ?, demanda-t-il.

J'avais l'impression de l'importuner et fus presque soulagée d'entendre son téléphone portable sonner. Il prit l'appel et disparut dans la cuisine. Manifestement, il ne voulait pas être entendu.

Je détaillai avec curiosité l'appartement. Sur une étagère, au-dessus de la table, s'alignait une collection de boules à neige. Avec le lit à l'ancienne, les étagères pleines de livres et la cage à oiseau, l'appartement trahissait quelque chose de nostalgique. Comme si Maria Pramstaller s'était construit un cocon protecteur. À l'échelle d'un studio, cet appartement me rappelait la maison de ma grand-mère. Il sentait le bois et le vieux tapis.

Sur la table étaient posées une chemise cartonnée, une pochette transparente et une brochure. J'entendais le neveu, à la cuisine, pris dans une discussion qui avait l'air de se prolonger.

J'attrapai la chemise et jetai un coup d'œil sur la pochette transparente. Elle contenait des cartes de visite. Je me penchai pour déchiffrer le texte imprimé dessus. « Ulrich Pramstaller. Consultant. Alpha Pharmaceuticals ». La brochure publicitaire vantait un médicament : « Citalopram. Sortir de la dépression. » J'aurais volontiers jeté un œil à l'intérieur de la chemise cartonnée. Mais d'après les bribes qui me parvenaient de la cuisine, j'en conclus que Pramstaller était sur le point de raccrocher.

— Bien, rendez-vous est pris. À jeudi prochain.

Je me dépêchai de reposer la chemise sur la pochette.

Pramstaller réapparut dans la pièce.

— Excusez-moi, dit-il. Je ne pouvais pas reporter ce coup de fil. Est-ce que je peux encore faire quelque chose pour vous ?

Il fallait que j'en vienne au but.

— Ma grand-mère avait prêté quelque chose à votre tante. Quelque chose de très personnel. Je suis désolée de vous importuner dans un moment pareil, mais j'aimerais pouvoir récupérer cela.

— Bien sûr. De quoi s'agit-il ?

— Ce sont deux volumes d'un journal intime. Deux vieux cahiers d'écolier noirs. De Charlotte Rotstetter. C'était le nom de jeune fille de ma grand-mère. Il figure sur la page de titre.

Je n'avais pas envie de lui en dire plus. Il ne fallait surtout pas attirer son attention. Je voulais simplement récupérer ces deux cahiers.

— Deux vieux cahiers de Charlotte Rotstetter. Bon, je les chercherai dans l'appartement. Mais laissez-moi un ou deux jours. S'ils sont ici, je devrais les trouver. Je dois mettre la main sur pas mal d'autres documents, dit-il sans enthousiasme.

Il n'avait aucune envie de s'occuper de l'enterrement et des papiers de sa tante, ce n'était pas une sinécure et cette perspective lui pesait. Je ressentis un peu de compassion pour la défunte.

Une autre idée me traversa l'esprit.

— J'aurais encore une question. Vous connaissez Gita Mogany. Elle travaillait comme aide-ménagère chez ma grand-mère. Samedi, lors de sa visite, votre tante m'a dit que c'est vous qui l'aviez mise en contact avec ma grand-mère. Savez-vous comment je pourrais la contacter ? C'est assez important.

Pour la première fois, j'eus l'impression de voir s'éclairer son visage anguleux.

— Giiiiita, dit-il en allongeant le « i » comme pour m'indiquer la façon correcte de prononcer ce prénom. Bien sûr que je connais Gita Mogany. Elle n'est pas à Innsbruck actuellement. Elle est allée voir sa sœur souffrante à Budapest.

Je fus déconcertée. Maria Pramstaller avait parlé de sa « mère » malade à Budapest. À moins que j'aie mal entendu ?

— Gita Mogany a une clé de la maison de ma grand-mère, expliquai-je. J'ai son numéro de portable, mais la connexion ne se fait pas. Savez-vous comment je pourrais la joindre ?

Pramstaller hésita.

— J'essayerai d'appeler la sœur de Gita. Mais je ne peux rien vous promettre. Là encore, je vous demanderai un ou deux jours de patience.

Manifestement, il ne souhaitait pas me donner le numéro de téléphone en Hongrie. Il avait peut-être encore un autre numéro de portable pour appeler Gita Mogany. En tout cas, il ne le mentionna pas.

— Je vous rappelle au plus tard après-demain.

Je me levai. Ulrich Pramstaller se mit également debout. Il poussa la chemise sur le côté et tira une carte de visite de la pochette transparente.

— Tenez, je vous laisse aussi mon numéro de portable. Au cas où.

Peu après, je redescendis les marches grinçantes de l'escalier et repris le tramway qui me ramena à la maison. Je me rendis compte que je n'avais pas demandé à Ulrich Pramstaller quand aurait lieu l'enterrement de sa tante. Ce n'était pas très convenable, même si je la connaissais à peine. J'avais fait preuve d'indifférence.

Je me calai dans mon siège. Il faisait bon voyager dans ce tram au milieu de gens normaux. Des gens qui faisaient des courses de Noël pour leurs proches. Des écoliers qui revenaient du sport, les joues bien rouges. Des employés en lourds manteaux d'hiver qui rentraient chez eux après le travail. Ma grand-mère aussi devait prendre le tramway pour circuler en ville. Cette idée m'apaisa.

Mon portable sonna au fond de mon sac en cuir. Je farfouillai avant de mettre la main dessus. L'écran affichait un numéro que je connaissais. Je décrochai.

— Ici Siegfried Rattler, annonça une voix masculine dans l'appareil. Je suis content de vous entendre. Comment allez-vous ?

Mon cœur s'emballa.

— Oh, heu, très bien. Je suis dans le tramway. À Innsbruck.

— Parfait ! s'exclama Rattler. J'étais sûr que vous seriez encore ici. Au milieu des montagnes. Et nous avons un temps superbe. J'ai eu une idée, poursuivit-il d'une voix enjôleuse.

— Ah oui ? répondis-je.

J'étais contente qu'il n'aborde pas notre soirée de dimanche. Cette invitation à dîner qui avait tourné court. Il n'avait pas dû comprendre pourquoi. Je m'étais peut-être comportée de façon un peu bizarre, trop de choses s'étaient bousculées dans ma tête. J'étais contente qu'il me rappelle.

— Je pensais que vous aimeriez peut-être vous changer les idées, dit Rattler, d'aller skier une journée. Je voulais vous proposer de vous emmener en montagne, à Kühtai. Après-demain.

— Après-demain ?

Je regardai par la fenêtre du tramway. Dehors, dans la pénombre de la fin de journée, la neige tombait à gros flocons. Une journée en montagne pour faire du ski. Avec Siegfried Rattler, cet homme qui pouvait se montrer très empressé, puis soudain indifférent. Et qui affichait alors ce sourire en coin qui m'apparaissait comme un défi.

— Je n'ai pas de skis, répondis-je, mais j'irais volontiers en montagne.

— On louera le matériel sur place, suggéra Rattler. Je louerai une voiture et passerai vous prendre chez vous.

Chez moi ! Cette fois, il allait droit au but.

— D'accord, acquiesçai-je.

— Mais ne partons pas trop tard. Nous avons près d'une heure de trajet. Que dites-vous de huit heures et demie ?

— Très bien, jeudi à huit heures trente. Je vous attendrai devant la porte.

Rattler n'ajouta rien.

— Bien. Mais encore faudrait-il que je sache où vous habitez.

Je lui dictai l'adresse et terminai la conversation. Je rangeai mon portable et souris intérieurement. Une fillette assise en face de moi me dévisagea d'un air amusé.

J'avais un rendez-vous. Pour aller skier. Rattler était peut-être un peu étrange, un peu coincé. Dimanche, mon attitude et ma tenue sexy l'avaient sans doute dérouté. Il arrive qu'un homme chavire face à une femme en jupe serrée et décolleté plongeant qui a besoin de tester son pouvoir de séduction. Rattler n'avait pas su répondre à cette attente.

En revanche, il avait remué en moi les vieux souvenirs de l'accident. Mais il ne pouvait pas savoir. Jeudi, en montagne, tout se passerait différemment. De façon plus évidente. J'avais envie d'une rencontre tout à fait normale avec lui. Et j'espérais voir mes impressions mitigées se muer en véritables affinités.

Je descendis du tram toute joyeuse et passai récupérer Leo chez Theres Kurz. Une fois rentrée, je m'installai dans le bureau de ma grand-mère avec une assiette de petits toasts très appétissants et un thé à la menthe. Devant moi étaient posés deux cahiers noirs. Ce soir-là, je n'éprouvai pas le besoin de tirer les rideaux ni de me barricader comme la veille. J'avais un rendez-vous. Je parlerais peut-être à Rattler des journaux intimes. Il avait l'air de s'y intéresser. J'ouvris le cahier suivant.

16

Ötztal, janvier 1943

Quel bonheur d'être plongée dans un bain à la lavande. Charlotte profitait de la chaleur de l'eau. C'est Mimi en personne qui le lui avait fait couler en l'agrémentant de flocons de savon et d'essence de lavande. Elle avait étendu une grande serviette sur le fourneau pour la chauffer, et recommandé à Charlotte de ne pas mouiller sa main à cause du pansement. Trois jours s'étaient écoulés depuis la nuit où le messager était mort, et Charlotte commençait à retrouver sa tranquillité intérieure. Elle observait Mimi, dont le visage s'était coloré sous l'effet de la vapeur. Une mèche de cheveux s'était échappée du foulard qu'elle avait noué autour de sa tête. Depuis que Charlotte s'était volontairement blessée à la main, la cuisinière redoublait d'attention à son égard.

— Reste dans l'eau une vingtaine de minutes, dit Mimi, contente-toi de sentir ton corps. Tu es à l'abri, en sécurité. Si tu veux, je viendrai tout à l'heure te laver les cheveux. Avec ton pansement, tu n'y arriveras pas toute seule.

Charlotte acquiesça d'un signe de tête. Elle remarqua autour du cou de Mimi la chaîne où pendait le médaillon. Mimi l'avait glissé sous son corsage. Charlotte pensa au symbole qu'il refermait, symbole d'une organisation à laquelle Mimi appartenait. Ici, elle faisait office de cuisinière, mais elle exerçait auparavant le métier d'infirmière, avait-elle confié à Charlotte lorsque celle-ci lui avait posé la question.

— À tout à l'heure, dit Mimi en quittant la salle de bains.

Charlotte barbota dans la baignoire. Elle sortit un pied de l'eau, les orteils couronnés de mousse. Elle regarda le pansement à sa main gauche, encore étonnée de s'être volontairement meurtrie. De la main droite, elle écarta les cheveux mouillés qui lui tombaient sur le front. Elle s'était libérée de cette sensation de vertige qui l'avait submergée après la nuit dramatique.

Elle avait désormais une mission. Elle avait été chargée de s'occuper davantage de Sophia, sa camarade de chambre, pour éviter qu'elle ne parte chez le professeur Hermann Kettenbach. Il fallait que Sophia fasse des progrès tangibles, indéniables, pour que Kettenbach admette qu'il serait préjudiciable d'interrompre le traitement entrepris au Bois des Ombres, avait expliqué Mimi. Charlotte, qui partageait la chambre de Sophia, était la mieux placée pour y parvenir. Le docteur Amberg lui exposerait bientôt comment s'y prendre.

Charlotte se cala dans la baignoire et ferma les yeux. Mimi lui avait confié à l'infirmerie qu'il fallait sauver Sophia, mais aussi le Bois des Ombres. Qu'entendait-elle par là ? Plus tard, quand Charlotte lui avait demandé des précisions, Mimi avait éludé en répétant simplement que le Bois des Ombres ne devait pas fermer, que c'était un lieu vital, mais qu'elle était tenue de ne pas trop parler des autres patients. C'était aussi ce que Lukas avait répondu à Charlotte.

La porte de la salle de bains s'ouvrit, et Mimi entra dans la pièce. Elle se pencha, prit un morceau de savon et fit mousser les cheveux de Charlotte.

— Plonge ta tête dans l'eau, ordonna Mimi.

Charlotte s'immergea dans le bain pour que Mimi puisse rincer ses cheveux. La cuisinière se redressa et prit la serviette qu'elle avait mise à chauffer sur le fourneau. Charlotte sortit de la baignoire, et Mimi la frictionna pour activer le sang dans tout son corps.

Charlotte se remémora alors une scène d'enfance, un jour où Johanna, après le bain, l'avait enveloppée dans une serviette à capuche qui l'avait fait ressembler à un drôle de lutin. Johanna s'était ensuite tournée vers Robert pour le frictionner dans un autre drap de bain. Aussitôt après, Robert avait arraché à Charlotte la serviette à capuche pour la passer à son tour sur sa tête. Quand les jumeaux devaient se partager un objet unique, c'était toujours Robert qui se l'appropriait. Et personne n'intervenait jamais pour l'en empêcher, pas même Johanna.

Charlotte chassa ce souvenir. Mimi la laissa seule, et Charlotte mit du linge propre. Des sous-vêtements épais, de longs bas en laine tenus par une jarretière, une jupe descendant au mollet, un corsage en lainage et un gilet en pied de poule rouge et blanc. Cela faisait longtemps qu'elle n'avait pas porté de jupe. Le pantalon de Robert était à la lessive.

Mimi réapparut, un sèche-cheveux à la main. Charlotte s'assit sur un tabouret devant le lavabo en émail, et Mimi alluma l'appareil qui fit un bruit assourdissant. Charlotte s'étonna une nouvelle fois de l'étonnant mélange de modernité et de tradition qui régnait au Bois des Ombres. Chaque jour, on brûlait dans les poêles des quantités de bois pour se chauffer. La ligne de téléphone qui reliait la clinique à la vallée de fonctionnait plus, et il ne se trouvait personne pour la réparer. À côté de cela, Mimi se servait d'un magnifique sèche-cheveux en bakélite qui aurait fait plus d'un envieux à Ratisbonne.

— Je vais donner du mouvement à tes cheveux, promit la cuisinière. Charlotte, qui suivait l'opération dans le miroir, se vit peu à peu ressembler à une actrice de cinéma, avec une mèche ondulée très expressive qui encadrait son visage. Elle sourit. Même si Mimi s'exprimait quelquefois par énigme, toutes deux avaient scellé une alliance.

Charlotte se rendit ensuite dans la salle à manger pour le dîner. Dehors, une tempête fouettait les vitres des fenêtres, mais il faisait bon dans cette salle où Lukas avait allumé un feu qui crépitait dans la cheminée. On servait ce soir-là une soupe au pain accompagnée de l'affreuse tisane d'églantier que Charlotte avait déjà bue au service du travail du Reich et à laquelle on ne pouvait manifestement pas échapper, même au Bois des Ombres.

La fausse Zarah Leander, alias Bertha Uhlig, s'approcha de la table de Charlotte. Comme à son habitude, elle portait une longue robe à épaulettes, serrée par une large ceinture qui mettait sa silhouette en valeur. Ses cheveux étaient relevés en arrière, mais quelques boucles retombaient de chaque côté de son visage. Ce soir encore, elle avait fait bon usage de son fer à friser.

— Vous êtes bien jolie, mademoiselle Rotstetter, dit-elle avant de fredonner le grand succès de Zarah Leander, *Ich weiss, es wird einmal ein Wunder geschehen*[1] qu'on entendait souvent à la radio et que Charlotte connaissait aussi par cœur.

« Eine Frau wird erst schön durch die Liebe, ganz allein nur durch die Liebe[2] », chantait la fausse Leander en roulant les « r ».

1. « Je sais qu'un jour, un miracle se produira. »
2. « Pour être belle, une femme doit connaître l'amour. »

— Ah, l'amour, renchérit Hans Schuster, le beau moustachu qui était installé à la table voisine.

Il leva sa tasse de tisane d'églantier comme s'il tenait une chope de bière – son geste favori – et trinqua à la santé de Zarah Leander.

— Ma chère Uhlig, buvons à l'amour qui est le plus beau des miracles, n'est-ce pas ?

— Vous devez me confondre avec une autre, monsieur Schuster. Quelle impertinence ! rétorqua la fausse Leander en lui jetant un regard furibond.

L'aveugle Kolia, qui était assis à la même table, ne put s'empêcher de sourire. Charlotte se serait bien assise au piano pour entonner *Bei mir biste scheen*[1], mais elle ne pouvait pas encore jouer à cause de sa main blessée. Son humeur s'assombrit lorsque Josef Stühling apparut dans la salle à manger. Manifestement, l'assistant était déjà rentré de son voyage à Innsbruck. Il portait sa blouse blanche.

Stühling observait l'assistance avec ses yeux de fouine. Son regard s'arrêta longuement sur la fausse Leander qu'il scruta comme s'il la voyait pour la première fois. Charlotte sentit un frisson lui parcourir l'échine. L'assistant la mettait mal à l'aise, il ne souriait jamais et affichait souvent un air sarcastique lorsqu'il s'adressait aux patients. C'est lui qui menait les entretiens lors de l'admission des nouveaux pensionnaires. À son arrivée, Charlotte avait dû lui raconter des choses très personnelles, et il avait pris beaucoup de notes. Elle avait été mal à l'aise, car elle n'avait pas l'impression que cet homme était désireux de l'aider, mais plutôt avide de faire irruption dans son intimité. Elle aurait préféré se confier au docteur Amberg lors de ce premier entretien.

1. « Tu es le plus beau. »

Dans la salle à manger, l'assistant s'assit à une table un peu à l'écart des pensionnaires. Aussitôt, une des jeunes auxiliaires du service du travail s'empressa de venir lui demander ce qu'il désirait.

— Le personnel est à nouveau au complet, chuchota Alfred, le trembleur, assis à côté de Charlotte.

Il jeta un regard plein de défiance en direction de l'assistant.

— Espérons qu'il ne nous imposera pas ce soir les vociférations de Goebbels.

Stühling allumait souvent la radio et il avait loué récemment l'art oratoire du Führer et de son ministre de la Propagande. À Ratisbonne aussi, son père écoutait les retransmissions de discours politiques.

Charlotte se souvenait de la façon dont Hitler avait initié le mouvement national-socialiste en Allemagne. Il le présentait comme un vaste mouvement populaire, ce que martelait également Josef Goebbels, avec son accent rhénan et sa voix théâtrale. Goebbels encensait le « Führer » qui était censé sauver le peuple allemand de son enclavement géographique et économique. Le père de Charlotte aussi avait soutenu leur politique. Peu de temps après, son fils était mort.

Charlotte avala sa soupe, vida sa tisane d'églantier et se leva. Amberg entra dans la salle à manger. Il ne portait pas sa blouse de médecin, mais une veste marron en tweed. Il se dirigea vers la table de Charlotte :

— J'aimerais vous parler après le repas, dans mon bureau.

Charlotte acquiesça d'un signe de tête. Elle était très intriguée.

Peu après, elle enfila son manteau et pataugea dans la neige pour rejoindre la maison du personnel. Trois jours seulement s'étaient écoulés depuis la nuit dramatique où un homme était mort dans la bibliothèque d'Amberg. Cela lui faisait bizarre de revenir sur le lieu de ces événements.

Charlotte entra dans le bâtiment, tourna au rez-de-chaussée à gauche et frappa à la porte du médecin-chef. Il ouvrit.

— Entrez, je vous en prie, mademoiselle Rotstetter. Je viens de préparer du thé. Un vrai thé noir. Je l'ai laissé infuser longtemps pour qu'il ne vous empêche pas de dormir cette nuit.

Charlotte fut flattée de cette attention.

Elle parcourut la pièce des yeux, plus rien ne rappelait ce qui s'était passé l'autre soir.

— Oui, c'est un triste épisode, dit Amberg qui avait remarqué son regard. Cela a dû être terrible pour vous. C'est difficile aussi pour un médecin, de ne pas pouvoir sauver un blessé. Lucifer l'a déposé au village, sa famille a pris le corps en charge. Nous ne pouvions pas faire plus.

Il l'invita à s'asseoir dans l'un des deux fauteuils à oreilles. Le thé, le lait et les tasses étaient posés sur une petite table. Amberg servit.

— Venons-en à notre affaire. Mimi Westheimer vous a dit que nous attendions un hôte de marque, dit-il en croisant les jambes.

Charlotte acquiesça.

— Oui, monsieur le Professeur.

— Nous attendons la visite du professeur Hermann Kettenbach, poursuivit Amberg.

— Oui, je l'ai appris, monsieur le Professeur.

— Le professeur est un protecteur du sanatorium. Et pas seulement parce que sa nièce a été soignée ici il y a quelques années.

— Ah bon, dit Charlotte qui n'était pas au courant.

— De son côté, le professeur Kettenbach poursuit également des recherches, expliqua Amberg.

— Oui, je comprends.

— Il arrive aussi que Kettenbach travaille sur certains patients du Bois des Ombres. Nous pourrions lui en être reconnaissants. Mais il arrive que le professeur ne soit pas toujours en mesure d'apprécier les progrès que les patients font dans notre établissement. Ainsi, il a appliqué ses méthodes personnelles sur notre patiente Rose Wurzner, et il s'est avéré qu'il aurait été préférable qu'elle reste au Bois des Ombres.

Le visage d'Amberg se rembrunit, ce qui fit ressortir la cicatrice sur sa joue gauche. Il croisa les bras. Il avait dû être très secoué par la triste fin de Rose Wurzner.

— Je suis désolé pour Rose Wurzner, balbutia Charlotte.

— Cette fois, le professeur Kettenbach souhaite tester sur Sophia Ederle des méthodes inédites qui n'ont pratiquement pas été expérimentées, expliqua Amberg.

— C'est ce que j'ai cru comprendre, monsieur le Professeur, dit Charlotte.

Elle se demanda de quel type de traitement il pouvait s'agir. À ce sujet, Mimi n'avait répondu que de façon très évasive à ses questions.

— Mademoiselle Ederle fait actuellement ici de grands progrès, et le moment me semble mal choisi pour que le professeur Kettenbach l'emmène à Wurtzbourg où il dispose d'une sorte de laboratoire d'essais. Cela pourrait être néfaste pour les progrès de notre jeune patiente.

— Certainement, approuva Charlotte.

Toutefois, elle n'avait pas remarqué que Sophia avait réalisé ces derniers temps de si grands progrès. Sa compagne de chambre ne parlait toujours pas, ne souriait qu'en de rares occasions et se contentait de battre la mesure quand elle entendait de la musique. C'était tout.

— Nous devrons mettre ces progrès en avant devant le professeur Kettenbach. Je ne tiens pas à perdre une deuxième patiente à cause de lui, dit Amberg d'une voix amère.

— Vous avez raison, monsieur le Professeur.

— Cessez de m'appeler continuellement « monsieur le Professeur ». Je suis le docteur Amberg, rien d'autre, répliqua le médecin-chef.

Il but une gorgée de thé.

— J'ai prévu un programme thérapeutique à l'attention de mademoiselle Ederle. Il faut qu'elle parle d'ici la visite du professeur Kettenbach, dans trois semaines. Je m'occuperai d'elle plusieurs fois par semaine, nous ferons aussi des ateliers artistiques. Et vous pourrez nous prêter main-forte.

Il l'observa et son regard se fit plus chaleureux. Ses yeux, plus clairs que d'habitude, avaient pris la couleur de l'ambre, mais sans cet éclat un peu maladif que Charlotte y décelait parfois. Elle remarqua que la courbe de sa lèvre supérieure était joliment dessinée.

— Comment pourrai-je me rendre utile ? demanda Charlotte.

— Vous emmènerez mademoiselle Ederle chercher du bois dans la forêt, puis vous lui ferez recharger le poêle de votre chambre ; le passage du froid au chaud est bénéfique. Il faudrait qu'elle fasse un peu plus d'exercice physique. Il serait bon aussi que vous lui jouiez plus souvent du piano. Et puis il faudrait lui faire la lecture comme à un enfant. Pour que Sophia soit touchée en profondeur et qu'elle reprenne confiance en elle. Je vous donnerai une histoire à lui lire le soir. J'ai bon espoir que les images véhiculées par ce conte l'aideront à guérir.

— Je peux bien sûr aller chercher du bois avec Sophia et lui faire la lecture, promit Charlotte.

Cette tâche était tout à fait dans ses cordes.

— Merci, répondit Amberg. Et maintenant, parlons de vous.

Il considéra le pansement sur sa main gauche.

— C'est encore douloureux, mademoiselle Rotstetter ?

Il avait l'air préoccupé. Une douce chaleur se répandit dans la poitrine de Charlotte.

— Oh non, à peine, docteur. C'est Mimi qui s'occupe du pansement. Et elle fait ça avec une grande habileté, répondit Charlotte.

— J'aimerais vous proposer quelques heures de thérapie avec moi. On pourrait convenir d'une heure par semaine, ici dans la bibliothèque et, plus tard, dans l'atelier de dessin. J'aimerais commencer la semaine prochaine. Vous seriez d'accord ?

Il la regarda d'un air interrogateur, comme s'il n'était pas sûr qu'elle se réjouisse de cette proposition.

— Bien sûr, très volontiers, répondit-elle.

Des heures de thérapie privées avec Amberg, pendant lesquelles il ne s'occuperait que d'elle ! Son cœur s'accéléra. En même temps, elle ressentait une légère appréhension.

— Très bien, approuva Amberg en souriant. Je vous communiquerai bientôt une heure de rendez-vous. Nous allons en rester là pour aujourd'hui.

Il se leva.

— Voilà, je vais vous remettre un texte à lire, expliqua-t-il en se dirigeant vers son bureau.

Il saisit quelques pages sur une pile, les glissa dans une chemise en carton et lui tendit le tout. Puis il raccompagna Charlotte à la porte. Elle le salua et sortit du bâtiment.

Elle glissa la chemise en carton sous son manteau comme s'il s'agissait d'un nouveau-né qu'il fallait garder au chaud. Elle marcha dans la neige fraîche pour rentrer dans l'aile des pensionnaires.

Stühling surgit subitement de l'obscurité.

— Bonsoir, mademoiselle Rotstetter, dit l'assistant d'une voix nasillarde. Vous sortez de chez le docteur Amberg, il me semble ? C'est précisément là où je me rends.

Charlotte dit bonsoir et poursuivit son chemin. Elle entendit l'assistant ouvrir la porte du bâtiment du personnel, suivre le couloir, puis frapper bruyamment à la porte de l'appartement d'Amberg. Curieuse, elle se retourna. À travers l'obscurité, elle voyait le médecin-chef par la fenêtre éclairée, comme s'il était sur une scène de théâtre.

Mais Amberg n'alla pas tout de suite ouvrir la porte. Il s'approcha de son bureau et retira la feuille engagée dans la machine à écrire. Puis il rassembla plusieurs documents et les enferma dans un tiroir. Même à cette distance, Charlotte percevait ses gestes précipités. Puis Amberg se dirigea vers la porte et fit entrer l'assistant qui attendait dans le couloir. Ils prirent place dans les fauteuils.

Charlotte serra contre elle la chemise cartonnée et se retourna à nouveau. Elle se demandait pourquoi Amberg avait agi ainsi. Que cherchait-il à dissimuler à Stühling ? Elle savait que personne ne répondrait à ses questions, ni Mimi, ni Lucifer. Elle n'était que pensionnaire. Mais une pensionnaire qui s'était vu confier une mission. Et Sophia devait déjà l'attendre dans la chambre.

17

Quand Charlotte arriva dans la chambre, Sophia était étendue sur son lit, les yeux ouverts. Charlotte posa la chemise sur la table, près du gramophone. Elle ôta son manteau. Il n'était pas encore l'heure de dormir. Habituellement, Charlotte choisissait quelques disques et actionnait la manivelle pour divertir Sophia avec un petit concert. Mais aujourd'hui, elle avait un autre projet.

Charlotte se versa un peu d'eau dans un verre. Puis elle remit quelques bûches dans le poêle en faïence. Elle tira une chaise près du lit de Sophia et ouvrit la chemise cartonnée. Elle contenait des pages tapées à la machine.

— Sophia, j'aimerais te faire la lecture, dit Charlotte. Te lire un conte avant que tu t'endormes. Tu es d'accord ?

Sophia eut l'air étonnée, mais approuva de la tête.

— C'est une sorte de conte pour les grands, se hâta-t-elle de préciser, plutôt une histoire. C'est le docteur Amberg qui me l'a donnée. Il dit qu'elle peut soigner.

Charlotte se demanda si Amberg aurait approuvé sa façon de présenter les choses, mais elle s'était sentie obligée de donner une explication.

— *La Harpiste figée dans le silence,* lut Charlotte, c'est le titre. « Il était une fois une vallée fertile. Tous les gens qui l'habitaient adoraient chanter. On l'appelait la vallée mélodieuse. Hommes et femmes, garçons et filles, jeunes et vieux pratiquaient le chant et s'émerveillaient de la diversité de leurs voix. Certains vocalisaient d'une voix aiguë et légère, d'autres avec une belle puissance sonore. Certains fredonnaient dans leur barbe, d'autres beuglaient plus ou moins juste. Mais tous aimaient les mélodies et les paroles qu'ils inventaient spontanément. La vallée entière résonnait de mille et une sonorités.

Par-delà la vallée, derrière les montagnes, vivait un méchant sorcier. Il ne savait pas chanter et enviait ces humains qui cohabitaient en si belle harmonie. Il décida d'aller les voir et leur dit :

— C'est très bien de chanter comme vous le faites. Mais imaginez combien votre chant serait plus beau et plus puissant encore si vous vous unissiez pour chanter ensemble le même air. Vous formeriez un immense chœur. Le monde entier vous admirerait.

Après avoir entendu son message, les habitants se dirent qu'il avait peut-être raison.

— Si nous chantions tous le même air, nous serions plus forts que tout au monde. Ce serait merveilleux !

À partir de là, chacun s'exerça à chanter la chanson que le sorcier leur avait apportée. Ils répétèrent en petits groupes. Quiconque chantait désormais une autre mélodie se faisait rappeler à l'ordre :

— Eh, toi ! Tu perds ton temps à fredonner n'importe quoi ! Apprends plutôt le Grand Air que nous allons chanter tous ensemble et qui fera de nous le chœur le plus imposant du monde. »

Charlotte fit une pause. Elle se demanda où Amberg avait pu dénicher une histoire pareille. Elle n'avait encore jamais rien lu de tel. Sophia s'était assise dans son lit et semblait écouter avec attention. Charlotte repensa alors combien elle aimait autrefois se blottir tout près de son frère, même s'il se fâchait quelquefois parce qu'elle le collait un peu trop.

Elle poursuivit sa lecture.

« Dans ce pays, une famille était particulièrement bien considérée, c'était la famille des musiciens, car ses membres étaient chargés d'accompagner les chanteurs avec leurs instruments. Le père jouait de la trompette, la mère était violoniste, et leur fille cadette excellait à faire résonner les sons de la harpe. Tout le monde les aimait. Mais il advint que le père refusa que sa famille accompagne le Grand Air.

— Pourquoi cessez-vous d'interpréter vos propres chansons ? demanda-t-il à ses concitoyens. Je continuerai à accompagner votre répertoire, mais je ne jouerai pas le Grand Air.

Cette réaction déplut souverainement au sorcier. Un jour, il vint rendre visite à la famille sous le déguisement d'un vieux sage qui se prétendait capable de guérir n'importe quels maux. Le fils de la famille étant en mauvaise santé, le père le fit entrer. Le sorcier en profita pour glisser du poison dans le plat qui mijotait dans l'âtre. Toute la famille en mangea, sauf la fille cadette qui n'avait pas faim ce jour-là. Ils moururent tous, et quand la petite trouva ses parents, son frère et sa sœur étendus sans vie sur le sol, elle se mura dans le silence et resta figée comme un bloc de glace. »

Charlotte tressaillit. En fait, c'était l'histoire de Sophia. Du moins, en partie. Sophia avait découvert la famille sans vie de son amie. La mère était juive, et les parents s'étaient suicidés, entraînant leurs enfants avec eux dans la mort. Intriguée, elle reprit sa lecture.

« Cet hiver-là, le pays fut plongé dans un froid polaire. Les gens qui répétaient le Grand Air ne pouvaient plus sortir de chez eux. La neige recouvrait les maisons, les champs et toute la végétation. Les habitants des autres vallées l'appelèrent désormais le "pays des glaces" et personne n'osa plus s'y aventurer. Mais le sorcier n'en resta pas là. »

Charlotte s'interrompit. Elle avait soudain l'impression que le froid s'était immiscé dans la chambre et elle rajouta une bûche dans le fourneau bien que le feu y crépitât encore. Sophia avait appuyé sa tête sur sa main et écoutait. Charlotte ne l'avait encore jamais vue aussi attentive et concentrée. Elle continua.

« Mais dans les royaumes situés par-delà les montagnes, le bruit courut qu'au pays des glaces, une jeune et jolie harpiste s'était figée et murée dans le silence depuis la mort de sa famille. La nouvelle parvint jusqu'aux oreilles d'un prince. Il se drapa dans un somptueux manteau rouge, sella son cheval et partit pour le pays des glaces. Seulement, lorsque le cheval pénétra dans la vallée, il fut saisi par le gel et tomba raide mort. Peu après, le prince succomba à son tour. »

Charlotte suspendit son récit. Ce passage était particulièrement terrible. Qui avait inventé cette histoire ? Sophia ne la quittait pas du regard, visiblement impatiente. Charlotte ne pouvait s'arrêter là.

« Tout en haut des montagnes se trouvait un village peuplé de paysans qui vivaient chichement, mais qui avaient bon cœur. Le fils d'un paysan entendit parler de la belle harpiste transie de froid. Lui ne redoutait ni le froid ni le gel, car il vivait à une altitude où la neige ne fondait jamais totalement, même en été. Il savait qu'on pouvait affronter le froid. Alors il fit la tournée des maisons du village et emprunta un manteau à chacun des garçons de ferme. Il rassembla sept manteaux qu'il enfila les uns sur les autres, prit un cheval habitué à endurer les plus grands froids, attela le traîneau et partit pour le pays des glaces.

Lorsqu'il pénétra dans la vallée, il sentit le gel cingler son visage tel un poignard acéré. Son corps, en revanche, ne gelait pas, bien protégé par les sept manteaux. Dans la maison des musiciens, il trouva la harpiste transie, la prit dans ses bras et la porta jusqu'à son traîneau. Puis il reprit le chemin de son village de montagne où les hommes avaient appris à s'accommoder du froid. »

— Je me demande comment il a bien pu enfiler sept manteaux les uns sur les autres, demanda Charlotte.

Sophia ne desserra pas les lèvres. Ç'eut été trop beau que sa compagne de chambre lui réponde. Charlotte but une gorgée d'eau et continua sa lecture.

« Lorsqu'il arriva au village avec la harpiste, trois servantes les attendaient à la ferme. La première fit un feu qui répandit une douce chaleur dans la pièce. La deuxième mit des serviettes à tremper dans de l'eau chaude. La troisième prépara une tisane bien forte. Puis elles enveloppèrent la jeune fille dans les linges chauffés et la ramenèrent à la vie. Elle but alors l'infusion et se mit à pleurer toutes les larmes de son corps. Car sa famille était morte. Les larmes brûlantes qu'elle répandit sur ses parents, son frère et sa sœur s'écoulèrent en un large torrent qui dévala la montagne jusqu'au pays des glaces et fit fondre tout ce qui était gelé. Les champs quittèrent leur manteau de neige, les plantes poussèrent et les habitants figés par le froid purent à nouveau bouger. Et ils se remirent timidement à chanter, chacun sa propre chanson, plus ou moins juste, certains fredonnant, d'autres s'égosillant. À nouveau, la vallée résonna de mille et une sonorités. Le fils de paysan redescendit de sa montagne avec la jolie harpiste, et les gens furent charmés d'entendre la jeune femme accompagner à nouveau leur chant. Le paysan et la musicienne vécurent heureux dans la vallée et eurent beaucoup d'enfants. Plus personne n'évoqua le Grand Air, les gens en effacèrent tout souvenir de leur mémoire. Et, à nouveau, ils s'émerveillèrent de la diversité de leurs voix. »

Charlotte se tut. Elle avait lu les trois pages de ce texte. Sophia avait écouté jusqu'au bout. Ses lèvres esquissaient un léger sourire. Quand l'histoire fut terminée, elle se tourna sur le côté, ramassa son corps comme un petit enfant et ferma les yeux.

— Dis-moi, petite harpiste, dit Charlotte à mi-voix en poussant Sophia doucement de la main, tu me joueras un air, toi aussi ? Promis ?

Sophia ne répondit pas.

Charlotte attendit un moment. Sophia s'était endormie. Dommage. Charlotte posa le texte sur la table et quitta la chambre à pas de loup pour aller une dernière fois aux toilettes. Comme à son habitude, elle jeta un coup d'œil par la fenêtre de la salle d'eau. La pleine lune flottait dans le ciel, des lambeaux de nuages passaient devant elle. Il émanait un profond silence de l'obscure forêt de mélèzes qui faisait paraître la neige encore plus étincelante. Elle vit la fenêtre éclairée du bureau d'Amberg au rez-de-chaussée de la maison du personnel. Qu'était en train de faire le médecin-chef ? Il n'avait pas choisi un conte au hasard. C'est lui qui avait imaginé l'histoire du pays des glaces à partir de ce qu'avait vécu Sophia. Mimi avait raison, il avait une fibre d'artiste. Et il devait tenir ses patients en grande estime pour leur inventer des histoires. Tant qu'elle avait vécu à Ratisbonne, Charlotte n'avait pu se douter qu'il existait des gens comme lui.

18

Innsbruck, décembre 2014

Je marchais à travers un paysage de neige face à la ligne d'horizon. Grâce à la lumière du soleil qui se reflétait sur le sol d'une blancheur étincelante, je distinguais parfaitement l'homme à la carrure massive qui avançait devant moi, enveloppé d'un long manteau, la tête recouverte d'une capuche et le visage masqué par une écharpe. Il portait une cage à oiseau et ne se souciait pas de moi. Je marchai un moment en silence derrière l'inconnu, comme si notre chemin avait été tracé à l'avance.

Soudain, l'homme s'arrêta, posa la cage et se mit à genoux, comme s'il voulait parler à l'animal qui se trouvait à l'intérieur. Je m'approchai et distinguai un canari tout tremblant posé dans la cage. L'homme ouvrit la porte pour libérer l'oiseau. J'étais inquiète pour cette pauvre bête qui n'avait aucune chance de survivre dans ce paysage couvert de neige. Lui rendre sa liberté revenait à le condamner à mort.

L'homme s'adressa à l'oiseau, il lui parlait avec tendresse comme on le ferait avec un animal familier auquel on ne veut aucun mal. Je m'approchai encore et m'agenouillai à côté de l'inconnu. Je ne voulais pas que le canari s'envole vers la mort. L'homme tourna la tête de côté et me dévisagea. Il ôta son écharpe. Je reconnus ses lunettes carrées. C'était Ulrich Pramstaller.

J'ouvris la bouche pour crier, mais je ne pus articuler le moindre son. L'homme baissa sa capuche. Il enleva ses lunettes, puis retira la peau de son visage comme on arrache un masque. Une autre face apparut à la place. Je vis des yeux gris clair et une coupe de cheveux désuète avec une raie sur le côté. Je reconnus l'oiseleur que j'avais déjà rencontré un jour d'été sous une lumière aveuglante. L'homme qui attirait les oiseaux pour les tuer. Je me retournai et voulus m'enfuir, mais mes jambes ne m'obéissaient plus. J'étais comme paralysée. À sa merci.

— Non ! Au secours !

Je me réveillai. J'étais en nage et mis un moment à retrouver mes esprits. Ah oui, j'étais couchée dans le lit à baldaquin de ma grand-mère, à l'aube d'une journée d'hiver. Je venais de faire un cauchemar.

Leo s'était réveillé, comme s'il avait remarqué ma frayeur. Il se leva, trottina quelques pas et sauta sur le lit. J'allumai la lampe. Je savais qu'on ne laisse pas un chien s'installer sur son lit, mais je m'en fichais complètement.

— Viens, dis-je en chuchotant, et le petit chien aux oreilles aplaties se coucha près de moi en grognant de contentement.

Je me calmai. Que signifiait ce cauchemar ? L'hiver, le froid, le neveu qui s'était transformé d'un seul coup pour prendre les traits de l'oiseleur qui m'était apparu dans un autre rêve. Comme j'aurais aimé avoir quelqu'un avec qui en parler !

Je remarquai, sur la table de nuit, le cahier que j'avais lu la veille. Le Bois des Ombres. Comment le docteur Amberg aurait-il interprété mon cauchemar ? J'aurais aimé pouvoir embarquer dans une machine à remonter le temps. J'avais les nerfs tellement à vif qu'un séjour dans ce sanatorium m'aurait fait le plus grand bien. J'imaginais ma grand-mère en train de lire à sa camarade de chambre l'histoire du pays des glaces, avec un bon feu qui crépitait dans le poêle. Elle, au moins, avait de la compagnie. Les deux jeunes femmes devaient être très proches. Je ressentis une pointe d'envie. Tout ce qui m'attendait à Hambourg, c'était un bel appartement désert, j'étais seule avec mes cauchemars.

Il fallait que je me lève. Je passerais prendre les faire-part de décès aux pompes funèbres, puis j'irais faire un tour à l'exposition sur la psychiatrie sous le nazisme. Mais il fallait d'abord que je sorte Leo. Je me traînai jusqu'à la salle de bains, grimpai dans la haute baignoire à l'ancienne et tournai les robinets d'eau froide et d'eau chaude. À l'époque où l'immeuble avait été construit, on n'avait pas encore inventé le mitigeur.

Le jet d'eau chaude était puissant et agréable. Je me mouillai la tête et le corps, et me lavai avec le savon à la lavande de ma grand-mère. Une senteur d'autrefois qui séduisait à nouveau les jeunes femmes d'aujourd'hui, affirmait ma collègue Rieke. Soixante-dix ans plus tôt, son parfum embaumait la salle de bains du Bois des Ombres. Cette pensée avait quelque chose de réconfortant.

Je m'habillai et sortis faire un tour avec Leo. Je m'arrêtai dans une boulangerie pour acheter un petit pain et un croissant. J'avais envie de me gâter un peu, ce matin. De retour à la maison, je bus mon café aux céréales avec du lait et beaucoup de sucre, et savourai mon croissant au beurre. Mon regard se posa sur le tableau du Bois des Ombres. Une toile d'amateur avec des touches trop épaisses à certains endroits. Était-ce ma grand-mère qui l'avait peinte ? Tout à coup, j'eus envie qu'elle soit là, près de moi, à boire un café aux céréales. Je lui aurais proposé un croissant. Et elle m'aurait parlé du Bois des Ombres. Peut-être aurions-nous même pu rire ensemble de la fausse Zarah Leander et des recettes de Mimi.

Je me rendais compte à quel point les femmes m'avaient manqué dans ma famille. Après la disparition prématurée de ma mère et le contact rompu avec ma grand-mère, je m'étais sentie très proche de mon père. J'étais sa petite princesse et j'en étais fière. Mais, depuis quelques années, je ressentais comme un vide, qui s'était creusé encore davantage depuis qu'Alex m'avait quittée. Ce vide, c'était la peur de l'avenir. Fallait-il que je m'inscrive sur des sites de rencontres pour trouver un nouveau compagnon et aller au-devant de nouvelles déceptions, comme mon amie Sabine ? Les hommes avaient toujours eu trop d'ascendant sur moi. J'enviais mes amies qui vouaient un culte à une mère ou une grand-mère qu'elles avaient prises en exemple, des femmes fortes qu'elles avaient admirées. Je serais peut-être plus optimiste, plus heureuse, si j'avais connu dans ma famille des modèles féminins positifs.

Je m'imaginai soudain qu'elles venaient d'apparaître toutes les deux dans la pièce, devant le tableau du Bois des Ombres. Ma grand-mère irradiait une beauté surréelle, celle des personnes sans âge qui sont plus près de l'éternité que d'une jeunesse fanée depuis longtemps. En face d'elle avait pris place une douce fée aux cheveux sombres et au visage rêveur. Elles parlaient d'une voix chaude et riaient sans bruit. Près d'elles, je me sentais à l'abri.

La scène se dissipa comme si les deux femmes s'étaient évanouies dans l'air. Il ne resta que le tableau du Bois des Ombres. Je m'étais seulement imaginé cette scène intime et réconfortante, plus belle et plus tendre que n'avait été la réalité. Une scène où ma grand-mère ne me sommait pas de finir mon assiette comme elle l'avait fait si souvent, et où ma mère n'avait pas cet air triste et absent qui me donnait envie de la serrer dans mes bras. Je m'étais inventé une image joyeuse qui me faisait chaud au cœur. Au Bois des Ombres, Amberg n'avait-il pas dit que chacun devait créer son propre ange gardien ? Et qu'il fallait apprendre à domestiquer ses démons.

Je restai là encore un moment, le regard fixe, jusqu'à ce que ma tête se vide complètement. Puis je terminai mon café, rangeai la vaisselle et passai dans la pièce voisine. Le carnet d'adresses de ma grand-mère était posé sur le bureau. Je notai sur une feuille les noms que j'avais soulignés pour les recopier ensuite sur des enveloppes. Il ne me resterait plus qu'à glisser les faire-part de décès à l'intérieur une fois que je serais passée les prendre aux pompes funèbres. La liste fut vite prête, et mon regard se posa alors sur l'étagère de livres. Je repensai aux ouvrages qui étaient éparpillés sur le sol le jour de mon arrivée. Comme si quelqu'un avait cherché quelque chose.

Je me levai et m'approchai de l'étagère. Dès le premier jour, j'avais remarqué que ma grand-mère avait rassemblé ici des livres de psychologie. Mon regard se posa sur un ouvrage de Carl Gustav Jung, *L'homme et ses symboles.* Je tirai le livre, le feuilletai et m'arrêtai sur une photo du film où le bon docteur Jekyll se transformait en monstrueux Mister Hyde sous l'effet d'une potion. Jung s'était toujours intéressé à la part d'ombre de l'âme. Sur l'étagère était rangé un autre livre de Jung, plus ancien. Je l'ouvris au hasard, quelqu'un y avait souligné un passage au crayon : « Il n'en demeure pas moins que tout ce qui agit est réel. Or, les fantasmes de l'inconscient agissent. Nul ne peut aujourd'hui en douter. » Le livre avait paru en 1933. Était-il possible que ce volume ait fait partie de la bibliothèque d'Amberg au Bois des Ombres ? Mais comment serait-il parvenu jusqu'ici ?

Je refermai le livre et découvris un opuscule jauni qui avait l'air également très ancien. Je le tirai de l'étagère et lus son titre, *La Psychothérapie pratique pour les médecins et les étudiants*. L'auteur était un certain Gustav Rudolph Keyder. Dans la préface, Keyder mentionnait un Institut allemand de recherche en psychologie et psychothérapie fondé en 1936 par « feu le chef des médecins du Reich G. Wagner ». Oui, c'était l'institut de Berlin que ma grand-mère citait dans son journal. L'institut avec lequel Amberg entretenait une correspondance. Mon cœur se mit à battre plus vite.

Je m'assis au bureau et parcourus la préface de Keyder. « De même que nous, vétérans, voyons notre armée récolter aujourd'hui les fruits que nous avons plantés autrefois, nous pouvons aussi créer une médecine de l'esprit qui contribuera à faire triompher nos idées. Dans ce domaine aussi, l'Allemagne se réveille », avait écrit l'auteur. Keyder avait manifestement adhéré aux idées national-socialistes.

Je passai quelques pages et repris ma lecture :

« Considérons notre passé récent et rappelons-nous que le Führer en appelle à l'idéal émotionnel et irrationnel du peuple. Ce qui nous convainc et nous interpelle quand nous lisons et écoutons ses discours, ce n'est pas l'argument rationnel, mais l'image, le symbole, les légendes et les modèles. Voilà ce qui marque les hommes au plus profond de leur cerveau, qui pénètre leur cœur et tous leurs sens. »

Amberg avait-il entretenu des liens étroits avec cet institut berlinois ? Était-ce pour cette raison que le Bois des Ombres était l'un des rares sanatoriums privés à avoir pu fonctionner pendant la guerre, alors que la plupart avaient été fermés par les nazis ? Amberg avait-il lui aussi deux visages, une face lumineuse et une part d'ombre ? Il avait cherché à sauver Sophia, mais il avait d'abord livré à Kettenbach une autre pensionnaire, Rose.

Que s'était-il réellement passé à l'époque ? Je tirai vers moi le grand tiroir du bureau et aperçus le médaillon que j'avais rangé là deux jours plus tôt. L'amulette de Mimi. J'ouvris le couvercle et vis le caducée dans son triangle inversé, gravé dans le métal. Le signe d'une organisation qui s'efforçait de sauver les patients. Amberg appartenait à ce réseau, il savait que Mimi Westheimer en faisait également partie. Je pris le médaillon et le serrai dans ma main. J'avais l'impression d'être Kolia, l'aveugle du Bois des Ombres. Mimi lui donnait son médaillon à toucher lorsqu'il se sentait perdu. Moi aussi, j'étais dans le brouillard.

Il fallait que j'en aie le cœur net ! Je grimpai l'escalier quatre à quatre et fonçai dans la chambre à coucher. Je pris le cahier situé en haut de la pile. C'était le onzième volume. Je l'ouvris à la dernière page. À la date du 5 février 1943, il était question d'une réunion chez Amberg avec Mimi, Lucifer et Charlotte. Il ne mentionnait pas le départ de Charlotte, ni la fermeture de l'établissement. Je ne m'étais pas trompée, j'avais bien compté treize cahiers le premier jour. Les deux derniers avaient disparu. Que racontaient-ils ?

Aujourd'hui, j'irais visiter l'exposition sur la psychiatrie sous le nazisme. J'y trouverais peut-être des renseignements sur cet institut de Berlin, voire sur le Bois des Ombres.

Je regardai par la fenêtre. Dehors, le vent soufflait dans les arbres, les montagnes miroitaient au loin dans une lumière pâle. Leo trottina vers moi et me regarda plein d'espoir. Je lui caressai la tête. J'aurais aimé avoir quelqu'un qui aurait du recul par rapport à tous ces événements. Demain, peut-être. Puisque j'avais rendez-vous avec Siegfried Rattler. Je continuais à le trouver séduisant. Et il m'écoutait avec une telle attention.

19

Quelqu'un sonna à la porte. Leo aboya et courut dans l'entrée. Je me doutais qui cela pouvait être. Theres Kurz, la voisine. Elle tenait à la main une assiette avec un gâteau, une *Linzer Torte*.

— Je voulais juste voir si tout allait bien, s'excusa-t-elle, alors que le gâteau disait qu'elle s'invitait plutôt pour le café. J'étais toute seule chez moi et je n'arrêtais pas de ressasser les mêmes idées. J'ai pensé que c'était peut-être pareil pour vous.

J'approuvai d'un signe de tête.

— Entrez, il fait un froid de loup. Je suis contente que vous soyez venue.

J'étais sincère. Leo sauta pour lui faire la fête.

Theres Kurz alla s'asseoir sur la banquette de la cuisine. J'allumai la cafetière. La voisine regardait le tableau accroché au mur. Il me vint une idée. Les deux femmes avaient dû souvent boire le café ensemble à cet endroit.

— Vous connaissez ce bâtiment en briques ? Est-ce que ma grand-mère vous en a parlé ? questionnai-je en désignant le tableau.

Theres en savait peut-être plus sur ma grand-mère que je ne le soupçonnais.

— Non, elle ne m'a jamais rien dit sur cette maison, répondit-elle. Je n'y ai toujours vu qu'un paysage d'hiver.

— Mais cette toile est très imposante, insistai-je. Elle n'est pas aux dimensions de la cuisine.

Theres Kurz me regarda d'un air surpris. Puis elle contempla le tableau comme si elle le découvrait pour la première fois.

— C'est vrai, admit-elle pensive. Vous n'avez pas tort. Votre grand-mère avait peut-être une raison particulière de l'accrocher ici.

Bien sûr, pensai-je dans mon for intérieur. Cette toile représentait l'endroit qui avait certainement le plus compté pour elle.

Je sortis de la vaisselle.

— Vous avez pu rassembler tous les papiers dont vous aviez besoin ? demanda Theres Kurz.

— Oui, je crois que j'ai fait le tour, répondis-je.

— On retrouve parfois certains documents dans les endroits les plus incongrus, poursuivit la voisine.

Je pris la cafetière et remplis les tasses.

— Du lait, du sucre ? proposai-je.

Theres Kurz prenait les deux.

J'avais l'impression que quelque chose d'équivoque flottait dans l'air.

— Est-ce que vous attendiez quelque chose de ma grand-mère ? demandai-je. Dites-moi si une affaire est restée en suspens...

— Non, pas spécialement, dit Theres Kurz hésitante. Enfin, il se pourrait que Charlotte ait fait un testament...

— Ah oui ?

— Mais il faudrait que vous mettiez la main dessus.

— Je n'ai rien trouvé, répliquai-je, pas même l'adresse d'un notaire où ma grand-mère aurait pu le déposer.

La voisine espérait-elle une part d'héritage ?

— Il va de soi que je vous préviendrai immédiatement si je découvre le moindre document vous concernant, dis-je un peu pincée.

Il y eut une pause. Je me servis du café, coupai une part de gâteau en deux et pris la moitié.

— Vous l'avez fait vous-même ? demandai-je. C'est gentil. Merci.

Theres Kurz resta silencieuse. Je regrettais de ne pas avoir de crème pour accompagner le gâteau. Je vivais de façon trop spartiate.

Il était sûrement injuste de soupçonner la voisine d'attendre une part de l'héritage de ma grand-mère. Au fond, elle l'avait peut-être vraiment appréciée, épaulée au quotidien, je ne savais rien de leur relation. Il fallait que je change de sujet. Theres Kurz pourrait peut-être me parler d'Ulrich Pramstaller, l'homme qui était apparu dans mon cauchemar.

— Hier, je suis allée voir Ulrich Pramstaller, enchaînai-je. Il n'était pas très causant. Il m'a dit que sa tante s'était suicidée, que la police avait exclu l'intervention d'une tierce personne. Sa tante était très malade. Un cancer. Mais il n'a pas raconté grand-chose de plus.

— Je me méfierais du neveu, décréta Theres Kurz en fronçant les sourcils. Il était en très mauvais termes avec madame Pramstaller. C'est Charlotte qui me l'a dit.

Je prêtai l'oreille.

— Il s'était passé quelque chose entre eux ? demandai-je l'air de rien, en picorant des miettes de gâteau.

— Madame Pramstaller est devenue la tutrice de son neveu à la mort de ses parents, quand il avait seize ans, expliqua Theres Kurz sur un ton plus détendu.

Elle but une gorgée de café. Elle sentit que c'était moi, désormais, qui étais en demande d'informations.

— Ils ont été emportés par une avalanche pendant une randonnée à skis. La mère est morte sur le coup, le père a pu être secouru. Il est resté quelque temps dans le coma avant de mourir dans une clinique spécialisée. Ulrich n'était pas avec eux, il était au centre de loisirs. Ça a dû être très dur pour lui. C'est sa tante qui s'est occupée de lui.

Mon attention redoubla. L'histoire d'Ulrich Pramstaller n'était pas sans me rappeler la mienne.

— C'est triste, ce qui lui est arrivé. Mais qu'est-ce qui explique leurs mauvaises relations ? demandai-je.

Theres Kurz prit à son tour une part de tarte.

— Madame Pramstaller n'avait pas d'enfant, dit-elle d'un air éloquent, elle a peut-être pris son rôle de tutrice trop à cœur. Elle s'est montrée trop directive avec Ulrich. Surtout au sujet de l'alcool, elle lui faisait constamment des reproches.

— Ulrich Pramstaller avait un problème d'alcoolisme ?

J'eus l'impression de me sentir pousser une langue de commère. Je détestais fourrer mon nez dans les affaires des autres. En même temps, je voulais en apprendre un maximum sur le neveu.

— La mort de ses parents l'a certainement perturbé, dit Theres Kurz en coupant un morceau de gâteau avec sa fourchette. Mais c'est plus tard qu'il a commencé à boire. Son premier mariage a capoté à cause de cela. Il n'empêche que sa liaison avec Gita Mogany, c'était vraiment du sérieux. En tout cas, c'est ce que prétendait Charlotte. Elle n'arrêtait pas de dire à madame Pramstaller d'arrêter d'être aussi directive avec son neveu. Mais ça ne servait à rien.

— C'est lui qui a mis Gita Mogany en relation avec ma grand-mère. Ils étaient ensemble ?

Theres Kurz mâcha son morceau de *Linzer Torte* et prit son temps avant de répondre.

— Oui, elle a été sa compagne. Une très belle femme, d'ailleurs. Je crois qu'il la vénérait. Vous savez, certains hommes voient les femmes comme des anges parce qu'elles sont jolies. Ça arrive souvent.

Elle soupira et but une gorgée de café. Puis elle continua :

— Au départ, ils partageaient les mêmes sentiments. D'ailleurs, Ulrich n'était pas un mauvais parti. Gita approchait de la quarantaine, elle n'avait pas de famille ni de métier qualifié. Elle s'entendait très bien avec votre grand-mère. Charlotte ne laissait personne dire du mal d'elle.

Theres Kurz fit à nouveau une pause et prit une autre bouchée de gâteau.

— Que s'est-il passé ensuite ? demandai-je impatiente.

— Ulrich et Gita vivaient ensemble. Et il se trouve que madame Pramstaller est venue ici un jour où Gita Mogany travaillait chez votre grand-mère. Les deux femmes s'évitaient en général, je crois que madame Pramstaller n'appréciait guère sa belle-fille. Et cet après-midi-là, elles ont parlé d'Ulrich. Je ne sais pas ce qui lui a pris, mais madame Pramstaller a raconté à Gita les problèmes d'alcoolisme de son neveu, en disant qu'il rechutait après chaque cure de désintoxication. Charlotte m'a expliqué plus tard que ces révélations avaient eu de graves conséquences.

Theres Kurz ménagea un silence. Je fis glisser encore un morceau de *Linzer Torte* sur ma fourchette, même si je n'avais plus faim.

— Et après ? demandai-je docilement.

— Gita Mogany a réagi violemment. Elle avait déjà été mariée à un alcoolique. Elle ne tenait pas à revivre la même expérience. Ulrich l'a suppliée à genoux, sans résultat. Mais elle le voit encore, elle est restée en bons termes avec lui. Et Charlotte était persuadée qu'Ulrich était toujours amoureux d'elle.

— J'ai essayé d'appeler madame Mogany sur son portable, enchaînai-je, sans réussir à la joindre. Elle est censée être en Hongrie, auprès de sa mère ou de sa sœur malade, selon les versions. Ulrich Pramstaller m'a proposé de reprendre contact avec elle, mais je n'ai eu aucun retour.

— Reprendre contact…, dit Theres en faisant une moue. Pour ce qui est de Gita Mogany, je ne me fierais pas à lui. Il défendra toujours son ancienne compagne. Ça m'étonnerait qu'il ne sache pas comment la joindre.

Je songeai à cet homme au crâne dégarni, représentant en produits pharmaceutiques. Sa froideur vis-à-vis de sa tante s'expliquait aisément. Elle l'avait trahi auprès de la femme qu'il aimait. Un sale coup, que l'on peut difficilement pardonner.

— Vous croyez qu'il détestait sa tante ? demandai-je.

— En tout cas, Ulrich lui en a beaucoup voulu, expliqua Theres.

— Est-ce que ce suicide présumé l'arrangeait plutôt ? demandai-je en baissant la voix pour susciter la confidence.

Je détestais employer ce genre de méthodes, mais la curiosité l'emportait.

— Je n'irais pas jusque-là, rétorqua froidement la voisine. Je n'en ai pas la moindre idée. Elle avait un cancer, tout est possible.

Elle se rendit compte qu'elle était sur le point de faire peser un lourd soupçon sur Ulrich Pramstaller.

— Dieu me préserve de lancer de telles rumeurs, se récria-t-elle en agitant les mains pour donner plus de poids à ses mots. Ce serait aller bien trop loin. J'espère que vous ne m'avez pas mal comprise.

Sans doute venait-elle de songer que j'aurais encore l'occasion de croiser le neveu et que je pourrais aborder ses relations avec sa tante, en citant éventuellement mes sources.

— Je n'ai rien dit, affirma une nouvelle fois Theres Kurz.

L'importance que je lui avais accordée et qui l'avait flattée, semblait maintenant la mettre mal à l'aise. Son visage trahissait même une expression de crainte.

20

À ma demande, la voisine accepta de garder Leo quelques heures et repartit bientôt chez elle. J'allai prendre le tramway et continuai à réflechir à la situation. Au fond, c'était exactement comme dans le livre de Carl Jung, tous les gens que j'avais croisés à Innsbruck possédaient une face claire et une part d'ombre. C'était le cas de Theres Kurz, la voisine, qui se montrait toujours très serviable, mais qui dégageait en même temps quelque chose d'équivoque ; de Maria Pramstaller, une amie de longue date de ma grand-mère qui venait de mourir de façon tragique, mais qui s'était gravement immiscée dans la vie sentimentale de son neveu. De même, Ulrich m'était d'abord apparu comme un homme sans états d'âme, mais il avait perdu ses parents dans sa jeunesse. Je savais ce que ça voulait dire. Sans doute s'était-il battu pendant des années pour trouver une stabilité psychique.

Je me sentis submergée par une vague d'empathie. À Hambourg, à la tête de la rubrique « Mieux vivre » du magazine *Vita*, je m'étais peut-être leurrée en faisant confiance à mon intuition pour juger les autres. J'avais maintenant le sentiment que je devais réviser ma façon de voir, aborder les gens de manière différente. Après tout, Siegfried Rattler n'avait peut-être pas tort quand il me disait, dans l'avion, qu'il était illusoire de croire en son intuition.

Je passai chercher les faire-part aux pompes funèbres, postai les enveloppes et me rendis à la faculté de médecine qui présentait l'exposition dans ses locaux. Je n'étais pas en avance.

— On ferme à 18 heures, annonça une jeune femme au teint grisâtre et lunettes Aviator démodées, assise à l'entrée derrière une caisse improvisée et une pile de catalogues.

— Ça me laisse une heure, répliquai-je, ça devrait suffire.

J'achetai un billet d'entrée.

L'exposition intitulée « Le massacre des malades, une monstrueuse aberration : psychiatrie et psychothérapie sous le national-socialisme » occupait plusieurs salles. Cet après-midi-là, elle n'était pas particulièrement fréquentée. Les panneaux qui servaient de supports aux photos et aux textes dégageaient une certaine gravité. Les salles sentaient l'encaustique. L'odeur et le silence m'apaisèrent. Seuls deux femmes et un homme d'âge mûr circulaient et s'arrêtaient parfois devant un panneau. Les femmes parlaient à mi-voix.

La première salle était consacrée aux massacres de malades mentaux. Je lus sur un panneau qu'Adolf Hitler avait ordonné en 1939 l'élimination systématique de quelque 70 000 aliénés et malades atteints de troubles psychiques chroniques dans les hôpitaux allemands, en recourant à des médecins, des ambulanciers et des centres d'euthanasie spécialement dédiés à cette tâche. Le principe était de ne plus prendre en charge les soins des malades en vue de faire des économies. Sur un panneau était reproduit en fac-similé l'ordre d'Adolf Hitler d'appliquer aux malades une « mort miséricordieuse ».

Dans les établissements psychiatriques, les médecins devaient remplir pour chaque patient un formulaire indiquant la maladie dont il souffrait, les traitements qu'il avait déjà reçus, et son aptitude ou non au travail. Il fallait préciser aussi si le patient était de « sang allemand ». Un fac-similé de ces formulaires était également présenté.

Des experts médicaux instruisaient ensuite les dossiers et décidaient si le patient devait être gazé dans un centre d'euthanasie. En général, les familles n'étaient informées qu'après l'exécution du patient, dont le décès était toujours attribué officiellement à une cause naturelle. Dans certains cas, précisait le panneau, les familles étaient soulagées, cette « mort miséricordieuse » les libérait de la charge d'un proche gravement atteint. Mais il arrivait aussi que les familles s'empressent de venir chercher les patients avant qu'il ne soit trop tard.

Il était terrible de voir comment ces forfaits étaient dissimulés derrière de douces expressions telles que cette « mort miséricordieuse ». J'imaginais que dans l'entourage de mon arrière-grand-père, Max Rotstetter, les gens parlaient de ces pratiques sans que personne n'ait l'idée de s'insurger ni même de protester. Je comprenais mieux désormais qu'à Ratisbonne, la famille ait veillé à ne pas ébruiter les troubles psychiques de Charlotte. Pas étonnant que le docteur Rundling, le médecin de famille, ait garanti que la clinique privée du Bois des Ombres n'avait rien à voir avec les asiles d'aliénés allemands et qu'elle était réservée aux couches sociales les plus favorisées.

Des photos montraient les véhicules qui avaient été utilisés pour transporter les malades sur leur lieu d'exécution. Il y avait aussi une liste de six centres d'euthanasie avec les noms des directeurs. En Autriche, l'un d'eux avait été créé à Hartheim, près de Linz, où des patients de l'hôpital psychiatrique de Hall avaient été conduits. Sur une photo, on voyait le château de Hartheim avec de la fumée sortant des cheminées du crématoire. Un certain Horst Schimack était alors chef des services de santé du Tyrol. C'est avec lui que le professeur Kettenbach devait entretenir de si bons rapports. Et c'est lui sans doute qui pouvait décider du sort d'une clinique privée comme celle du Bois des Ombres.

Je comprenais maintenant pourquoi Lukas voulait à tout prix empêcher que son frère Konrad ne soit transféré à l'hôpital psychiatrique de Hall et qu'il l'ait mis à l'abri au Bois des Ombres.

Un autre panneau expliquait que ces massacres programmés avaient été interrompus par Hitler en 1941, essentiellement en raison des protestations exprimées par des dignitaires catholiques. Des milliers de malades mentaux et de handicapés avaient pourtant encore été liquidés dans les hôpitaux par injection de surdoses médicamenteuses ou par manque de nourriture.

Je regardai l'heure. L'exposition allait fermer dans une demi-heure. Le temps pressait, je passai dans la salle suivante. Elle traitait de la psychiatrie militaire pendant la Seconde Guerre mondiale. J'appris sur des panneaux que les soldats qui n'étaient plus aptes à combattre pour des raisons psychiques ne recevaient aucun soin. Dans les infirmeries militaires, on les soumettait à des traitements souvent extrêmement douloureux dont le seul but était de les inciter à retourner sur le front plutôt que de rester là à subir ces tortures.

Le psychiatre Friedrich Albert Panse, qui fut également nommé expert médical à l'époque des massacres de malades mentaux, avait mis au point un procédé particulièrement cruel. Les soldats qui, à la suite d'une blessure, affirmaient ne plus pouvoir utiliser correctement leurs bras ou leurs jambes, se voyaient administrer des courants galvaniques de forte intensité. Les médecins prétendaient que la douleur était le premier pas vers la guérison.

« Les démangeaisons cutanées étaient tellement intenses que les patients de tempérament douillet se rebiffèrent parfois violemment. En conséquence, il fallut les immobiliser sur les tables de soin en les attachant avec des ceintures », expliquait un psychiatre de l'époque cité sur un panneau de l'exposition. Il n'était donc pas étonnant que Lukas ait raconté à ma grand-mère que la famille d'Alfred, le trembleur du Bois des Ombres, avait dû bénéficier de relations haut placées pour pouvoir confier son fils à une clinique privée et lui éviter ces mauvais traitements.

Dans les infirmeries militaires, les soldats soupçonnés de vouloir échapper au front en feignant des douleurs encouraient eux aussi de graves sanctions. Il suffisait qu'un expert juge qu'un soldat faisait de la simulation pour qu'il soit aussitôt condamné à mort par un tribunal militaire.

Les jeunes gens n'avaient aucune échappatoire, ils devaient tenir sur le front jusqu'à ce qu'ils se fassent tuer. C'est ce qui était arrivé à mon grand-oncle Robert pendant la campagne de Russie. Ce devait être vraiment terrible de sentir qu'il n'y avait aucune issue possible, de voir les camarades tomber à côté de soi en attendant de mourir à son tour. À vingt ans. Je me rendais compte subitement que je n'avais jamais essayé de me mettre à la place de ceux qui, dans ma famille, avaient dû lutter pour survivre pendant la guerre.

Il était tard, je pénétrai dans la troisième salle. Elle était consacrée à la psychothérapie sous le national-socialisme. Devant un panneau se tenait l'homme de très grande taille que j'avais déjà croisé au début de ma visite. Je m'approchai. Le panneau s'intitulait « La Nouvelle Psychothérapie Allemande ». En sous-titre : « Institut allemand de recherche en psychologie et psychothérapie de Berlin ».

J'en eus le souffle coupé. C'était le fameux institut dont ma grand-mère parlait dans ses journaux. L'institut avec lequel Amberg était visiblement en contact.

— Qu'est-ce que c'était que cette institution ? m'écriai-je à mi-voix.

J'eus envie d'engager une conversation. Pourquoi pas avec ce visiteur qui était là et qui s'intéressait manifestement au même sujet que moi ? J'avais besoin de contact.

— C'est ce qu'on appelait l'institut Göring, répondit l'homme en se tournant vers moi.

Il avait un visage placide et sympathique, un peu décalé par rapport à sa silhouette dégingandée, et une voix agréable, un accent du nord de l'Allemagne.

— Cet institut était dirigé par le cousin d'Hermann Göring, Mathias Heinrich Göring, continua-t-il. Grâce à cela, l'institut jouissait d'une certaine protection. Il regroupait surtout des psychiatres et des psychologues fidèles au régime.

— Oh, merci, dis-je surprise.

Cet homme était-il historien ? En tout cas, il connaissait bien le sujet. Je regardai le panneau d'un peu plus près. Sur une photo en noir et blanc, on pouvait voir un groupe d'hommes en costumes gris et, parmi eux, deux femmes. Une autre photo représentait la façade d'un bâtiment. Cette photographie datait de 1941.

— Quel genre de thérapie préconisait cet institut ? demandai-je.

— Mathias Göring était proche de l'aviation, il s'est d'abord intéressé à des traitements assez légers destinés à des pilotes dont l'avion avait été abattu en vol et qui avaient développé des angoisses spécifiques, m'expliqua mon guide. Mais, par la suite, les psychiatres de l'institut ont aussi approuvé la ligne dure de la psychiatrie militaire, dont les traitements visaient non pas à soigner, mais à décourager les malades. Parallèlement, ils menaient toutes sortes de recherches, parfois surprenantes. Quelqu'un, par exemple, a tenté d'isoler les spécificités du peuple français ; une chercheuse s'est penchée sur les effets des bombardements sur les enfants ; un autre a analysé les contes allemands pour y puiser de nouveaux principes thérapeutiques.

Cet homme parlait comme s'il s'intéressait depuis longtemps à ce domaine. Pourtant, il n'avait adopté un ton ni professoral ni prétentieux.

— Vous êtes historien ? m'enquis-je.

— Oh, excusez-moi, il serait temps que je me présente, s'exclama-t-il. Je m'appelle Hendrik van Dijk. Je suis historien de la médecine.

Il sortit une carte de visite et me la tendit.

— Anne Südhausen, dis-je à mon tour en extirpant une carte de mon sac.

Quelle chance de tomber sur un spécialiste !

— Si vous connaissez les gens qui ont fait partie de cet institut, vous avez peut-être entendu parler aussi d'un certain docteur Gustav Keyder ?

— Oui, répondit van Dijk, le docteur Keyder était directeur de la section « Formation », membre du NSDAP et disciple de Carl Gustav Jung. Un national-socialiste convaincu durant toute la guerre. C'est ce qui explique que Jung l'ait maintenu plus tard à distance.

Cet homme était une mine de renseignements.

— Au cours de vos recherches, est-ce que vous êtes tombé sur un psychiatre nommé Hermann Kettenbach ? interrogeai-je.

— Hermann Josef Kettenbach ? Oui, bien sûr. Il a été l'un des responsables médicaux de l'opération T4 commanditée par Hitler, et qui a coûté la vie à des milliers de malades. Il entretenait d'excellentes relations avec le ministre de la Santé publique du Reich. Il a disparu après la guerre et a vraisemblablement pu rejoindre l'Amérique du Sud où il a dû mourir. Il n'a fait l'objet d'aucun procès.

J'étais stupéfiée par les connaissances de cet homme.

Il y eut une pause.

— Pourquoi vous intéressez-vous à tout cela ? demanda van Dijk avec un large sourire.

Il avait des fossettes au coin des joues et un air juvénile qui contrastaient avec ses cheveux bruns clairsemés. Il devait approcher de la cinquantaine.

— Oh, comme ça, répondis-je. Ma grand-mère cite cet institut de Berlin et le professeur Kettenbach dans son journal intime. Au début des années 1940, elle a fait un séjour dans un sanatorium de la vallée de l'Ötztal qui s'appelait le Bois des Ombres. Le docteur Carl Amberg, le médecin-chef, entretenait une correspondance avec l'Institut de Berlin. Étrange, non ?

Van Dijk plissa le front.

— Le Bois des Ombres ? Ça ne me dit rien, mais on devrait pouvoir en retrouver la trace. Si cet établissement privé est resté en activité, c'est que ce docteur Amberg bénéficiait de protections.

Il me regarda d'un air songeur.

— Il est détaillé, ce journal intime de votre grand-mère ?

— Il contient plusieurs volumes, répondis-je. Des vieux cahiers d'écolier rédigés au crayon. Pas faciles à déchiffrer. Ma grand-mère écrivait très serré, sans doute pour économiser le papier. Je ne les ai retrouvés que récemment, après sa mort.

— Quelle chance ! dit van Dijk avec enthousiasme. Ces documents sont de véritables trésors.

La femme aux lunettes Aviator surgit à l'entrée de la salle.

— Je vous rappelle que nous allons fermer, annonça-t-elle.

— Ne craignez rien, la rassura van Dijk, je vais partir.

Il se tourna à nouveau vers moi et demanda :

— Me serait-il possible d'examiner ces cahiers ?

J'hésitai. Après Siegfried Rattler, cet historien était la deuxième personne à s'y intéresser.

— Je n'ai pas encore fini de les lire, répondis-je. Peut-être pourrions-nous en reparler dans quelques jours ?

Je rechignais à l'idée de faire circuler entre des mains étrangères ces documents rendus fragiles par le temps. Ma grand-mère y avait consigné ses expériences et ses pensées les plus intimes. Elle n'aurait certainement pas souhaité les faire lire à des inconnus. En même temps, cet homme était un historien de la médecine. L'intérêt qu'il témoignait était plutôt bon signe. C'était un très bon connaisseur de la psychiatrie de cette époque.

— Si cela vous semble prématuré, nous pourrons en reparler plus tard, convint van Dijk. Je ne veux pas vous brusquer. Je pourrais vous rappeler, si vous êtes d'accord.

— Très volontiers, répondis-je.

Cela n'engageait à rien.

— Je crois qu'on va devoir sortir, dit van Dijk. Contactez-moi quand vous voudrez, madame Südhausen. Ce sera un plaisir. Vraiment.

Il m'adressa à nouveau un sourire qui me parut plus hésitant qu'au début de notre rencontre.

Après nous être dit au revoir, je me retrouvai seule devant la faculté de médecine. Un vent glacial me rabattait des flocons sur le visage. Je mis mon bonnet et relevai mon écharpe jusqu'au menton. Cette exposition m'avait ouvert les portes d'un monde dont j'ignorais pratiquement tout. Des patients tués par dizaines de milliers. Des médecins pour qui la vie des malades n'avait aucune valeur et qui s'imaginaient peut-être même agir pour le bien de la communauté nationale en tuant des aliénés. Quelle place occupait le Bois des Ombres dans ce contexte ? Comment cet établissement privé avait-il traversé toute cette période de guerre ?

Il fallait que j'accède à de nouvelles sources. J'explorerais à nouveau la maison de ma grand-mère, peut-être renfermait-elle d'autres documents que ces cahiers. J'aurais pu demander à cet historien de la médecine d'entreprendre des recherches sur la clinique privée de l'Ötztal. J'avais pris congé de lui peut-être un peu trop rapidement. Par bonheur, j'avais sa carte de visite. Je pourrais toujours revenir vers lui.

Je marchai jusqu'à l'arrêt, montai dans le tramway et rentrai à la maison. Je sonnai chez Theres Kurz pour récupérer le chien. Elle était d'accord pour prendre Leo aussi le lendemain pendant que j'irais en montagne avec Siegfried Rattler. C'était vraiment quelqu'un de serviable.

La neige tombait en rafales lorsque j'arrivai devant la maison et que je sortis la clé. Je l'enfilai dans la serrure et la tournai une fois, comme d'habitude. La porte ne s'ouvrit pas. Je restai médusée. Je donnais toujours un seul tour de clé, jamais deux. J'en étais certaine.

Je tournai la clé une deuxième fois, et la porte s'ouvrit. Je pris peur. Quelqu'un avait dû pénétrer dans la maison. Une personne qui avait la clé de la porte et qui l'avait tournée deux fois dans la serrure en repartant. Je sentis une tension me figer la nuque. J'ouvris le battant de la porte, passai le seuil et allumai. Le vestibule était vide. Je remarquai une flaque d'eau sur le plancher. Était-ce moi qui avais mouillé le sol cet après-midi ? Je fonçai dans la cuisine. Là aussi, on voyait des traces d'eau sur le carrelage. Le téléphone de Theres Kurz était épinglé sur le panneau de liège. Je composai le numéro.

— Mais non, madame Südhausen, je ne suis pas passée. Je vous l'aurais dit. Vous voulez récupérer la clé ? Je ne la garde qu'en cas d'urgence.

Theres Kurz avait l'air indignée. Je m'excusai, lui souhaitai une bonne soirée et raccrochai. Mon Dieu, la pauvre, elle qui acceptait toujours de s'occuper du chien. Pas étonnant qu'elle l'ait mal pris. Mais qui avait pu pénétrer dans la maison ? Gita Mogany ? Elle était la seule à avoir encore une clé.

Comme mue par un instinct, je me précipitai dans l'escalier et montai à l'étage. Les cahiers étaient-ils encore là ? Je me mis à genoux et regardai sous le lit. Je les trouvai à leur place, derrière la table de nuit, là où je les cachais chaque matin. Je recomptai la pile. Onze cahiers. Si quelqu'un avait pénétré dans la maison, il ou elle n'avait pas trouvé les carnets. Et peut-être même pas cherché…

Je redescendis en vitesse, rien n'avait bougé non plus dans la cuisine, mis à part les flaques d'eau sur le sol. Le petit salon avec le piano et le sofa sur lequel j'avais passé la première nuit ne semblait pas non plus avoir été visité. Si quelqu'un était passé ici, il avait fait preuve d'une grande discrétion. Et s'il était resté des traces de pas dans la neige ? J'ouvris la porte d'entrée. L'air vif et mordant de l'hiver me saisit. Le chemin devant la maison était recouvert de neige, je ne vis que mes propres traces. Si quelqu'un d'autre était passé, ses empreintes avaient déjà été effacées.

Qui avait bien pu venir ici ? Peut-être la personne qui avait téléphoné et raccroché samedi soir ? La seule personne qui avait une clé, c'était Gita Mogany. Mais ça n'avait aucun sens, elle avait eu bien d'autres occasions de fouiller la maison.

Une autre idée me traversa l'esprit. À défaut de Gita, c'était peut-être Ulrich Pramstaller ? Après tout, il entretenait des contacts avec la Hongroise, des contacts étroits, même. Elle avait pu lui donner la clé. Il cherchait peut-être quelque chose. S'il possédait les deux cahiers qui me manquaient, peut-être voulait-il maintenant récupérer les autres ?

Mon corps se raidit comme sous l'effet d'une menace. Mes paumes de main se couvrirent de sueur. Si quelqu'un avait une clé, il pouvait revenir à n'importe quel moment. Je n'étais plus en sécurité dans cette maison. Il fallait que je fasse changer la serrure. Oui, je m'en occuperais dès demain. Mais j'avais prévu d'aller faire du ski avec Siegfried Rattler. Et je n'avais pas l'intention de me décommander.

Inutile de paniquer, tout irait bien. Après tout, j'exagérais peut-être un peu. J'étais vraiment perturbée. C'était sans doute moi ou Leo qui avait laissé ces traces d'eau sur le plancher et dans la cuisine. Et il était possible aussi que, pour une fois, j'aie fermé la porte à double tour, pour plus de sûreté. Ma mémoire immédiate n'était plus très performante. Il ne s'était rien passé de grave. Il ne s'était même rien passé du tout.

Siegfried Rattler passerait me prendre demain pour m'emmener en montagne. Quoi qu'il arrive, c'était ce qui était prévu. Le seul problème, c'était les cahiers, il fallait que je trouve un endroit où les mettre à l'abri. Les cacher. Mais où ? Je ne pouvais pas en parler avec Theres Kurz. Il fallait que je les laisse quelque part dans la maison. Dans une cachette où personne n'irait les chercher.

Je montai dans la chambre à coucher. En voyant le panier du chien devant le lit, il me vint une idée. Elle était un peu bizarre, mais j'étais résolue. Demain, je n'avais pas envie de passer la journée à m'inquiéter au sujet des cahiers. J'allai dans la cuisine chercher un grand couteau et des ciseaux.

Une fois remontée, je m'assis par terre près du panier du chien. Le couteau était bien aiguisé. D'un geste, j'incisai le fond rembourré de la corbeille. Je pris ensuite les ciseaux pour agrandir l'ouverture. Puis j'y plongeai la main et en sortis des poignées de flocons de mousse. Je m'échauffai et pestai. Le trou finit par être assez grand. En retirant suffisamment de rembourrage, je pouvais rentrer les onze cahiers à l'intérieur. J'y mis les neuf premiers et en gardai deux que je voulais lire le soir-même. Demain, je les placerais avec les autres dans la cachette et je recoudrais grossièrement la fente avant de pousser la corbeille le long du mur. Où se trouvait le nécessaire à couture dans cette maison ? Sans doute en bas.

Je découvris la boîte à couture dans le petit salon. La pensée qui me traversa alors l'esprit me paralysa : si quelqu'un revenait dans la nuit, je serais prise au piège en haut dans la chambre à coucher. Toute seule. Il vaudrait peut-être mieux que j'aille dormir cette nuit dans un hôtel. Mais, dans ce cas, que faire de Leo ? Fallait-il l'emmener ? Et que dire à Theres ? Mon angoisse se transforma subitement en colère. Non, je ne partirais pas en prenant le risque que quelqu'un vienne fouiner ici pendant la nuit. Je dormirais ici en bas, sur le sofa du petit salon, pour être plus près de la porte.

Je verrouillai la porte d'entrée de l'intérieur. Puis je déplaçai le fauteuil du bureau jusque dans le vestibule et le poussai devant la porte. Cela ferait déjà un premier barrage, mais ce n'était pas suffisant. Je ramenai de la cuisine une grosse bassine, un seau en plastique et trois verres à vin. Je posai la bassine à l'envers sur une chaise, puis le seau également la tête en bas, et enfin les trois verres. L'assemblage rappelait ces pyramides d'objets que nous faisions, enfants, pour effrayer celui qui les renverserait, sauf qu'en général, on n'utilisait pas des verres en cristal…

J'admirai mon œuvre et fus prise d'un accès de fou rire. Si quelqu'un tentait d'ouvrir la porte, il allait tout d'abord se heurter au fauteuil, puis il provoquerait un boucan terrible en faisant tomber les verres par terre. Si mes collègues de Hambourg me voyaient occupée à ce genre d'activité, elles se diraient : « La pauvre, elle a complètement pété les plombs ! » Moi, au contraire, je me sentais mue par une volonté implacable.

Je descendis les draps et le piolet dans le petit salon. Puis je remontai chercher le panier du chien remplie avec les cahiers et la plaçai à côté du sofa. Je ne tardai pas à m'étendre et à écouter Leo s'installer à son tour pour la nuit. Le chien avait compris que j'avais besoin de lui. Il s'endormit très vite. Je tâtai le piolet sous le sofa et me sentis rassurée.

Je me rappelai alors un soir, après une randonnée avec ma grand-mère, où nous avions passé la nuit dans un refuge de montagne. Un gros orage s'était déchaîné à l'extérieur. J'avais dix ans et j'étais terrorisée à l'idée que la maison prenne feu. Ma grand-mère s'était assise à mon chevet et m'avait raconté une histoire, le conte du petit chien chauve et du gros ours velu. Toute sa vie, le petit chien chauve s'était sauvé dès qu'il voyait un ours approcher. Il avait tellement peur du monstre poilu qu'il passait son temps dans les fourrés d'épines pour se mettre à l'abri d'une mauvaise rencontre.

Mais un jour qu'il entendit l'ours dans les environs et qu'il s'apprêtait à disparaître dans un buisson, il sentit monter en lui la colère. Il en avait assez de passer son temps tapi sous les fourrés. Le petit chien chauve fit demi-tour et se prépara à affronter le monstre velu. Il commença à grogner et gronder, et à chaque pas qu'il faisait en direction du monstre, il changeait de taille. Il devint de plus en plus gros et se couvrit d'une épaisse fourrure.

Le monstre velu, lui, se mit à rapetisser et à perdre tous ses poils, si bien qu'à un moment donné, il rebroussa chemin et se sauva. Il vaut toujours mieux affronter le monstre que de s'enfuir à son approche, m'avait dit ma grand-mère. Parfois, il arrive que le monstre ne soit rien d'autre que la peur.

Enfant, j'avais longtemps repensé à cette phrase. À l'époque, je n'en comprenais pas le sens. Maintenant, je voyais ce qu'elle avait voulu dire.

Avait-elle entendu Amberg raconter cette histoire ? L'avait-il lui-même inventée ? J'attrapai le cahier suivant. Quoi qu'il se fût passé au Bois des Ombres, tous ces événements avaient plus d'importance pour moi que ce que j'aurais pu imaginer.

21

Ötztal, janvier 1943

La neige tombait du ciel en flocons ouatés, aucun souffle n'agitait l'air. Kolia restait debout sans bouger sous la neige, le visage tendu vers le ciel, comme avide de sentir la caresse des flocons. La neige se posait sur sa peau, sa veste, son écharpe et ses cheveux bruns. Il se tenait à la balustrade de l'escalier qui menait à la salle à manger. Il avait dû sortir seul après le petit-déjeuner pour sentir le contact de la neige sur son visage.

Charlotte l'observait depuis le bâtiment des pensionnaires. Avec sa veste courte, l'aveugle était trop légèrement vêtu par ce froid, mais cela ne le gênait pas. Charlotte repensa à son voyage en train et au plaisir qu'elle avait ressenti quand le vent lui avait fouetté le visage après que Johanna eut ouvert la fenêtre. Elle pouvait se mettre à la place de Kolia. Le froid et la neige apaisaient lorsqu'on redoutait de ne plus sentir son corps, de se dissoudre. Ce devait être terriblement angoissant de ne plus voir les maisons, les arbres, le sol.

Pourquoi Kolia était-il ici ? Charlotte avait demandé à Mimi comment il était devenu aveugle, mais la cuisinière s'était contentée de parler d'un accident. Charlotte le revit serrer le médaillon dans sa main. L'amulette avec le caducée, le signe de ralliement de l'organisation qui sauvait des patients, mais dont Mimi n'avait rien voulu lui dire de précis. Kolia en faisait-il partie, lui aussi ? Mais en quoi un aveugle pouvait-il être utile à une telle association ?

— Le voilà qui rêvasse dans la neige, notre monsieur Brunner, au lieu d'aller s'activer en cuisine, grinça derrière elle une voix nasillarde.

Elle se retourna et vit Stühling.

— Bonjour, mademoiselle Rotstetter, salua Stühling en la scrutant de ses yeux de fouine. Il est temps aussi que vous rejoigniez votre groupe de travail, n'est-ce pas ?

— Je passe d'abord chercher ma camarade de chambre, répliqua Charlotte.

Stühling lui faisait l'effet d'un chien de garde qui rôdait dans les couloirs. Depuis qu'il était revenu de la vallée, il se comportait en garant de l'ordre.

Charlotte monta dans sa chambre et trouva Sophia assise sur son lit. Le poêle était presque éteint.

— Prends une bûche et mets-la dans le fourneau, dit-elle à la pianiste.

Sophia devait se montrer plus active. Charlotte la conduisit devant le poêle. Elle choisit un morceau de bois court mais large, et le tendit à Sophia. Celle-ci empoigna à son tour la bûche. Charlotte ouvrit la porte du fourneau, Sophia jeta le morceau de bois à l'intérieur.

— Bravo, la complimenta Charlotte, et maintenant descendons à la cuisine.

Lorsqu'elles arrivèrent, les aides du service du travail avaient déjà allumé les deux cuisinières à bois. La pièce baignait dans une agréable chaleur qui embaumait le feu de bois. Des pensionnaires étaient déjà assis à la grande table. Ce jour-là, le frère de Lukas, Konrad, avait lui aussi été affecté à la cuisine. Luise, la patiente à grande bouche, parlait toute seule.

— Un ragoût de légumes le dimanche, et tout le monde mangera à sa faim !

Charlotte connaissait ce slogan martelé par l'organisation des Secours d'hiver. À Ratisbonne, une fois par mois, Johanna sacrifiait elle aussi au rituel du ragoût de légumes. L'argent que les foyers économisaient en renonçant à la viande un dimanche par mois devait être reversé à l'organisation.

— On n'est pas dimanche, ce n'est pas le jour du ragoût de légumes, dit Mimi. Aujourd'hui, on va préparer des escalopes de chou-rave avec de la purée.

— Le Führer commande, nous suivons comme un seul homme, marmonna Luise.

— Alors je suis rassurée, dit Mimi sèchement.

Les pensionnaires se mirent en devoir de laver et d'éplucher les pommes de terre et le chou-rave. Alfred, le trembleur, fut chargé de râper les restes du pain blanc servi dimanche au petit-déjeuner pour en faire de la chapelure.

Lukas arriva à la cuisine en compagnie de l'aveugle, mais Kolia ne participa pas aux travaux du groupe. Ils s'assirent tous deux à part à une autre table. Kolia portait dans sa main gauche un instrument bizarre qui ressemblait à une ardoise. Sa main droite tenait un stylet, une sorte de poinçon à manche épais.

Intriguée, Charlotte s'approcha.

— Qu'est-ce que tu fais, Lucifer ?, demanda-t-elle.

Elle était fière de pouvoir appeler Lukas par son surnom ; et depuis quelque temps, ils se tutoyaient.

— On apprend le braille, expliqua Lukas. C'est un système d'écriture tactile qui se compose de points en relief.

— Une sorte de code secret, ajouta Kolia. Louis Braille s'est inspiré d'un système qui avait été inventé par l'armée pour rédiger et lire dans le noir des messages codés à partir de points tracés en relief.

C'était la première fois que Charlotte entendait l'aveugle parler autant. D'habitude, il se contentait de chanter quelques bribes de phrases pendant les soirées musicales. Kolia avait un élégant accent autrichien. C'était étrange, mais Charlotte ne s'attendait pas à ce que cet homme au visage recousu parle avec l'accent chantant de la bourgeoisie viennoise.

Lukas donna à Kolia une feuille de papier épais qu'il introduisit à l'intérieur d'une tablette percée de multiples trous. Kolia se servit ensuite du poinçon pour tracer des combinaisons de points en suivant une sorte de réglette. Au bout d'un moment, il avait poinçonné deux lignes complètes en allant de droite à gauche, à l'inverse de notre écriture manuscrite. Kolia retira la feuille de la tablette et la retourna. Les trous du poinçon apparaissaient maintenant comme des points en relief que l'on pouvait toucher du doigt. L'aveugle tendit la feuille à Lukas.

Le concierge avait étalé devant lui un papier imprimé qui reproduisait un alphabet où chaque lettre était associée à une combinaison de points. Lukas s'efforça de déchiffrer les lignes que Kolia venait d'écrire en recherchant dans sa liste les lettres correspondantes. Il lui fallut un bon moment, mais il essayait visiblement de mémoriser l'alphabet braille.

— P-E-R-S-O-N-N-E-N-'-E-N-T-E-N-D-L-E-S-O-N-D-E-L-A-N-E-I-G-E, lit Lukas. Mais c'est presque de la poésie, Kolia.

L'aveugle sourit.

Charlotte était restée immobile à l'observer. Le son de la neige. Elle revoyait Kolia dehors, qui tendait son visage vers le ciel pour sentir le contact des flocons. Il rêvait sans doute que chacun d'entre eux, au moment de se former, émettait un faible tintement.

— Je peux t'emprunter la feuille avec les points ? demanda-t-elle à l'aveugle.

Il acquiesça d'un signe de tête. Charlotte alla vers Sophia, qui était assise à la table des pensionnaires mais ne participait pas à la corvée de pommes de terre.

— Mets ton doigt, Sophia, dit-elle en lui tendant la feuille écrite en relief. C'est une écriture pour les aveugles. Il faut toucher les lettres pour les lire. Devine ce qui est écrit.

Elle prit la main de Sophia et la guida sur la feuille.

— « Personne n'entend le son de la neige. » Ça me rappelle l'histoire des gens du pays des glaces.

Sophia effleura les points en souriant, mais ne dit rien. Charlotte reprit la feuille et la reposa sur la table.

— Merci, monsieur Brunner.

En entendant Stühling tout à l'heure, elle s'était remémoré le nom de famille de Kolia, que la plupart des gens appelaient ici « l'aveugle ». Kolia ne réagit pas.

— C'est intéressant de pouvoir toucher ces lignes écrites avec des points, monsieur Brunner, insista Charlotte.

L'aveugle ne répondit toujours pas.

— J'ai reposé la feuille sur la table, Kolia, dit Charlotte.

Enfin, il sembla comprendre qu'on s'adressait à lui et répondit poliment :

— Merci, mademoiselle. Vous êtes Charlotte, n'est-ce pas ?

— Oui, Charlotte Rotstetter.

L'aveugle était-il tellement perturbé qu'il en oubliait jusqu'à son propre nom ?

Le docteur Stühling entra dans la cuisine et se mit à tourner autour de la table tel un renard autour d'un poulailler. Charlotte se demanda ce qu'il venait faire ici.

— De la purée de pomme de terre, dit Stühling à Mimi sur un ton de reproche. Je compte sur vous pour ne pas jeter les épluchures, mademoiselle Westheimer.

— Sûrement pas, répliqua Mimi en prenant l'air indigné. Les épluchures sont mises à sécher et moulues, elles donneront de la farine pour confectionner de délicieux biscuits.

Mimi, qui n'était pas cuisinière de métier, jouait parfaitement son rôle, se dit Charlotte. On verrait bien ce que donneraient ces « délicieux biscuits » à base de farine d'épluchures. Elle était étonnée que Stühling se préoccupe maintenant de recettes de cuisine.

Stühling avait remarqué Kolia et sa tablette à la table à côté.

— Alors, monsieur Brunner, on ne participe pas au travail du groupe ? dit-il en s'approchant.

— On apprend l'écriture des aveugles, dit Lukas d'un air pincé, ça fait partie du traitement prescrit à monsieur Brunner. L'écriture tactile aiguise les sens, et cet apprentissage aide à combattre la mélancolie des aveugles.

— Vous paraissez bien au courant, monsieur le concierge, coupa Stühling. Je vous croyais en train de ramasser du bois en forêt.

Il parlait sur un ton peu avenant.

— Nous irons en forêt cet après-midi, répliqua Lukas. Nous sommes tenus de respecter le programme qui est fixé pour chaque jour. On ne fait pas d'exception aujourd'hui.

Stühling regarda la feuille constellée de trous.

— On dirait un code secret, Brunner, constata-t-il en prenant un ton enjoué. Ça peut servir en temps de guerre, pas vrai ?

— Parfaitement, le braille est d'une importance capitale pour les aveugles de guerre, répondit Kolia dans son élégant dialecte viennois.

— En tout cas, vous ne risquez plus d'être mobilisé, asséna Stühling. Au demeurant, toutes les blessures ne viennent pas forcément des combats, n'est-ce pas ?

Charlotte tendit l'oreille. Était-ce une allusion ? Mimi avait parlé d'un « accident » qui avait coûté la vue à Kolia. Charlotte avait entendu dire pendant les repas à Ratisbonne que l'armée était toujours méfiante vis-à-vis des « accidents ». Certains soldats tentaient de se mutiler pour ne pas être renvoyés sur le front et rentrer chez eux. Les mutilés volontaires étaient fusillés pour insoumission. Mais personne ne se crèverait les yeux pour échapper au front !

Stühling salua rapidement et quitta la pièce. Pendant ce temps, les pensionnaires avaient terminé d'éplucher et de cuire les choux-raves. Le beau moustachu et la fausse Zarah Leander, qui n'avait pas encore chanté une seule note de la matinée, coupèrent les choux-raves en tranches. Alfred les trempa ensuite dans la chapelure où il avait battu deux œufs, sur les instructions de Mimi. Luise et deux autres patientes firent fondre du saindoux dans deux poêles et grillèrent les légumes panés qui ressemblaient désormais vraiment aux escalopes que Johanna servait souvent le dimanche, lorsque Charlotte était plus jeune et que la viande n'était pas encore rationnée.

Trois autres pensionnaires avaient pelé et fait cuire les pommes de terre, puis les avaient écrasées avec un peu de lait. Mimi mit de côté les épluchures de façon très démonstrative.

— On servira les épluchures une autre fois, je ne sais pas encore sous quelle forme !

22

Charlotte avait l'impression que le temps filait à toute allure. À Ratisbonne, après la mort de Robert, la vie se déroulait sur un tout autre rythme, elle passait des heures couchée sur le lit de son frère, le temps semblait arrêté, comme une pendule que personne ne savait plus remonter. Ici, les jours passaient trop vite, et la visite de Kettenbach se rapprochait de façon inéluctable.

Le professeur avait en effet annoncé sa venue au Bois des Ombres pour la fin février. Si Sophia n'avait pas fait de progrès d'ici là, si elle ne parlait toujours pas, il la ferait transférer pour expérimenter sur elle ses traitements spéciaux.

— On aurait pu renvoyer Sophia chez sa mère à Stuttgart, mais elle ne veut pas récupérer sa fille dans cet état, expliqua Mimi à Charlotte un jour qu'elles étaient seules dans la cuisine. De toute façon, Kettenbach choisirait une autre patiente. S'il n'obtient pas ce qu'il veut, il peut faire fermer l'établissement. Il a déjà brandi la menace. Il entretient d'excellentes relations avec le chef des services de santé du Tyrol. La fermeture du Bois des Ombres serait terrible. Certaines personnes seraient perdues si la clinique disparaissait.

— À qui penses-tu en particulier ? demanda Charlotte.

— Regarde Kolia qui est aveugle, où irait-il vivre ? répliqua Mimi.

Charlotte sentit à nouveau qu'elle ne disait pas toute la vérité.

Elle s'inquiétait de la visite de Kettenbach, car l'état de Sophia n'évoluait pas. Charlotte la voyait se promener dans la neige avec le docteur Amberg et sortir de l'atelier de peinture. Sophia souriait sans rien dire. Le soir, elle appréciait visiblement que Charlotte lui lise le conte du pays des glaces. Celle-ci eut l'idée de transformer un peu l'histoire. La harpiste devint une pianiste, cela tombait sous le sens. Un jour où Charlotte lui demanda s'il ne valait pas mieux finalement que, dans l'histoire, la jeune fille joue de la harpe plutôt que du piano, Sophia se contenta de sourire en silence.

Charlotte allait chercher Sophia avant de s'asseoir au piano pour jouer la chanson du film *Lilas blancs* et, bien sûr, « La femme n'a plus qu'un rêve, aujourd'hui, avoir une auto et un permis ». Mais elle n'obtenait jamais la moindre réaction. Charlotte sentait monter en elle une sourde colère à l'encontre de Sophia. Et si sa compagne de chambre refusait de parler alors qu'elle en était capable ? Si elle s'amusait à observer cette agitation autour d'elle, tous les efforts déployés par Amberg, Mimi, Lukas et Charlotte pour établir un contact en espérant une réponse ? Mais elle adressait à son entourage toujours ce même sourire, et se contentait de battre la mesure quand Charlotte jouait du piano.

Charlotte aurait aimé la prendre par les épaules et la secouer, lui dire ce qui l'attendait si rien ne se passait.

— Kettenbach va venir te chercher, Sophia, et tu te retrouveras à Wurtzbourg dans son laboratoire, à sa merci, et personne ne pourra plus t'aider, tu comprends ? Le docteur Amberg ne sera plus là, ni Mimi, ni Lukas. Et ce sera affreux !

Bien sûr, Charlotte se retenait. D'abord parce qu'elle ne savait rien de précis sur les méthodes de Kettenbach. Et puis elle n'avait pas le droit d'angoisser encore plus Sophia, la jeune pianiste avait déjà vécu des événements suffisamment terribles.

Le lendemain après-midi, elles étaient parties chercher du bois dans la forêt. Charlotte marchait à côté du traîneau. Elle était bien emmitouflée et portait des bas de laine sous le pantalon de Robert, qui avait déjà supporté deux lavages au Bois des Ombres. Dans ses bottes, elle avait mis ses grosses chaussettes et non les bandes de tissu que lui avait données Lukas, car elle craignait que les frottements ne provoquent des ampoules.

Sa camarade de chambre Sophia marchait elle aussi derrière le cheval et profitait du soleil qui lui caressait le visage. Il faisait froid, mais la journée était claire, avec un beau ciel bleu. Charlotte avait déjà sollicité Sophia deux fois pour qu'elle vienne l'aider à charger des troncs. Mais la pianiste n'avait pas fait mine d'entendre. Alfred, le trembleur, marchait à côté d'elle et se montrait tout aussi passif, mais lui avait au moins l'excuse d'être enrhumé. Mon Dieu, ces deux-là ne s'en faisaient pas. Ce n'était pas grâce à eux qu'on ramasserait assez de bois pour chauffer tout l'établissement.

Lukas arrêta le traîneau. Il empoigna la scie passe-partout et désigna un tronc sur le sol quelques mètres plus loin.

— On va en couper un bout.

— Je viens t'aider, Lucifer ! s'écria Charlotte.

Elle avait constaté que cette activité lui faisait du bien et l'apaisait intérieurement. Elle aimait tirer sur la scie jusqu'à être trempée de sueur.

Ils s'approchèrent du tronc, Lukas claudiquant légèrement. Il mit un genou à terre et engagea la lame. Charlotte attrapa l'autre bout de la scie et ils engagèrent le mouvement de va-et-vient, chacun tirant à son tour la poignée. Lorsqu'ils eurent coupé la moitié du tronc, ils firent une pause et s'assirent sur le fût. Lukas retira ses gants, déposa un peu de tabac à priser sur le dos de sa main gauche et l'aspira lentement par le nez.

— Pourquoi est-ce qu'elle ne dit rien ? demanda Charlotte en désignant de la tête le traîneau sur lequel Sophia attendait en silence.

Alfred toussait à côté d'elle.

— Pourquoi Sophia se tait ? Peut-être pour se protéger, parce que ce langage lui semble faux et corrompu, dit Lukas. Imagine que tu ne peux plus croire en rien, qu'il te semble que tout le monde ment. Que ferais-tu ? Dans un tel cas, se taire n'est pas une mauvaise solution.

Il avait élevé la voix. Charlotte le regarda, surprise. Elle pensa aux premiers temps après la mort de Robert. Elle aussi n'avait plus rien dit, étendue comme pétrifiée sur le lit pendant des jours. Elle ne croyait plus en rien ni en personne, pas même en elle-même. Elle ne voulait plus entendre une parole. Les mots avaient perdu toute signification. Mais ici, au Bois des Ombres, parmi les malades, elle était sortie du silence. Peut-être aussi parce que la folie qui l'entourait semblait plus vivante que sa famille, à Ratisbonne. Plus stimulante que ses parents qui pleuraient la perte d'un fils, mais allumaient néanmoins la radio le soir pour écouter les discours du Führer et de ses ministres.

— Mais Sophia est maintenant au Bois des Ombres, et tout le monde ne lui veut que du bien, argumenta Charlotte. Pourquoi n'arrivons-nous pas à la convaincre qu'elle n'a rien à craindre ici ?

Lukas se frotta les mains et remit ses gants.

— Toute folie a un sens, Charlotte. Même si nous ne le percevons pas de prime abord.

— Que veux-tu dire par là ? Tu penses à Konrad ?

— Konrad a eu de la chance de se débattre comme un forcené. Si on l'avait pris au sérieux quand il criait que le Führer allait tous nous anéantir, mon frère ne serait certainement plus ici, mais au cimetière. L'expert médical l'a épargné. Sinon, il aurait été exécuté pour avoir voulu saper le moral des troupes.

— Et que fais-tu de cette pipelette de Luise ? Elle épuise tout le monde à débiter des formules de propagande, s'exclama Charlotte.

— Elle se protège derrière ces phrases toutes faites. Ce sont des formules qui ont cours officiellement. C'est finalement la même chose que pour Sophia, l'une se tait et l'autre parle, mais pour débiter des phrases vides de sens qu'elle ne prend pas à son compte.

Charlotte savait que Lucifer était un homme intelligent, mais elle se persuada ce jour-là qu'il comprenait mieux les patients que le docteur Stühling qui lui donnait du « monsieur le concierge » et le regardait de haut. En temps de paix, Lukas aurait exercé un autre métier que celui de simple gardien, elle en était persuadée.

— Et que penses-tu de Bertha Uhlig, la fausse Zarah Leander ?, demanda-t-elle. Elle se prend pour une chanteuse célèbre, mais qu'est-ce qui fait qu'elle passe son temps à fredonner « *Ich weiss, es wird einmal ein Wunder geschehen* »[1].

Elle crut percevoir un petit tressaillement sur le visage de Lukas.

— Elle cherche peut-être à séduire le bel alcoolique, répondit-il, c'est pour ça qu'elle passe autant de temps à se pomponner avec son fer à friser.

1. « Je sais qu'un jour, un miracle se produira. »

Il se leva et changea de sujet.

— On n'arrivera jamais à débiter ce tronc si on reste assis à discuter. Ma chère, mettons-nous au travail. Sinon, j'irai chercher Alfred, je pourrais peut-être lui faire manier un peu la scie, même s'il m'a l'air terriblement enrhumé.

Lukas engagea à nouveau la lame sur le tronc, Charlotte tira la poignée pour relancer le mouvement de va-et-vient, et le tronc finit par céder. Lukas appela Alfred d'un signe, et le tronc fut bientôt chargé sur le traîneau. Une fois débité, il fournirait une belle provision de bûches que l'on mettrait d'abord à sécher sous un auvent le long des murs du bâtiment et qu'on entreposerait plus tard dans le bûcher. Le bois qu'ils brûlaient cet hiver-là avait été rentré au moins deux ans plus tôt.

Charlotte se demanda soudain si ces corvées de bois avaient encore un sens. Les bûches qu'on tirerait de ce tronc ne seraient pas utilisées avant deux ans. Il lui semblait que c'était une éternité, alors que les jours s'enchaînaient à toute vitesse, comme des perles de boulier qu'un enfant rageur déplace brusquement. Le Bois des Ombres lui apparaissait comme un refuge menacé par un danger extérieur, mais sans qu'elle soit capable vraiment d'appréhender ce péril. Le danger ne venait pas seulement de Kettenbach, pensa Charlotte. Cet homme incarnait quelque chose de plus terrible encore qui menaçait de détruire ce lieu.

Elle chassa ces idées noires. Après tout, cette journée serait à marquer d'une pierre blanche. Après le dîner, elle verrait le docteur Carl Amberg pour sa première séance de thérapie.

23

La nuit était aussi belle que la journée l'avait laissé présager. Des milliers d'étoiles brillaient au firmament et la lune flottait, tel un immense ballon, au-dessus de la forêt plongée dans les ténèbres. Il s'était arrêté de neiger, et Charlotte marcha vers la maison du personnel en faisant crisser la neige. Elle portait des bas de laine, une jupe et, sous son manteau, un chemisier rouge foncé qu'elle n'avait pas encore mis depuis son arrivée.

Elle se sentait flattée que le médecin-chef la reçoive dans sa bibliothèque. Était-ce habituel que les séances de thérapie se déroulent dans son bureau ? Charlotte l'avait souvent vu sortir de l'atelier de peinture et rejoindre le bâtiment principal avec des patients. Mais elle avait rarement aperçu des pensionnaires devant la maison du personnel. Seules les premières séances consacrées à un entretien, et non à la pratique artistique, avaient peut-être lieu dans sa bibliothèque.

En approchant du bâtiment, par la fenêtre éclairée, elle vit Amberg en train d'écrire à son bureau. Charlotte suivit le couloir et frappa à sa porte. Le médecin-chef ouvrit, il portait une veste en tweed, et Charlotte trouva qu'il avait de la prestance.

— Entrez et débarrassez-vous de votre manteau, l'accueillit Amberg, j'ai préparé une infusion de menthe.

Il prit le manteau de Charlotte et l'invita à s'asseoir. Sur son bureau étaient posés plusieurs dossiers. Une feuille de papier était engagée dans la machine à écrire. Charlotte aurait aimé savoir sur quoi le médecin-chef était en train de travailler.

Amberg servit l'infusion et s'assit.

— Mademoiselle Rotstetter, avant de démarrer notre séance, nous allons devoir parler rapidement de mademoiselle Ederle. Quelle est votre impression au sujet de votre camarade de chambre ?

Charlotte se sentit piquée au vif. Elle n'était pas venue pour discuter du cas de Sophia. On s'intéressait beaucoup trop à cette fille qui n'ouvrait jamais la bouche et se contentait de sourire, sans participer à aucune activité.

— Mon impression, c'est qu'elle apprécie que je lui fasse la lecture, dit Charlotte un peu pincée. Mais elle ne dit rien. Et elle n'aide pas non plus quand on part chercher du bois en forêt.

On sentait pointer comme un reproche. Charlotte se sentit un peu gênée. Il était peut-être injuste de dire cela au sujet de Sophia. Sa camarade de chambre était gravement atteinte. Elle avait subi un traumatisme. Elle ne pouvait pas faire autrement. C'était justement ce que Lukas lui avait expliqué cet après-midi dans la forêt.

— Oui, vous avez raison, malheureusement. Mademoiselle Ederle ne fait pas de progrès, confirma Amberg, mais il nous reste encore un peu de temps. Le professeur Kettenbach a annoncé sa visite pour la fin février. Continuez comme ça, et nous verrons bien. Je vous remercie pour votre aide.

Charlotte approuva d'un signe de tête. Elle but une gorgée de tisane et regarda à la dérobée autour d'elle.

Son regard s'arrêta sur les drapeaux de couleurs, frappés de signes étranges, qui étaient accrochés à une étagère et avaient déjà attiré son attention le premier soir. Amberg suivit son regard.

— Ce sont des drapeaux de prières, expliqua-t-il. Dans l'Himalaya, les bouddhistes les accrochent dans les montagnes et au passage des cols. Les cinq couleurs symbolisent le ciel, l'air, le feu, l'eau et la terre. Des formules sacrées sont imprimées sur ces drapeaux, et le vent est censé répandre leurs prières à travers le monde. Les drapeaux se délitent au gré des intempéries, ce qui rappelle le caractère éphémère de toute chose. Le cycle de la vie et de la mort, auquel nous ne pouvons échapper.

Il parlait d'une voix chaude et douce qui donnait à ses mots plus de résonance que s'il avait pris un ton professoral. Il buvait sa tisane à petites gorgées.

— Mais venons-en à vous, mademoiselle Rotstetter. J'ai lu dans la lettre de recommandation du docteur Rundling, votre médecin de famille, que vos troubles remontent à la mort de votre frère jumeau.

— Robert est tombé à Stalingrad, dit Charlotte. Il aurait aimé rentrer rapidement à la maison. Mais ça n'a pas été le cas.

— Le docteur Rundling a noté qu'à Ratisbonne, il vous semblait voir le monde derrière une vitre, dit Amberg. Que vous aviez l'impression de vous désagréger, de ne plus habiter votre corps. Et que ça vous angoissait terriblement. Et vous avez confié au docteur Rundling qu'à certains moments, vous ne saviez plus qui vous étiez. Je vous ai observée un peu depuis votre arrivée. Vous portez le pantalon de votre frère. Puis vous reprenez vos vêtements féminins. Qui avez-vous le plus envie d'être, votre frère ou sa sœur jumelle ?

Il se pencha en avant et sourit de ses yeux couleur d'ambre, sans aucune ironie dans le regard. C'était un sourire bienveillant.

La question d'Amberg la déstabilisa. Qui avait-elle envie d'être ? Robert, qui avait dû combattre dans la boue et la neige jusqu'à la mort ? Ou elle-même, qui n'avait été qu'un être sans intérêt, une fille restée à la maison et encore vivante ?

— Peut-être aimeriez-vous être les deux à la fois, poursuivit Amberg, un peu Robert et un peu Charlotte.

— Mais ce n'est pas possible, dit Charlotte avec un sourire forcé. Je ne suis rien que Charlotte.

— Rien que Charlotte !

Amberg hocha la tête.

— Croyez-vous qu'il existe une personne-qui-n'est-rien-que-Charlotte ? Mais non ! Pas plus qu'il n'existe une personne-qui-n'est-rien-que-Robert !

— Je ne peux pas être les deux, dit Charlotte.

Pourtant, à partir du moment où Robert n'était plus là, elle aurait tant voulu être les deux pour sa mère. Mais sa mère s'était détournée quand Charlotte était allée la voir dans sa chambre. Elle se sentait la moitié superflue, la part ingrate des deux jumeaux.

— Chaque homme possède une composante féminine et chaque femme une composante masculine, dit Amberg. Cette thèse est défendue par Carl Gustav Jung, un célèbre psychiatre. Et on peut laisser s'exprimer ces deux composantes. C'est valable pour moi comme pour vous. Même si vous vous appelez Charlotte.

— Je ne pouvais pas être comme mon frère, il a toujours été plus fort. C'était un garçon, répondit Charlotte.

— Il avait plus de force physique, bien sûr, c'est un aspect purement physiologique, répliqua Amberg. À votre avis, quand il était en Russie, Robert n'a-t-il pas rêvé d'être un peu Charlotte ? D'être assis au piano, à la maison, à Ratisbonne, plutôt que de patauger dans la neige en Russie et de tirer sur d'autres hommes jusqu'à ce qu'il se fasse tuer lui-même ?

Charlotte avala sa salive. Les larmes lui vinrent aux yeux. Elle essaya de se calmer, mais elle ne put réprimer un sanglot. Elle se mit à pleurer. Une image s'imposa à elle, celle de Robert trébuchant dans le désert de neige, un fusil en bandoulière, épuisé par l'effort, loin de son pays. Comme elle avait envié Robert d'être un garçon ! Et d'accaparer tout l'amour de leur mère. Elle avait si souvent rêvé d'être un garçon, de porter une casquette, de dire des gros mots, d'être ce qu'elle n'était pas. Mais, désormais, elle ressentait une pitié infinie pour son frère. Ce frère qui était mort de façon si absurde.

Amberg sortit de sa poche un mouchoir en tissu impeccablement repassé et le lui tendit.

— Tenez ! Vous pouvez le garder.

Charlotte hésita avant de le prendre.

— Vous n'y êtes pour rien, dit Amberg.

— Que voulez-vous dire ? sanglota Charlotte.

— Vous n'y êtes pour rien, répéta le médecin-chef.

— Je ne comprends pas, articula à nouveau Charlotte.

— Vous n'avez pas autant de pouvoir que vous le croyez. Vous n'y êtes pour rien.

— Expliquez-moi, demanda Charlotte.

Elle sécha ses larmes avec le mouchoir. Le contact avec ce carré de tissu l'apaisa.

— Vous ne pouviez rien y changer. Vous n'êtes pas responsable. Ce n'est pas votre faute si vous êtes une fille, une jeune femme, et pas un garçon. D'ailleurs, la nature a très bien fait les choses. Et ce n'est pas votre faute si votre frère jumeau a dû partir à la guerre. Ce sont d'autres personnes qui sont responsables.

Amberg prononça ces mots avec une hargne qui tranchait avec la douceur de son regard.

Charlotte en resta abasourdie. À Ratisbonne, personne n'aurait osé avancer des idées pareilles. Là-bas, les gens se contentaient de répéter que les soldats rendaient un fier service à leur pays, que l'Allemagne devait se libérer du joug des autres États. Et que des pays comme la Russie devaient se féliciter de passer sous l'autorité allemande, une autorité qui serait certainement meilleure pour le peuple russe que toutes les autres formes de gouvernement que la Russie avait déjà connues. À Ratisbonne, personne ne s'était demandé ouvertement qui avait une responsabilité dans la mort de Robert. C'était la faute du destin, un destin allemand, un devoir noblement accompli. Aujourd'hui, le médecin-chef avait exprimé une tout autre opinion.

Quelqu'un frappa à la porte du logement. Charlotte sursauta.

— Eh bien ? s'exclama Amberg, surpris. Il se leva.

Sur le pas de la porte, Gerlinde semblait très alarmée.

— Venez vite, docteur, s'écria-t-elle. C'est Konrad Waldhofer, il ne va pas bien du tout. Je crois qu'il a besoin d'un médicament plus fort. C'est urgent.

Amberg prit son manteau et la chapka accrochés à la patère. Il cria à Charlotte de patienter un moment et se rua à l'extérieur.

Charlotte se retrouva seule. Sa main était crispée sur le mouchoir que le médecin lui avait donné. Elle avait l'impression qu'Amberg venait d'ouvrir une porte qu'elle s'était efforcée de maintenir fermée à double tour. Quel était donc cet homme qui disait des choses si différentes de ce qu'on racontait à Ratisbonne, qui écrivait des contes et qui avait le pouvoir de lire en vous ?

Ses larmes séchèrent. Elle se détendit et demeura dans le fauteuil comme un enfant épuisé. Elle attendit. C'était un peu troublant de se retrouver seule dans la bibliothèque. Dans la sphère privée du médecin-chef. Amberg avait dû passer à l'infirmerie, prendre des médicaments avant d'aller voir Konrad.

Charlotte laissa errer son regard à travers la pièce, sur les livres, les drapeaux de prières, puis le bureau où était posée une machine à écrire. Une feuille était engagée à l'intérieur. Qu'est-ce qu'Amberg était en train d'écrire ? Elle ne voulait pas être indiscrète, mais elle pouvait quand même se lever et faire quelques pas. Elle s'approcha de la machine à écrire. Elle parcourut les lignes déjà tapées : « Rapport sur la patiente Luise Schweighofer. Une contribution à la Nouvelle Psychothérapie Allemande de l'Institut allemand de recherches en psychologie et psychothérapie. »

Ça alors ! Amberg écrivait sur cette pipelette de Luise ? La patiente qui se prélassait dans les bains parfumés à la lavande et ne s'exprimait qu'à travers des slogans de propagande nazie qu'elle débitait comme un automate ? Charlotte continua sa lecture : « Le processus de guérison suivi par Luise Schweighofer au sanatorium du Bois des Ombres montre bien que la référence à une figure paternelle forte comme celle du Führer permet d'obtenir des résultats étonnants dans le domaine de la psychothérapie allemande. Toutefois, le séjour au sanatorium du Bois des Ombres se révèle plus bénéfique que n'importe quel autre traitement administré en consultation ambulatoire ou en hôpital psychiatrique. Nous avons créé au Bois des Ombres un milieu fermé au sein duquel les patients peuvent guérir de troubles profonds en pratiquant des tâches domestiques physiques et en suivant des applications thérapeutiques basées sur des personnalités positives comme celle du Führer. Heil Hitler ! Le prochain rapport sera consacré aux différentes phases du traitement... »

Quelle supercherie ! Luise Schweighofer n'était absolument pas guérie, tout le monde le savait. Et, à part quelques après-midi passés en cuisine, elle ne s'était pas particulièrement illustrée dans les tâches domestiques ! Elle préférait prendre des bains à la lavande. Le médecin-chef avait tout inventé. Mais pourquoi ?

Charlotte entendit des pas crisser dans la neige. La porte du bâtiment s'ouvrit. Elle fila se rasseoir dans le fauteuil. Amberg était de retour.

— Je suis désolé, cria-t-il en direction de la bibliothèque pendant qu'il accrochait son manteau à la patère. Konrad Waldhofer était vraiment très mal. Ça a pris un peu de temps. Il doit dormir maintenant.

Il entra dans la pièce et s'assit dans l'autre fauteuil. Puis il dit :

— Mais, comme j'ai pu m'en rendre compte par la fenêtre, vous vous êtes occupée en vous promenant dans la bibliothèque.

Le visage de Charlotte s'empourpra. Comment avait-elle pu être aussi sotte ? La fenêtre était éclairée de l'intérieur. Le médecin-chef l'avait vue fureter dans son bureau. Cela ne se faisait pas du tout. Qu'allait-il penser d'elle maintenant ? Elle avait lu que son rapport n'était qu'un tissu de mensonges.

Charlotte était troublée. Amberg avait su déchiffrer ses pensées les plus intimes.

Mais il était capable aussi de falsifier la réalité.

24

Innsbruck, décembre 2014

Il était une heure du matin, et j'avais été tellement captivée par les péripéties du Bois des Ombres que j'en avais totalement oublié mes angoisses. Décidément, Amberg était un fin connaisseur de l'âme humaine. Il avait répété à ma grand-mère qu'elle n'y était pour rien, qu'elle n'était pas responsable de la mort de Robert, et qu'elle n'aurait rien pu faire pour l'empêcher.

Ce fut alors comme une révélation. Comme si je venais soudain de repérer un modèle de fonctionnement, de découvrir le personnage du dessin caché au milieu des animaux de la forêt, et qui n'apparaît que lorsqu'on regarde la scène sous une autre perspective.

Pendant la guerre, ma grand-mère Charlotte s'était reproché la mort de son frère jumeau parce qu'elle lui avait survécu. Peut-être s'était-elle aussi sentie responsable des crimes commis par les nazis parce qu'elle était issue d'une famille qui avait soutenu Hitler. Plus tard, sa fille unique, ma mère, était morte dans un accident de la route. Elle en avait fait endosser la responsabilité à mon père. Et moi, je m'étais sentie responsable de la mort de ma mère parce que mes parents venaient me chercher quand l'accident avait eu lieu. De génération en génération, cette culpabilité et ce sentiment d'infériorité s'étaient transmis de femme en femme jusqu'à moi.

Je me sentis submergée par une profonde tristesse, comme si une main de fer me serrait le cœur. Cette douleur résultait de l'incapacité de notre famille à mettre des mots sur ces blessures, d'année en année, de génération en génération. Pourquoi ma grand-mère n'avait-elle jamais parlé de Robert, ni de la maison de ses parents ? Pourquoi n'avions-nous pas pleuré ensemble la disparition de ma mère ? Au lieu de cela, elle s'en était prise à mon père, puis à Alex.

Le vent hurlait autour de la maison, j'étais étendue sur le divan et j'attendais que la douleur se calme. À présent, il ne tenait peut-être qu'à moi de briser cette chaîne de culpabilité et de manque d'assurance. Pour commencer, il fallait que j'en apprenne davantage sur moi-même et sur ma grand-mère. Elle avait un message important à me transmettre, avait-elle dit à Maria Pramstaller. Où se trouvait ce message ? Dans les cahiers restants ? À moins qu'il existe dans la maison encore d'autres carnets dont je n'avais pas connaissance ?

Je fouillerais à nouveau toute la maison. Demain. Pour l'heure, je me sentais épuisée, il était tard. Et j'avais envie d'être en forme pour aller skier le lendemain avec Siegfried Rattler. Je restai éveillée encore un moment, puis je m'endormis.

Je sursautai en entendant le réveil sonner. Il était sept heures. Leo trottinait déjà dans la pièce, impatient. Il fallait que je le sorte avant de le déposer chez Theres Kurz. Rattler avait prévu de passer à huit heures et demie. J'aurais volontiers dormi un peu plus longtemps.

Mes yeux se posèrent sur le panier du chien. Mon Dieu, on aurait dit que quelqu'un l'avait dépecé. C'était idiot d'avoir retiré la mousse pour cacher les cahiers à l'intérieur. Il me faudrait un bon moment pour la recoudre correctement. Je ferais mieux de trouver une autre cachette. Je cherchai du regard à travers la pièce. Pourquoi pas dans le piano ? Si je retirais la pile de partitions qui était posée dessus, je pourrais mettre les cahiers à l'intérieur de l'instrument. Je m'en occuperais après la promenade de Leo.

Je me levai et passai par le vestibule. Mon Dieu, la porte d'entrée était encore barricadée. Ce matin, cet amoncellement de bassines et de verres posés en équilibre sur le fauteuil du bureau m'apparut comme le symptôme d'un esprit un peu dérangé. Au fond, il y avait peu de chance que quelqu'un cherche quoi que ce soit dans cette maison, j'avais dû me faire des idées. Il fallait que je reprenne pied dans la réalité. Ce soir, j'appellerais Sabine à Hambourg.

Peu après, j'étais douchée et habillée, et j'avais rangé le bric-à-brac installé devant la porte. Je partis confier Leo à la voisine. Theres Kurz avait l'air d'avoir mal dormi, mais je ne devais guère avoir la mine plus reposée.

— Vous allez à Kühtai, dit-elle. Maria Pramstaller aimait cet endroit. Elle possédait un petit chalet dans le coin.

— Un chalet ? m'exclamai-je, surprise. Près du réservoir de Längental ?

— Mais oui. Dimanche, on pense même qu'elle est passée au chalet avant de se jeter à l'eau.

Peut-être les cahiers manquants s'y trouvaient-ils ? Il fallait que j'en parle à Ulrich Pramstaller. Je m'apprêtais à partir, mais Theres Kurz me retint.

— Vous savez, il y a quelque chose de bizarre, dit-elle.

— Quoi donc ?

— Hier soir, j'ai reçu un coup de fil d'Ilse. Ilse Eggers. Elle connaissait bien Maria Pramstaller.

— Et alors ?

— Samedi soir, Ilse lui a parlé au téléphone. Elle lui a proposé d'aller écouter l'Oratorio de Noël.

— Au départ, Maria Pramstaller avait prévu d'y aller avec ma grand-mère, répliquai-je. C'est elle qui me l'a raconté samedi.

— Madame Pramstaller a répondu à Ilse qu'elle irait volontiers avec elle. Tout de même, quand on achète un billet pour aller à un concert la semaine suivante, on ne se suicide pas le lendemain, s'écria Theres Kurz. Ce n'est pas logique.

Je sentis retentir en moi un signal d'alarme qu'il valait peut-être mieux ignorer.

— Vous avez raison, répondis-je. Écoutez, ce soir, j'avais prévu d'appeler Ulrich Pramstaller. Je lui demanderai ce qu'il pense de cette histoire de concert.

Theres Kurz se renfrogna. Elle se méfiait décidément du neveu.

— Faites à votre idée, dit-elle. En tout cas, l'enterrement de madame Pramstaller aura lieu mardi.

Je rentrai à la maison. La journée s'annonçait belle, avec du ciel bleu et du soleil, ce qui me donnait une chance, cet après-midi, de prendre quelques couleurs. Une journée idéale pour faire du ski, qui plus est avec un homme que je trouvais séduisant.

Je me préparai un café, mis de l'eau à chauffer pour cuire un œuf à la coque, puis coupai une pomme dans mon bol de müesli. Je me promis de m'acheter le lendemain du pain frais et un bon salami. Il n'était pas utile que je m'inflige des privations sous prétexte de revivre l'ambiance du Bois des Ombres dans les années 1940.

Je pensai à l'histoire de Maria Pramstaller. Après tout, il ne s'agissait peut-être pas d'un suicide, mais d'un regrettable accident. Cela pouvait arriver. Et cela expliquerait l'achat de la place de concert. De toute façon, j'appellerais son neveu pour l'interroger sur les cahiers et sur Gita Mogany, peut-être aurait-il du nouveau à m'apprendre.

Je récupérai les cahiers dans le panier du chien. Puis je retirai les partitions posées sur le piano, ouvris la caisse, glissai les cahiers à l'intérieur et refermai le couvercle. Je fus tentée d'appuyer sur quelques touches pour entendre comment sonnait un piano rempli de papier. Mes lèvres esquissèrent un sourire. Qu'aurait pensé ma grand-mère d'une pareille cachette ? Je l'avais rarement entendue jouer les chansons d'autrefois, mais je me souvenais de l'expression de son visage dans ces moments-là, comme si la musique lui rappelait de vieux souvenirs. Je savais maintenant que ces chansons lui évoquaient le Bois des Ombres.

Je m'habillai en vitesse. J'avais bien fait d'apporter mon sac à dos et ma tenue d'hiver. Je pourrais toujours louer des skis à Kühtai.

J'allai à la salle de bains et me maquillai légèrement. Un peu de rouge à lèvres rose, de l'anticerne et du mascara. J'enfilai mon bonnet et me regardai dans la glace. Par chance, j'avais pris un bonnet clair. Dans *Vita*, quelqu'un avait écrit qu'un bonnet foncé a tendance à vieillir les traits du visage. Avec mon bonnet beige sur mes cheveux balayés de blond et ces quelques touches de maquillage, je me trouvais tout à fait présentable. J'attrapai mon sac à dos et sortis de la maison.

25

À huit heures trente précises, une BMW noire tourna à l'angle de la rue. Rattler était au volant. Il eut le bon goût de ne pas klaxonner. Il s'arrêta et m'ouvrit la portière depuis l'intérieur.

— Bonjour, salua-t-il, vous pouvez monter. Le temps est bien disposé à notre égard. La journée devrait être magnifique.

— Espérons que vous laissez parler votre intuition et que vous ne vous illusionnez pas, répliquai-je en riant.

Sitôt assise dans la voiture, je sentis monter en moi une excitation qui était due à la présence de cet homme.

— Le bulletin météo ne relève pas de l'intuition mais de l'information, rectifia Rattler. Mais il arrive qu'une information s'avère finalement illusoire.

Il affichait son fameux sourire.

Je jetai un coup d'œil vers le ciel.

— Je ne vois que quelques moutons nuageux, dis-je, le temps est au beau. Du moins, c'est ce que m'a enseigné ma grand-mère.

— Ah, votre grand-mère, reprit Rattler, ce devait être un sacré personnage. C'est elle qui vous a aussi appris à skier ?

— Oui, mais ça fait longtemps que je n'ai plus pratiqué. Il faudra que je loue un équipement.

— Ce ne sera pas difficile à Kühtai. Les gens vivent du tourisme, répliqua Rattler. Moi aussi, je louerai des skis. D'ailleurs, je manque un peu d'entraînement.

J'étais plutôt soulagée d'apprendre que Rattler n'était pas un skieur émérite. Je me demandais comment j'allais me débrouiller sur les pistes. Enfant, je n'arrivais pas à garder les jambes serrées pour tourner. Même après plusieurs stages, j'avais du mal à négocier les virages. Bien plus tard, quand j'allais skier avec des amies, je n'avais jamais été à la hauteur des reines de la glisse qui descendaient les pistes avec style, moulées dans leur combinaison.

J'observais Rattler à la dérobée tandis qu'il conduisait sur les routes dégagées par les chasse-neige. Il portait une veste en gore-tex noire avec une écharpe à motif rouge et noir qui lui allait très bien, mais qui me sembla un peu légère pour la saison. Je remarquai une nouvelle fois ses mains fines qui enserraient le volant. Avec ses cheveux blonds cendrés qui lui arrivaient derrière les oreilles, on aurait pu le prendre pour un savant fou dans un film hollywoodien.

Assise à la place du passager, je pris conscience de notre proximité physique, et il me sembla percevoir le parfum de son eau de toilette au santal. Pendant un instant, je fus prise d'un léger vertige. J'aurais voulu entrouvrir la fenêtre pour rajouter un peu d'espace entre nous.

Une fois que nous fûmes sortis d'Innsbruck, après Kematen, la voiture monta la vallée de Sellrain. Sur notre gauche, le soleil du matin émergeait derrière la chaîne de montagne et faisait apparaître le sommet encore plus altier. Rattler accéléra et négocia un superbe virage. La conduite en montagne ne lui posait visiblement aucun problème.

— La neige étincelle, dis-je. Quand on traverse ces montagnes sous le soleil, on a du mal à imaginer qu'il puisse y avoir ici du malheur et de la mauvaise humeur.

— Les habitants ne sont pourtant pas toujours à la fête, rectifia Rattler. L'été est très court. Dès novembre, le froid revient et le temps est très souvent brumeux. Il ne faut pas se laisser illusionner par une journée aussi belle.

— J'aime les illusions, dis-je. Illusion, intuition, information…

— Quel genre d'informations ? demanda Rattler.

Je restai silencieuse. Le moment était-il venu d'aborder des sujets plus personnels ? Mais lesquels ? J'aurais aimé savoir s'il avait une famille à Hambourg, une femme, des enfants, par exemple. Mais je ne lui poserais pas la question. J'avais trop peur qu'il me la retourne. Et je ne me voyais pas lui répondre : Excellente question ! Je suis célibataire depuis quelques semaines. Totalement libre. Mon mari est parti avec une femme plus jeune. Non, je n'ai pas d'enfant. Pas pu en avoir. Non, vraiment, il n'y a pas de quoi être désolé.

— Votre séjour à Innsbruck se passe bien ? demandai-je plutôt. Ce congrès sur la maladie de Parkinson valait la peine ?

— Oui, si l'on veut, répondit-il un peu hésitant. J'étais surtout tenu d'y assister.

— Au fait, quel est votre domaine de spécialité ? Vous travaillez sur quoi, à part l'intuition et l'illusion ?

Il me revint en mémoire un article paru dans *Vita.* Des conseils de drague rédigés par un homme. Ce papier intitulé « Admirez-le pour ce qu'il fait ! » recommandait de le faire parler de son travail s'il donnait l'impression d'en tirer de la fierté.

— Depuis quelque temps, je m'intéresse à un type d'illusion très particulier, expliqua Rattler, l'illusion du libre arbitre. Ça m'absorbe beaucoup.

Je remarquai à nouveau qu'il parlait de façon très posée, comme s'il était habitué à parler en public sur un ton docte.

Je renvoyai la balle au bond :

— Comment ? Le libre arbitre serait une illusion ? Nous n'aurions pas de libre arbitre alors que nous croyons l'exercer ?

— Il existe des études qui montrent que lorsqu'on croit prendre une décision qui relève de notre libre arbitre, on peut isoler des processus qui indiquent qu'en réalité, c'est notre cerveau qui a pris cette décision.

— Est-ce un peu comme l'inconscient qui possède, sur nos actes, plus de pouvoir qu'on ne l'imagine ?

— Ce n'est pas exactement la même chose, mais ça va dans ce sens, répondit Rattler.

Il ralentit l'allure de la voiture, le temps de traverser un village.

— Est-ce que cela veut dire que nous ne sommes pas responsables de nos actes et qu'ils ne relèvent que de processus neurologiques ? demandai-je.

— On pourrait le voir comme ça.

— Si on est assis dans cette voiture pour aller faire du ski, on ne le doit pas à notre libre arbitre, mais uniquement à nos fonctions cérébrales ?

Rattler n'eut pas l'air de se démonter.

— Vous savez, les fonctions du cerveau peuvent être extrêmement complexes, il ne faut pas sous-estimer cet aspect.

— Mais si nous n'avons pas de libre arbitre, nous ne sommes que des automates ?

— Pas tout à fait, réfuta Rattler en appuyant à nouveau sur l'accélérateur. Certains scientifiques se demandent si le libre arbitre ne fonctionnerait pas comme une sorte de veto qui nous permettrait, en dernière instance, de renoncer à commettre tel ou tel acte. Mais là, à nouveau, je crois que ce veto dépend lui aussi de fonctions cérébrales.

— Moi, je crois au libre arbitre, affirmai-je, mais cette opinion est peut-être conditionnée par des processus chimiques qui agissent sur mon cerveau.

Je m'obstinais. Je frissonnai alors que le chauffage de la voiture était au maximum. Un homme qui ne croyait pas au libre arbitre, ça me faisait froid dans le dos.

— À quelle altitude se trouve Kühtai ? Il paraît qu'il y a toujours de la neige.

Je voulais changer de sujet.

— La station est à plus de 2 000 mètres. C'est surtout un complexe hôtelier. Mais, avant Noël, il ne devrait pas y avoir grand monde sur les remontées. Surtout un jeudi, comme aujourd'hui.

Le thème du libre arbitre ne revint pas sur le tapis. Pendant le reste du voyage, la conversation tourna autour du tourisme alpin et des stations de moins haute altitude qui n'avaient plus assez de neige pour attirer les skieurs. Rattler ne me posa aucune question personnelle sur ma vie à Hambourg. J'avais l'impression qu'il préférait qu'on fasse connaissance au grand air, loin de notre contexte habituel. Mais ce n'était peut-être qu'un leurre de ma part.

Une demi-heure plus tard, nous avions loué un équipement de ski dans un magasin de sport de Kühtai. Peu après, nous montions dans un télésiège à quatre places et nous nous élancions dans le vide au-dessus d'une piste. On devait nous prendre pour un couple marié tout à fait banal. L'idée ne me gênait pas. Je me sentais plus forte avec un homme à mes côtés. Mais je savais aussi que cela me rendait dépendante. Et je méprisais ce penchant en moi.

Le panorama tout autour de nous était impressionnant. Le soleil, haut dans le ciel, faisait étinceler les pentes enneigées. En bas, quelques dizaines de skieurs dévalaient la piste et se hélaient parfois à grands cris. La remontée mécanique avançait presque sans bruit. On sentait juste une secousse au moment où les sièges passaient sur les galets au niveau des pylônes.

— On n'est qu'à une heure d'Innsbruck et pourtant dans un autre monde, dit Rattler. Le silence de la montagne donne l'impression que le temps s'écoule plus lentement. Je trouve cette idée très apaisante.

— J'adore que le temps ralentisse. Parfois, j'aimerais que rien ne bouge, que tout reste en suspens, approuvai-je. J'étais surprise de formuler cette idée à haute voix.

— Ce qui est fascinant avec les montagnes, c'est qu'elles existaient bien avant nous et qu'elles nous survivront encore longtemps. Elles suivent un autre rythme. Et c'est ce qui fait qu'on se sent en sécurité quand on s'y promène, suggéra Rattler.

— Enfant, j'ai fait des randonnées sur des glaciers avec ma grand-mère, racontai-je, elle m'expliquait que nous marchions sur une glace vieille de quatre siècles. Et elle me parlait aussi des corps qui réapparaissent parfois plusieurs siècles plus tard. Ça m'impressionnait beaucoup à l'époque.

J'avais envie de raconter des choses personnelles à Rattler, j'avais envie qu'il s'intéresse à moi.

— Votre grand-mère était une femme formidable, dit Rattler, et sa petite-fille l'est tout autant.

Je ne répondis pas et l'observai du coin de l'œil. Il portait des lunettes de soleil et un bandeau de ski, son visage respirait la santé, il ne restait aucune trace de l'air épuisé qu'il avait affiché à la fin de notre soirée au restaurant. C'était un homme qui devait plaire aux femmes.

— Vous avez eu le temps de lire le journal que votre grand-mère tenait pendant la guerre ? demanda-t-il. Je me souviens qu'on en a parlé. Savez-vous comment s'est terminée l'histoire du sanatorium ?

J'hésitai et gardai les yeux rivés sur mes skis. Quelle attitude devais-je adopter ? J'aurais aimé lui parler des carnets, mais il s'était passé des choses tellement bizarres. Est-ce que je devais lui dire que les deux derniers cahiers avaient disparu, qu'ils avaient vraisemblablement été dérobés par une amie de ma grand-mère qui avait fini noyée dans une retenue d'eau ? Que je me demandais si quelqu'un d'autre ne cherchait pas à récupérer ces cahiers. Et que j'avais éventré la corbeille du chien pour les cacher à l'intérieur, mais que j'avais finalement changé d'idée ! Rattler était neurologue. Il aurait pu en conclure que mes fonctions cérébrales n'étaient plus très performantes.

— Je n'ai pas encore lu tous les cahiers, dis-je vaguement, ça me prend du temps. C'est écrit au crayon de papier. Sur de vieux cahiers. Ce n'est pas facile à déchiffrer.

J'avais raconté exactement la même chose à van Dijk, l'historien.

— Vous savez quand le journal se termine ? demanda Rattler.

— Fin février 1943, je crois.

— Vous croyez ? Vous n'avez pas encore regardé le dernier cahier ?

— Les derniers volumes ont malheureusement disparu.

J'avais craché le morceau.

— Disparu ? s'écria Rattler. Votre grand-mère les a détruits ?

— Non, ce n'est pas cela. Je crois que quelqu'un les a volés.

— Des journaux intimes volés... On a l'impression d'être dans un polar. Qui pourrait s'y intéresser ?

Rattler avait pris un ton moqueur, comme s'il ne me prenait pas complètement au sérieux.

— Peut-être l'amie de ma grand-mère. En tout cas, c'est elle que je soupçonne.

— L'amie de votre grand-mère ? Une vieille dame ?

— Oui, quelqu'un d'âgé.

— Vous ne lui avez pas demandé si elle avait les cahiers ?

— Je ne peux plus le faire, hélas. Elle est décédée entre-temps.

En m'entendant prononcer cette phrase, toute cette histoire m'apparut soudain absurde. Elle était pourtant vraie.

— Décédée ! s'exclama Rattler sur un ton éminemment théâtral. Mais de quoi est-elle morte ?

— On l'a retrouvée noyée dans le réservoir de Längental. La police exclut l'intervention d'un tiers, son neveu pense à un suicide, répondis-je brièvement.

Le ton amusé de Rattler m'avait déplu. Il me prenait peut-être vraiment pour une folle. Il y eut une pause. Le télésiège avait pris beaucoup d'altitude. Sur la piste, les skieurs n'étaient pas plus gros que des points, on n'entendait plus leurs voix.

Rattler avait manifestement perçu mon agacement.

— C'est une histoire vraiment étonnante, dit-il un peu raide, une vieille dame qui se donne la mort dans un lac après avoir subtilisé des documents importants. Une histoire tragique.

Il parlait à nouveau comme s'il s'adressait à un auditoire qui attendait de lui un discours poli et dénué de remarques ironiques.

— Que comptez-vous faire maintenant ? Est-ce que je pourrais vous être d'une quelconque utilité ? s'enquit-il.

Je pris mon temps avant de répondre.

— Merci, ça ira. J'ai un contact qui m'aidera peut-être à retrouver les cahiers disparus.

— De qui s'agit-il, si je peux me permettre cette question ?

— Le neveu de la défunte. Nous devons nous téléphoner aujourd'hui.

26

La journée de ski passa à toute vitesse. Rattler descendait les pistes avec aisance. Dans la voiture, lorsqu'il avait prétendu manquer d'entraînement, il était en deçà de la réalité. Ou alors, il avait dit cela par coquetterie.

Ce jour-là, j'eus pourtant l'impression que Rattler aurait préféré renoncer au ski pour se consacrer exclusivement à l'histoire des carnets de ma grand-mère et à la mort de Maria Pramstaller. Il revenait sur le sujet dès qu'on s'asseyait dans un télésiège ou qu'on s'arrêtait pour faire une pause dans un bar d'altitude. Il n'arrivait pas à croire que la mort de Maria Pramstaller n'allait donner lieu à aucune enquête de police. Je me rendis compte que je ne possédais moi-même que très peu d'informations. Avec Ulrich Pramstaller, je n'avais pas abordé les choses de façon très détaillée. Quant à la défunte, je ne savais pratiquement rien à son sujet, sinon qu'elle souffrait d'un cancer en phase avancée.

Plus Rattler montrait de l'intérêt pour les cahiers, plus je me faisais hésitante. Les jours précédents, j'avais désiré instaurer plus d'intimité entre nous. Mais désormais, quelque chose m'incitait à la prudence. À travers ces cahiers, ma grand-mère m'avait transmis ce qu'elle possédait de plus précieux, l'histoire d'une phase de sa vie particulièrement sensible et douloureuse. J'avais hésité à confier ces cahiers à l'historien pour qu'il les consulte. Je voulais protéger ma grand-mère. Il en allait de même vis-à-vis de Rattler. Au début, sur le télésiège, j'aurais aimé qu'il passe son bras autour de mes épaules. Mais c'est là que se situait peut-être le problème. Pourquoi avais-je si souvent l'impression que les hommes qui m'attiraient risquaient de me faire du mal ?

Après avoir rendu les skis, Rattler reprit le volant de la BMW noire. Il était quinze heures et je voulais rentrer à Innsbruck. Il avait enlevé son bandeau et ses lunettes de ski. Il sourit lorsqu'il perçut mon regard.

— Je ne sais pas si je peux vous laisser seule dans la maison de votre grand-mère, dit-il en enchaînant sans sourciller les lacets de la route.

— Merci, mais je crois que je m'en sortirai, répliquai-je.

Mon portable sonna. Je le récupérai dans mon sac à dos, l'écran affichait un numéro inconnu. Je décrochai.

— Ulrich Pramstaller à l'appareil, annonça une voix masculine que je reconnus.

Le neveu. J'avais moi-même prévu de l'appeler aujourd'hui. Avec son crâne anguleux et ses lunettes carrées, cet homme m'avait mis tellement mal à l'aise qu'il était réapparu dans mon cauchemar. Cet homme qui connaissait Gita Mogany, l'aide-ménagère qui possédait une clé de la maison de ma grand-mère.

— Oh, je suis ravie de vous entendre, m'écriai-je d'une voix un peu trop aiguë. Je pensais justement vous contacter.

Rattler me jeta un regard de côté.

— J'avais promis de vous téléphoner, dit Pramstaller. J'ai fait des recherches dans l'appartement de ma tante. Vous vouliez savoir s'il ne renfermait pas de vieux cahiers qui auraient appartenus à votre grand-mère.

Malheureusement, je dois vous dire que je n'ai rien trouvé. Mais il m'est venu une idée.

Il hésita.

— Oui ?

— Les cahiers pourraient se trouver au chalet. Ma tante s'en était aménagé un dans la montagne, tout près du réservoir de Längental où on l'a retrouvée. Elle a dû y passer dimanche avant de mourir.

— Oh, articulai-je.

Cette idée m'était venue aussi quand Theres Kurz m'avait parlé de ce chalet.

— Vous n'y êtes pas repassé depuis ?

— Non, ma tante a été ramenée à Innsbruck. Le chalet est à une heure d'ici, à Kühtai. Ma voiture est en panne, je n'ai pas encore eu l'occasion d'y monter.

— Kühtai ! Mais j'en viens tout juste, m'exclamai-je.

Rattler leva les yeux vers moi, puis se concentra à nouveau sur la route. Des voitures arrivaient en sens inverse.

— Vous êtes allée faire du ski ? demanda Pramstaller.

— Exact. Mais je suis déjà sur la route pour rentrer à Innsbruck.

— Si vous avez le temps, vous pourriez passer vous-même au chalet, dit le neveu. J'y ai pensé ce matin. Pour le moment, j'ai pas mal à faire ici avec les formalités. Je suis allé ce matin à l'appartement de ma tante et j'ai déposé une clé chez la voisine, avec un plan pour vous indiquer comment trouver le chalet. On peut aussi y aller en car depuis Innsbruck. En descendant à l'arrêt Mittergrathütte, on y accède facilement en marchant un peu.

J'étais stupéfaite. Pramstaller me proposait d'aller vérifier au chalet de sa tante si les cahiers n'y étaient pas, je ne m'attendais pas à ça. Était-ce un piège ou une marque de confiance totalement désintéressée ? Est-ce que je m'étais trompée au sujet de cet homme ?

— C'est très gentil, dis-je, mais je dois d'abord vérifier si je peux me libérer demain.

— Vous n'aurez qu'à me tenir au courant ce soir ou demain matin, conclut Pramstaller. De toute façon, la clé se trouve chez la voisine de ma tante.

Je réalisai in extremis que je voulais encore aborder un autre sujet avec lui.

— Dites-moi, avez-vous réussi à joindre Gita Mogany ? demandai-je. J'aurais besoin de récupérer la clé de la maison de ma grand-mère. Sinon, je devrai faire changer la serrure.

Quelle idiote... Je regrettai aussitôt d'avoir attiré l'attention d'Ulrich Pramstaller sur cette histoire de clé. Cela revenait à dire que je me méfiais de Gita Mogany.

— Enfin, je ne vais pas la faire changer tout de suite, peut-être dans les prochains jours, dis-je en voulant rattraper le coup.

Plus je parlais, plus je m'enfonçais. Je levai les yeux vers Rattler. Il restait concentré sur la route, mais il ne perdait pas une miette de ce que je disais.

— Je n'ai pas encore réussi à joindre Gita Mogany, expliqua Ulrich Pramstaller, son ancien numéro de portable ne fonctionne toujours pas. Elle était partie voir sa sœur malade en Hongrie. Celle-ci me l'a dit au téléphone. Mais elle n'est restée qu'une journée.

— Ah bon, c'est dommage, répondis-je.

Je ne savais pas si je devais le croire.

— Je vous appellerai demain matin pour vous dire si je monte au chalet.

— Très bien, dit Ulrich Pramstaller. C'est juste une cabane, vous en aurez vite fait le tour.

Après avoir échangé encore quelques mots, nous terminâmes la conservation.

— C'était le neveu de la vieille dame que vous vouliez justement appeler ? demanda Rattler une fois que j'eus rangé mon portable dans mon sac à dos.

— Oui, c'était lui. Il m'a fait une étonnante proposition.

— Dites-moi vite !

Rattler se comportait comme si nous étions de connivence. Cela me déplut.

— Je peux monter au chalet voir si les cahiers n'y sont pas, expliquai-je. Il a déposé la clé chez la voisine à Innsbruck. J'irai sans doute demain.

— Puis-je vous proposer de vous emmener ? demanda Rattler. Je peux garder la voiture un jour de plus et vous y conduire demain.

J'hésitai. Ces cahiers ne concernaient que moi. En même temps, ce serait plus rapide de monter à Kühtai en voiture, plutôt que d'aller chercher la clé en tramway, puis de faire la route en car.

— Merci pour cette proposition, dis-je, je crois que je vais accepter.

— Très bien, approuva Rattler. Je suis ravi de pouvoir vous aider.

Peu de temps après, nous arrivâmes devant la maison de ma grand-mère. Rattler arrêta la voiture et laissa tourner le moteur. Il me regarda. Il était seize heures et la nuit tombait. J'aurais pu l'inviter à entrer. Mais il fallait que je récupère le chien chez Theres. Et ça m'arrangeait bien.

— Alors, à demain, dis-je.

— À quelle heure voulez-vous que je passe ? demanda-t-il. Vers neuf heures et demie ?

— C'est parfait.

Nous prîmes congé. Je me dirigeai vers la maison de Theres. En me retournant, je vis que Rattler me suivait des yeux. Puis il appuya sur l'accélérateur et partit.

Lorsqu'il entendit sonner, Leo courut à la porte en jappant. Theres Kurz vint ouvrir.

— Vous avez dû avoir un temps magnifique, dit-elle avec un grand sourire. Je suis sortie deux fois avec Leo. Les chiens n'aiment pas que l'herbe soit recouverte de neige parce qu'ils n'ont plus grand-chose à sentir. Mais en fouillant les buissons, Leo a quand même trouvé son bonheur.

Theres était vraiment sympathique. Une idée me traversa l'esprit :

— Est-ce que je pourrais utiliser votre connexion Internet ?

— Évidemment, répondit-elle, je m'étonnais ces derniers jours que vous ne veniez pas brancher votre portable, je vous avais proposé de le faire.

Elle avait raison, j'aurais pu y penser plus tôt. Mais je préférais éviter. J'avais envie de me maintenir à distance d'Internet, de mon microcosme de Hambourg, du temps présent. Mais, cette fois, j'avais des informations à chercher. Il était grand temps.

— Exceptionnellement, est-ce que je pourrais utiliser votre ordinateur pour consulter Internet ? demandai-je. Mon ordinateur est à la maison, j'ai oublié de le prendre.

Theres Kurz acquiesça d'un signe de tête. Je m'assis donc devant son portable et me connectai à Google. Je tapai « Siegfried Rattler » dans la fenêtre de recherche. L'écran afficha plus de 15 000 réponses et quelques photos de Rattler, dont certaines dataient de ses jeunes années. Visiblement, il n'avait jamais porté les cheveux longs.

Siegfried Rattler était professeur à l'Institut de neurophysiologie de l'université de Hambourg, un chercheur renommé, célèbre pour des thèses peu conventionnelles sur le libre arbitre qu'il s'efforçait d'étayer par l'expérimentation. Dire que je ne connaissais même pas son nom ! Je trouvais ça un peu gênant rétrospectivement. Rattler avait écrit deux livres, il devait partir aux États-Unis à l'université de Yale en tant que professeur invité. Il était divorcé et avait deux enfants. Qu'était-il venu faire à Innsbruck ? Pourquoi participait-il à un congrès sur la maladie de Parkinson ? Cela ne relevait pas de son domaine.

Je tapai ensuite « Siegfried Rattler, congrès Parkinson, Innsbruck, décembre 2014 ». Il ne sortit rien de précis. De nombreuses réponses concernaient Rattler, beaucoup aussi Innsbruck et décembre, et le reste Parkinson. Mais aucune ne mentionnait l'existence d'un congrès à Innsbruck. Je fis une nouvelle tentative avec « conférence Parkinson, Innsbruck », mais ne trouvai aucune trace d'un congrès scientifique sur ce sujet.

Rattler m'avait menti. Il n'était pas venu à Innsbruck pour un congrès, mais pour un autre motif. La colère, la déception et une vague angoisse me nouèrent l'estomac. Pourquoi cet homme m'avait-il raconté des mensonges ? Quel était son projet ? Dès le départ, je m'étais étonnée qu'il parte dès le vendredi pour une manifestation qui ne devait commencer que le lundi. Pouvais-je encore lui faire confiance et le laisser me conduire demain au chalet de Maria Pramstaller ? Je devais y réfléchir.

À moins que Rattler ne possédât une bonne raison de ne pas dire la vérité ? Il avait peut-être un compte en banque secret en Autriche, un enfant illégitime, une prescription de cure contre le burn-out, ou n'importe quoi d'autre ? Moi-même, j'avais préféré ne pas devoir aborder ma situation familiale, mon divorce à venir, ni mon avenir professionnel incertain à *Vita*. Ç'aurait été idiot de prendre ce prétexte pour refuser qu'il m'accompagne demain.

J'éteignis l'ordinateur, remerciai Theres Kurz et repris Leo avec moi. J'arrivai bientôt devant chez ma grand-mère. Je mis la clé dans la serrure, tournai une fois et ouvris. Personne n'était venu donner deux tours de serrure comme la veille, c'était déjà ça.

Je pénétrai dans le vestibule. Je ne vis aucune trace d'eau par terre, ni dans la cuisine. Personne ne semblait s'être introduit dans la maison. Je retirai mes vêtements d'hiver, allai dans la cuisine et ouvris une boîte pour Leo. Cet après-midi, j'avais mangé un gros sandwich et n'avais absolument pas faim.

J'allai dans le petit salon et soulevai le couvercle de la caisse du piano. Tous les cahiers étaient encore à l'intérieur. Je sortis les dixième et onzième volumes. Cette nuit encore, je dormirais en haut.

Peu après, j'étais couchée dans le lit à baldaquin de ma grand-mère. Leo dormait à côté de moi, le piolet était posé sous le lit. Je ne ressentais plus l'angoisse qui m'avait submergée la veille. Mes pensées étaient tendues vers un autre but. Demain, je monterais au chalet de Maria Pramstaller avec Siegfried Rattler. Je le connaissais à peine. Mais je savais qu'il mentait.

Je me plongeai dans la lecture du dixième cahier.

27

Ötztal, janvier / février 1943

Elle n'osait pas le regarder dans les yeux, mais elle entendit à sa voix qu'elle n'avait rien à craindre.

— Alors, mademoiselle Rotstetter, qu'avez-vous retenu des notes que vous venez de lire sur mon bureau ? De façon purement fortuite, bien entendu.

Charlotte leva la tête. Amberg repoussa une mèche qui lui était tombée sur le front et la regarda d'un air interrogateur. Il n'avait pas l'air furieux qu'elle ait fureté dans le bureau en son absence et parcouru la lettre qu'il avait commencé à écrire. Peut-être même qu'il s'y attendait, en quittant l'aile des pensionnaires où il avait été appelé d'urgence.

— J'ai vu que vous étiez en train de rédiger un rapport médical sur Luise Schweighofer, dit Charlotte en rougissant.

— C'est exact. J'ai commencé un rapport sur mademoiselle Schweighofer. À dire vrai, il s'agit plutôt d'une communication destinée à une académie scientifique de Berlin, l'institut Göring. Qu'en avez-vous pensé, si je puis vous demander votre opinion ? demanda Amberg. Vous pouvez parler en toute franchise, mademoiselle Rotstetter.

— Je n'ai lu que le début, mais j'ai été surprise que vous annonciez que Luise avait guéri grâce à l'activité physique et à l'image positive du Führer, expliqua Charlotte. Il me semble que Luise bouge assez peu et préfère prendre des bains à la lavande. Elle ne fait que débiter des slogans sur ce qu'il convient de faire, et c'est parfois exaspérant.

— Vous trouvez que je décris de façon trop positive les progrès de Luise Schweighofer ? demanda Amberg.

Charlotte approuva de la tête.

— C'est vrai, admit-il, mais j'ai de bonnes raisons de le faire. Si j'envoie des rapports favorables sur les progrès de nos patients aux membres de l'institut Göring, c'est qu'il en va de la sauvegarde de notre établissement. Ces comptes rendus forgent la bonne réputation du Bois des Ombres et œuvrent contre sa fermeture. Le professeur Kettenbach en prend lui aussi connaissance, et c'est une excellente chose pour nous.

Charlotte ne savait que dire.

Amberg se pencha en avant.

— Vous me prenez pour un manipulateur, n'est-ce pas ?

Il scruta Charlotte de ses yeux ambrés, il n'avait pas haussé la voix. La cicatrice qui lui barrait la joue gauche le fit soudain apparaître très vulnérable.

Charlotte était stupéfaite. Il dupait une institution. Mais c'était un médecin très engagé auprès de ses patients. Elle en avait fait l'expérience.

— Il m'arrive de mentir, expliqua posément Amberg, mais tout à fait sciemment. En tout cas lorsque je rédige mes rapports pour Berlin. C'est peut-être parce qu'on vit une période où il est difficile de faire la part des choses. Un mensonge qui protège la vie d'un être humain ne vaut-il pas mieux qu'une vérité qui lui fait encourir des risques ?

Il la regarda comme s'il guettait sur son visage un signe d'assentiment. Il avait baissé la voix, comme à chaque fois qu'il disait des choses importantes. À Ratisbonne, personne ne parlait comme ça. Mais le médecin-chef avait raison, on ne savait plus ce qui relevait de la vérité ou du mensonge. Hier, à midi, quand Stühling avait allumé le poste de radio, le maréchal Hermann Göring parlait avec emphase des soldats engagés à Stalingrad. Il qualifiait la bataille de « grand combat héroïque » et prétendait que ces jeunes soldats étaient « comblés de joie et de fierté » d'appartenir à l'armée allemande. Charlotte avait songé que les lettres envoyées du front par Robert avaient une autre teneur, elles parlaient de froid et de faim. Son frère jumeau n'avait pas consenti à ce sacrifice. Il voulait vivre et rentrer chez lui, il ne voulait pas mourir. Tout le monde savait que la bataille de Stalingrad était perdue. Göring avait menti dans son discours au peuple allemand, ses belles paroles étaient vaines. Tant de gens mentaient et, pourtant, tous haïssaient la guerre.

Charlotte prit soudain conscience de la confiance qu'Amberg plaçait en elle pour lui parler avec une telle franchise. Une vague de chaleur envahit son corps.

— Il vaut peut-être mieux juger les mensonges aux effets qu'ils produisent, continua Amberg. Un petit mensonge peut sauver une vie et, un gros, détruire une nation. D'ailleurs, les Chinois ont une conception très différente du mensonge. Ils le comparent à la ruse.

Charlotte sourit, elle se ralliait à cet avis. Un mensonge n'est pas forcément infamant. L'idée aurait plu à Robert, lui qui adorait se déguiser et inventer des histoires. Enfant, il appuyait le thermomètre contre une ampoule brûlante pour faire croire qu'il avait de la fièvre et ne pas aller à l'école les jours de contrôle. Une fois, alors qu'il était opérateur radio à l'armée, il avait communiqué une position erronée pour pouvoir prendre tranquillement le soleil au lieu de devoir grimper en haut d'une colline.

Amberg avait remarqué ce sourire. Il se pencha en avant au point que Charlotte crut qu'il allait lui toucher les mains.

— Vous savez que je vous apprécie beaucoup, dit-il. Vous êtes une jeune femme sensible, plus courageuse que vous ne le pensez, avec certaines composantes masculines dont nous avons déjà parlé aujourd'hui.

Charlotte acquiesça d'un signe de tête.

— J'aimerais pouvoir vous faire confiance, dit le médecin-chef. Vous accepteriez ?

Charlotte acquiesça à nouveau.

— Bien. Mimi et Lucifer sont au courant des rapports que j'envoie à l'Institut de Berlin. Mais pas le docteur Stühling, compléta Amberg. Stühling est ici depuis peu et ne comprendrait pas le sens de cette correspondance. Je vous prierai de ne pas mentionner ces courriers devant lui.

— Bien sûr, docteur Amberg, répondit Charlotte.

Il ne lui serait pas venu à l'idée de mettre dans la confidence l'assistant aux yeux de fouine.

Amberg se leva.

— Dans les semaines qui viennent, j'aimerais poursuivre votre thérapie, reprit-il sur un ton professionnel. Et je vous demanderai de continuer à vous occuper de Sophia Ederle, elle a besoin de vous. Nous gardons espoir qu'elle pourra surmonter son traumatisme. Le professeur Kettenbach nous rendra visite dans quelques semaines.

Peu après, Charlotte quitta le bureau du médecin-chef et repartit dans l'aile des pensionnaires. La lune éclairait le ciel comme une gigantesque lanterne, et l'air semblait s'être un peu radouci. Amberg lui avait accordé sa confiance, comme à Mimi et à Lucider. Elle se sentait remplie d'excitation.

Les jours passèrent. Mais Charlotte avait beau s'efforcer de stimuler Sophia, de lui faire la lecture, de l'encourager à mettre des bûches dans le poêle, de lui jouer au piano *Le Chemin du paradis* et de l'emmener ramasser du bois en forêt, Sophia ne faisait aucun progrès. Elle se contentait de sourire, sans prononcer un seul mot. Toutefois, Charlotte n'était plus obligée de toujours l'accompagner, elle se déplaçait de façon plus autonome dans l'établissement. Un jour, elle se rendit toute seule à la buanderie. Elle y retrouva Charlotte, la fausse Leander, le beau moustachu Hans Schuster, Alfred le trembleur, Luise, Konrad Waldhofer et quelques autres pensionnaires affairés au milieu des baquets.

La vapeur emplissait la buanderie. Il flottait dans l'air une agréable odeur de citron. Hans Schuster transvasait dans une cuve le linge mis à tremper la nuit dans un baquet. Charlotte versait dans cette cuve de l'eau chaude qu'elle puisait avec un seau dans une lessiveuse posée sur le feu. Alfred, lui, frottait à la brosse et au savon des pantalons, des jupes et des chemises. Une pensionnaire brassait avec un fouloir du linge qui trempait dans une baignoire et qui était ensuite rincé dans un grand baquet. Konrad Waldhofer et une patiente essoraient chaque pièce.

— Sophia, Luise, vous pourriez aider, s'exclama Alfred, il y a suffisamment à faire !

— Le Führer ordonne, le peuple obtempère, déclama Luise sans lever le petit doigt.

Le service du travail du Reich employait uniquement des femmes à la lessive, mais au Bois des Ombres, Amberg affectait aussi les hommes à toutes les tâches domestiques. Charlotte trouvait cela tout à fait justifié. À Ratisbonne, elle n'appréciait pas que sa mère exige qu'elle aide Johanna à faire la vaisselle, alors que Robert pouvait aller jouer dehors dès qu'il sortait de table. Les filles doivent s'initier aux travaux ménagers, affirmait sa mère, ce que Charlotte ressentait comme une énorme injustice.

Des draps en lin avaient été mis à bouillir dans une autre lessiveuse, et il fallait maintenant les ramener dans la cuve de lavage. Cette tâche avait été confiée à Bertha Uhlig, la fausse Leander. Elle portait ce matin-là une blouse en coton gris, ses cheveux blond-roux n'étaient pas bouclés au fer comme d'habitude, mais seulement relevés, ce qui lui allait très bien.

Elle se servait d'un long bâton pour récupérer les draps bouillants, les transportait en tendant le bras et les versait dans un bac alimenté en eau froide où elle pourrait les frotter et les battre sans se brûler. Charlotte puisait depuis un moment de l'eau bouillante qu'elle versait par inadvertance dans la mauvaise cuve. Si bien que lorsque Bertha tâta le linge de la main, pensant qu'il avait refroidi, elle ne put réprimer un cri de douleur :

— Aïe, mais c'est brûlant !

— Selma, ça va ? s'exclama le beau moustachu en accourant.

— De l'eau froide, vite, geignit Bertha en tenant sa main en l'air.

— Plonge la main dans ce baquet, commanda Hans en la tirant par le bras.

Elle s'exécuta. Son visage était déformé par la douleur. Charlotte était effondrée.

— Je m'excuse, dit-elle, je suis tout à fait confuse. J'ai confondu les deux baquets. C'est une terrible méprise.

La fausse Leander lui lança un regard chargé de colère. Mais aussi de peur. Les autres pensionnaires les regardèrent avec curiosité, mais continuèrent leur ouvrage comme si de rien n'était. Seuls Hans et Charlotte restèrent près de Bertha. L'eau froide soulagea sa main ébouillantée, elle se détendit peu à peu.

— Ça ira, dit-elle à Charlotte, mais j'espère que je peux compter sur toi, n'est-ce pas ?

En disant cela, elle fixa Charlotte avec insistance, comme pour appuyer une demande qu'elle ne pouvait formuler ouvertement.

Charlotte acquiesça.

— Oui, Bertha, tu peux compter sur moi, répondit-elle en pesant ses mots. N'est-ce pas, Hans ? ajouta-t-elle à l'adresse du moustachu.

Il acquiesça à son tour. Charlotte avait compris le message. Elle leur aurait volontiers demandé des détails, mais ils n'auraient sans doute pas souhaité répondre. Pourquoi, au moment critique, Hans avait-il appelé Bertha par un autre prénom ? De plus, il l'avait tutoyée alors que, d'habitude, il ne s'adressait à elle qu'en la vouvoyant.

Charlotte repensa à ce qu'Amberg lui avait dit. Quelquefois, un mensonge peut sauver une vie, tandis que la vérité peut en condamner une autre. La fausse Leander et le beau moustachu n'étaient pas ceux qu'ils prétendaient être. Elle interrogerait un jour Amberg. Quand le moment serait venu...

28

Les sommets se perdaient dans un ciel grisâtre qui ne laissait filtrer que de pâles rayons de soleil. Un groupe de mélèzes saupoudrés de neige formait un petit bois. Dans le fond, un sombre versant rocheux dressait une paroi verticale où la neige ne pouvait s'accrocher.

Depuis déjà une demi-heure, Charlotte était occupée à peindre ce paysage. Elle avait pratiquement vidé le tube de blanc pour figurer la couverture neigeuse. Elle aurait aimé ajouter une nuance de bleu dans le ciel, mais elle hésitait maintenant à reprendre cette étendue grise. Les mélèzes lui avaient donné du fil à retordre, elle trouvait que les touches de blanc qui recouvraient les branches n'étaient pas très réussies.

Le soleil de midi pénétrait de biais par la large fenêtre de l'atelier et éclairait le dessin d'une douce lumière. La pièce sentait la peinture et le papier humide. Aux murs étaient accrochées les œuvres des autres patients : des paysages, des portraits, des personnages.

— Dessinez un paysage qui corresponde à votre état intérieur, avait demandé le docteur Amberg.

Il avait annoncé qu'il ne viendrait qu'une fois que Charlotte aurait terminé son dessin. C'est donc Lucifer qui lui avait ouvert l'atelier.

— Ça me ferait plaisir que tu viennes chercher du bois. En ce moment, sous le soleil, la forêt est magnifique, dit-il avant de s'éloigner en boitant légèrement.

Lorsqu'Amberg apparut, il portait sa veste de tweed et avait quitté la blouse de médecin qu'il mettait le matin. Il tourna un fauteuil et s'assit, dos à la fenêtre, dans l'axe du chevalet.

— Les montagnes, la neige et la glace, commenta-t-il pensif. Comment était votre mère ? Froide et difficile d'accès ? Ou était-elle plutôt l'inverse ?

Charlotte réfléchit.

— Ma mère n'était pas la même en hiver et en été, dit-elle. Ma mère aimait la neige. Elle était plus accessible l'hiver. Plus chaleureuse, aussi bizarre que cela puisse paraître.

— Et en été ? demanda Amberg. Était-elle plus triste ?

— Plus fermée, dit Charlotte. Plus angoissée, plus sévère, plus froide, en quelque sorte.

— Et vous ? demanda Amberg. Comment vous sentez-vous l'hiver ?

— Mieux, dit Charlotte, plus en sécurité.

— On dit que les mélancoliques sont plus à l'aise en hiver parce qu'ils se sentent moins coupés du monde, expliqua Amberg. En hiver, le monde est au repos, il marche au ralenti, il nous sollicite moins, si ce n'est pour préserver la chaleur de notre corps, ce qui est vital. Au printemps, en revanche, la plupart des gens s'activent et deviennent plus entreprenants, ce qui peut plonger une personne mélancolique dans la dépression. Elle se sent exclue de ce monde.

Charlotte ne répondit pas. Amberg parvenait à exprimer une réalité qu'elle n'avait fait que pressentir.

— Mais l'hiver a aussi un autre aspect, poursuivit Amberg, le froid peut être terrible et cruel. Il peut tuer, anéantir la vie. Le froid est donc à la fois protecteur et destructeur.

Il marqua une pause.

— Votre frère jumeau est mort à Stalingrad, dit-il, la neige et le froid sont les dernières sensations qu'il a connues. Dans un paysage de neige, vous vous sentez peut-être plus en sécurité parce que vous êtes plus près de lui.

Il parlait d'une voix douce. Charlotte approuva sans rien dire.

— L'hiver incarne la mort, mais aussi le calme, la paix, dit Amberg. Dans le froid, beaucoup de mélancoliques se sentent plus proches des morts, et ils ont besoin de cela pour être, eux-mêmes, capables d'aimer.

Le soir, dans sa chambre, Charlotte repensa aux paroles d'Amberg. Il était vrai qu'au Bois des Ombres, dans cette ambiance hivernale, elle se sentait plus en sécurité que nulle part ailleurs. En dépit des gens bizarres qui vivaient ici. Ou peut-être grâce à eux. Aurait-elle dû questionner Amberg au sujet du beau moustachu et de la fausse Leander qui se prénommait en réalité Selma ?

Un incident lui revint subitement en mémoire. Au sujet de l'aveugle, Kolia Brunner. Quelques jours plus tôt, dans la cuisine, quand elle l'avait appelé par son nom, elle avait été surprise qu'il ne réagisse pas. Comme s'il l'avait oublié. En fait, Kolia ne s'appelait peut-être pas Brunner, tout comme la fausse Leander ne se prénommait pas Bertha.

Quelqu'un frappa à la porte. Charlotte se leva d'un bond et ouvrit. C'était Lucifer. Il écarquillait les yeux, l'air affolé. Charlotte crut qu'il s'était passé quelque chose.

— Charlotte, dit-il, le docteur Amberg voudrait te parler. Il m'a convoqué aussi, et Mimi. Descends tout de suite dans son bureau, s'il te plaît.

Il parlait avec une tension dans la voix qu'elle ne lui connaissait pas. Lucifer disparut dans le couloir aussi vite qu'il était apparu.

Charlotte enleva le vieux pantalon de Robert qu'elle ne portait plus que rarement, et enfila sa jupe évasée. Elle passa son manteau et se hâta vers la maison du personnel. Peu après, elle pénétrait dans la bibliothèque d'Amberg. C'était la première fois qu'elle s'y retrouvait avec Mimi et Lucifer depuis la mort du messager. Le feu crépitait dans la cheminée. Amberg s'avança près de la fenêtre et tira les rideaux. Il s'assit en invitant les autres à prendre place. Ses yeux étaient creusés de cernes profonds. Charlotte ne lui avait jamais vu cet air soucieux.

— Le Bois des Ombres doit faire face à une situation encore inédite, expliqua Amberg. Le professeur Hermann Kettenbach m'a envoyé une lettre pour annoncer sa venue. Mais ce ne sera pas fin février, comme prévu au départ. Le professeur Kettenbach souhaite nous rendre visite dès la semaine prochaine. Il veut faire la connaissance de Sophia Ederle. Comme vous le savez, il voudrait tester ses méthodes sur elle. Nous devons l'en empêcher. À tout prix. Je ne tiens pas à ce qu'une autre de mes patientes tombe entre ses griffes.

Un profond sillon se creusa au-dessus de la racine de son nez, et la cicatrice sur sa joue gauche lui donna un air combatif. Amberg s'adressait à eux comme à des gens de confiance, et Charlotte se sentait fière de figurer parmi eux.

Amberg poursuivit :

— Kettenbach veut mener des expériences sur Sophia. Pour expérimenter ses méthodes, il a besoin de patients qui présentent des dons artistiques, qui doivent surmonter un important traumatisme et qui ont des raisons évidentes de se montrer hostiles envers le Führer. C'était déjà le cas de Rose Wurzner. Sophia Ederle s'est murée dans le silence depuis qu'elle a découvert son amie juive morte avec toute sa famille. Il y a quelques semaines, j'ai commis l'erreur de communiquer au professeur Kettenbach des informations précises sur mes patients. Aujourd'hui, je m'en mords les doigts.

Il se passa nerveusement la main dans les cheveux.

— Quel genre d'expériences pratique le professeur Kettenbach ? demanda Charlotte.

Le moment était enfin venu de poser la question.

— Il teste une méthode fondée à la fois sur la suggestion et sur la prise de drogues. Il administre aux patients un mélange de mescaline et de pervitine qui les met dans un état second avant de leur rappeler leur traumatisme, expliqua Amberg. Ou plutôt, il confie cette tâche à un assistant. La mescaline produit des hallucinations, et la pervitine est un stimulant utilisé par les pilotes d'aviation. Sous l'effet de ces drogues et des suggestions de l'assistant, les patients sont soumis à des états de stress terribles. Kettenbach apparaît alors pour calmer les patients et les mettre sous morphine. Il leur parle avec douceur et amabilité, leur suggère que le Führer peut les guérir, montre des photos de Hitler à la montagne, des photos de jeunes gens en train de jouer de la musique ou de randonner. De cette façon, il incite les patients à voir dans le Führer une figure paternelle protectrice. Au départ, bien sûr, il explique aux patients qu'il va les libérer de leurs angoisses et leur montrer une voie pour sortir de la maladie.

Charlotte fut ébahie par cet exposé. Mimi et Lucifer semblaient déjà au courant, la lettre remise par le messager d'Esculape contenait visiblement des renseignements à ce sujet. Mimi plissa le front, elle ne portait ni tablier ni foulard, mais une robe gris bleu. Lucifer tirait nerveusement sur sa pipe.

— Nous devons faire comprendre au professeur Kettenbach que nous obtenons également de très bons résultats sur nos patients en recourant à l'image positive du Führer, poursuivit Amberg, et que nous informons l'institut Göring de ces succès, entre autres dans le cas de Sophia Ederle. Nous expliquerons à Kettenbach que nous nous référons à sa méthode basée sur la suggestion, mais sans faire usage des amphétamines. Pour que le Bois des Ombres reste en activité, nous devons bénéficier de l'appui de l'Institut, mais aussi de Kettenbach. J'ai entendu dire que les services sociaux de la province du Tyrol envisageaient à nouveau de fermer notre établissement pour le transformer en hôpital militaire.

Charlotte n'avait jamais vu le visage d'Amberg exprimer une telle fureur.

— L'établissement n'offre-t-il pas également refuge à des gens qui ne pourraient pas vivre ailleurs ? demanda-t-elle. L'autre jour, j'ai entendu Hans donner à la fausse Leander le nom de Selma, et Kolia Brunner n'a pas réagi quand je l'ai appelé par son nom de famille.

Mimi, Lucifer et Amberg la fixèrent du regard.

— Charlotte, articula enfin Amberg.

Un doux frisson la parcourut en entendant qu'il l'appelait par son prénom.

— Charlotte, il est temps que tu saches la vérité. Jacob et Selma Keindl sont juifs et sont en couple. Hans Schuster et Bertha Uhlig sont des noms d'emprunt. Le docteur Jacob Keindl était médecin à Berlin, et Selma, une comédienne renommée qui faisait carrière sous le nom d'Ada Anderson. Elle a voulu continuer à jouer la comédie et campe ici le rôle d'une femme qui se prend pour Zarah Leander, ce qui lui plaît beaucoup. Tous deux ont fui Berlin depuis déjà un certain temps, quand les Juifs ont commencé à être déportés dans des camps.

— Et Kolia ? demanda Charlotte.

Elle voulait désormais tout savoir.

— Kolia s'appelle en réalité Oskar Polden, répondit Amberg. Il faisait partie du groupe de résistants O5 non loin d'ici, en Autriche. Il a perdu la vue en fabriquant une bombe qui a sauté plus tôt que prévu. Il a été évacué par des amis viennois qui l'ont caché jusqu'à ce que Mimi et l'organisation Esculape le fassent venir au Bois des Ombres sous un faux nom.

— Quel est le but de l'organisation Esculape ? interrogea encore Charlotte.

— Elle informe les familles des patients quand ceux-ci risquent d'être déportés ou de recevoir une injection mortelle. Cela permet aux familles d'aller les chercher avant qu'il ne soit trop tard. L'organisation dispose de contacts qui transmettent des informations depuis les hôpitaux, les foyers et les instituts de recherches. Mais il lui arrive aussi d'intervenir auprès de personnes directement menacées, comme Mimi l'a fait avec Oskar Polden.

Il semblait à Charlotte qu'Amberg venait de lever un voile qui lui ouvrait un monde nouveau et passionnant.

— Je te raconte tout cela, Charlotte, parce que nous aimerions solliciter ton aide.

Amberg la regardait avec insistance.

— Est-ce que tu te sentirais capable de jouer le rôle de Sophia devant Kettenbach ? On te présenterait à lui comme étant Sophia Ederle. Nous ferons des répétitions, bien sûr. Tu sais jouer du piano, il faudra trouver une chanson à interpréter et quelques phrases à dire, pour montrer que Sophia est sur le chemin de la guérison. J'enverrai un rapport à l'institut Göring sur son cas. C'est audacieux, mais tout à fait réalisable.

29

Innsbruck / Sellrain, décembre 2014

Il était encore tôt quand je me réveillai. Leo trottinait déjà à travers la pièce. Sur la table de nuit étaient posés les deux cahiers que j'avais lus la veille. Je repensai à ce qui s'était passé au Bois des Ombres. Amberg avait expliqué que Kettenbach menait des expériences en injectant des drogues à ses patients. Je comprenais maintenant pourquoi ma grand-mère était si préoccupée le jour où j'étais arrivée chez elle, à seize ans, avec les cheveux teints en mauve et coupés à la punk ! Elle me répétait constamment de ne jamais me droguer. Elle devait avoir une peur panique des substances que Kettenbach administrait à ses patients pour les plonger dans un état psychotique.

Ma grand-mère devait donc jouer le rôle de Sophia lors de la visite de Kettenbach. Qu'allait-il se passer ? J'avais fini de lire les cahiers qui étaient en ma possession. Il fallait absolument que je retrouve les deux volumes manquants. Peut-être se trouvaient-ils dans le chalet de Maria Pramstaller ? En tout cas, je l'espérais de tout cœur.

Dans deux heures et demie, Rattler se présenterait ici pour m'accompagner en montagne. Mon estomac se serra lorsque je pensai aux résultats de la recherche que j'avais faite hier soir sur Internet. Rattler m'avait menti en prétendant venir à Innsbruck pour un congrès sur la maladie de Parkinson. Mais pourquoi ? Il faudrait que je trouve un moyen de le savoir.

Je m'habillai et sortis promener Leo. La rue était remplie d'une épaisse brume. Une chance qu'on n'ait pas prévu d'aller faire du ski aujourd'hui, on n'en aurait pas profité avec ce temps. Le supermarché était déjà ouvert, j'achetai une baguette, un salami hongrois de qualité, du lait entier, du beurre et un paquet de biscuits au chocolat. Je passai ensuite déposer le chien chez Theres Kurz. Je commençais à me sentir un peu gênée de lui laisser Leo si souvent. Mais elle n'avait pas l'air de s'en plaindre.

— J'aime bien me promener avec lui, pas vrai, Leo ? m'assura-t-elle.

Je ne pouvais pas m'empêcher de penser qu'elle me cachait quelque chose, mais je n'avais pas la moindre idée de ce que ça pouvait être.

Dans la cuisine, je préparai mon petit-déjeuner avec du café et beaucoup de lait, du pain, du beurre et du salami. Mes yeux se posèrent alors sur le tableau accroché au mur. Maintenant que j'avais lu le passage de son journal qui décrivait la séance d'atelier, j'étais certaine que c'était ma grand-mère qui avait peint ce tableau du Bois des Ombres. Cela expliquait peut-être aussi pourquoi la neige était rendue avec des touches blanches un peu trop épaisses et les contours du bâtiment en briques de façon un peu approximative.

J'appelai Ulrich Pramstaller pour lui annoncer que j'avais prévu de monter au chalet aujourd'hui. Je ne précisai pas que Rattler allait m'y conduire. Pramstaller ne sembla pas surpris de la nouvelle. Il promit de prévenir la voisine de sa tante que je passerais chercher la clé chez elle un peu avant dix heures.

— Je suis curieux de savoir si vous les trouverez, ajouta-t-il.

Il parla d'une voix un peu traînante, différente de la veille. Je me demandai s'il avait encore des problèmes d'alcoolisme. Sa voiture était-elle vraiment en panne ou s'était-il simplement fait retirer son permis de conduire ?

Il était huit heures et demie quand mon portable sonna. Je ne connaissais pas le numéro qui s'afficha sur l'écran. Je répondis.

— Hendrik van Dijk, annonça une voix masculine, j'espère que je n'appelle pas trop tôt, mais je dois participer à une conférence et je voulais vous téléphoner avant d'entrer dans la salle.

— Vous ne me dérangez pas du tout, répondis-je, je suis levée depuis longtemps déjà.

J'étais étonnée que l'historien me rappelle aussi vite.

— Je me suis renseigné auprès d'un collègue à Berlin qui possède une copie de certains dossiers de l'institut Göring qu'il a retrouvés dans un fonds d'archives, expliqua van Dijk.

Au téléphone, sa voix sonnait joyeuse et juvénile.

— Vraiment ? C'est passionnant.

J'étais flattée qu'il se soit renseigné sur le sujet.

— Il existe bien une correspondance de l'institut Göring avec un certain docteur Carl Amberg, médecin-chef du sanatorium du Bois des Ombres en Autriche.

Mon cœur s'accéléra. Une deuxième source ! Il me semblait important qu'une autre source vienne attester de l'existence du Bois des Ombres. Et il en avait trouvé une !

— Dans un article, le professeur Gustav Keyder cite Amberg comme un psychiatre d'obédience national-socialiste disposant de méthodes intéressantes, poursuivit van Dijk.

J'étais indignée. Amberg n'avait pas fait allégeance à Hitler, du moins d'après ce que je pouvais en conclure du journal de ma grand-mère.

— La correspondance entre Amberg et l'Institut est-elle documentée ? demandai-je. Peut-on lire les rapports du médecin-chef ?

— À la fin de la guerre, l'institut Göring a été incendié par les Russes parce que ses membres hébergeaient des gens de la SS dans leurs locaux. Hélas, beaucoup de dossiers ont été détruits par le feu. Mais j'ai demandé à mes collègues de faire des recherches, peut-être retrouverons-nous d'autres textes ou références.

Je le remerciai. Van Dijk m'était sympathique. Je revoyais le visage de cet historien de la médecine rencontré à l'exposition, avec ses fossettes et sa silhouette dégingandée. Cet homme devait être capable de passer des journées entières dans une cave à dépouiller des archives. Pas du genre carriériste, plutôt un solitaire passionné par son sujet. J'aimais ce type de personnalité.

— Je ne resterai que deux jours à Innsbruck, dit van Dijk.

Il hésitait à poursuivre sa phrase.

— Oui ?

— Je voulais vous demander si je pourrais passer chez vous voir les cahiers. Je sais que c'est très intime, je ne lirai pas leur contenu. Je voudrais seulement vérifier qu'on a bien affaire à des documents authentiques qui retracent la vie d'un sanatorium à cette époque.

Il y eut un silence. Je n'avais pas envie qu'un inconnu entre dans la maison. Mais je me sentais un peu redevable. Il s'était donné la peine de chercher des sources sur le Bois des Ombres et le docteur Amberg. Et en l'espace de deux jours. Rien ne l'y obligeait. Et je ne m'imaginais pas non plus emmener les cahiers dans un café pour les lui montrer au milieu des tasses et des miettes de gâteaux.

— C'est d'accord, répondis-je, vous pourrez les voir. Quand souhaitez-vous passer ?

— Le mieux serait demain, samedi, proposa van Dijk. Si vous me donnez votre adresse, je pourrais venir autour de quinze heures, par exemple. Je vous promets d'être bref. Je ne veux surtout pas vous importuner, ne vous méprenez pas sur mes intentions. Mais ces journaux intimes sont des sources vraiment précieuses pour les historiens de la médecine.

J'appréciai le ton poli de sa voix. Il avait usé de franchise, sans la moindre flagornerie, et il semblait me prendre au sérieux. Je lui donnai mon adresse, puis nous raccrochâmes.

Je m'étais légèrement maquillée et chaudement habillée. J'avais remis les cahiers dans leur cachette à l'intérieur du piano, je préférais qu'ils ne soient pas directement accessibles. Même si je ne craignais plus que quelqu'un vienne fureter dans la maison en mon absence. Je m'étais sans doute fait des idées mercredi soir.

Rattler n'allait pas tarder. Je jetai un coup d'œil par la fenêtre, dehors un épais brouillard se confondait avec un ciel blafard. On ne pouvait distinguer les montagnes. À neuf heures et demie précises, je sortis devant la maison. Le vent me souffla de la neige poudreuse au visage. La voiture noire apparut à travers la brume et s'arrêta. J'ouvris la portière et montai.

— Merci d'être venu, dis-je un peu guindée, c'est un gros soulagement pour moi.

Rattler pencha la tête et afficha son sourire en coin.

— Je suis ravi de retourner en montagne avec vous, madame Südhausen.

C'était la première fois qu'il s'adressait à moi sur ce mode. Je fus décontenancée. Voulait-il signifier qu'il souhaitait passer au tutoiement ? Je préférais qu'on en reste au « vous ».

Je lui indiquai d'abord l'adresse de l'appartement de Maria Pramstaller à Innsbruck. Rattler la rentra dans son GPS et démarra. Peu après, il se garait devant l'immeuble. Je montai et sonnai chez la voisine. Elle m'attendait. Elle m'expliqua que nous devions prendre le même chemin que la veille et que, quelques kilomètres après Kühtai, nous allions trouver l'arrêt de bus d'où il fallait grimper au chalet. On longerait alors, sur notre gauche, le lac de Längental. Je ressentis un pincement lorsqu'elle évoqua la retenue d'eau où Maria Pramstaller avait trouvé la mort. Mais ni elle ni moi n'avions envie d'aborder le sujet.

Un quart d'heure plus tard, je quittais la maison avec la clé et un plan détaillé des lieux. Je remontai dans la voiture de Rattler. Il alluma les phares antibrouillard et gagna rapidement la sortie de la ville. La circulation était moins dense que la veille. Nous parlions peu, seulement du trafic et de la météo. J'avais envie de garder un peu mes distances. Je n'arrivais pas à oublier que Rattler m'avait menti sur les motifs de son séjour, il ne s'en tirerait pas à si bon compte.

— Votre congrès sur la maladie de Parkinson est-il intéressant pour vos recherches ? demandai-je. Au fond, cette maladie n'a pas grand-chose à voir avec le libre arbitre…

— N'importe quelle maladie restreint les possibilités, surtout en neurologie, expliqua Rattler en abordant un virage. Mais peut-être est-il préférable de ne pas trop parler de maladie. Le ciel est déjà suffisamment plombé comme ça. Je préfèrerais profiter de la compagnie d'une charmante petite-fille de glaciologue.

Je ne fus pas sensible à cette flatterie. Je ne répondis rien.

— Vous avez eu le temps de lire tous les volumes du journal ? poursuivit-il. À part les cahiers qui ont disparu, bien sûr.

Cette fois, il allait bien falloir que je réponde, mais je n'étais pas obligée de fournir des détails.

— Oui, je les ai lus, mais avec difficulté, parce que j'ai du mal à déchiffrer l'écriture.

— Vous devez maintenant en savoir un rayon sur ce sanatorium, jugea Rattler. Espérons que nous retrouverons les volumes manquants.

Il faisait comme si nous poursuivions un objectif commun.

— Avez-vous retrouvé d'autres documents de cette époque dans la maison de votre grand-mère ? demanda-t-il encore. Des notes qui prouveraient que ce sanatorium a vraiment existé ? Ou qui indiqueraient ce que sont devenus les gens qui y ont séjourné pendant la guerre ?

Ses questions allaient trop loin. Je ne lui parlerais pas de ma rencontre avec l'historien. En même temps, il m'accompagnait au chalet. J'étais quand même tenue de lui faire la conversation, rien que par politesse.

— Ma grand-mère avait un répertoire, expliquai-je. J'y ai trouvé l'adresse d'une infirmière qui faisait office de cuisinière au sanatorium. Ma grand-mère était visiblement restée en contact avec elle après la guerre.

— Ah bon, dit Rattler, comment s'appelle cette dame ?

Je fus étonnée qu'il pose une question aussi directe. On aurait dit qu'il connaissait déjà le sujet et qu'il m'accompagnait depuis des semaines dans mes recherches.

— Oh, j'ai oublié son nom, mentis-je.

Rattler ne s'était pas gêné pour me raconter des bobards sur son séjour à Innsbruck, je n'étais pas obligée de lui dire toute la vérité.

Nous avions déjà passé Kühtai. Sur la gauche, une importante retenue d'eau apparut à travers le brouillard. En voyant la rive pentue du lac, je fus prise de chair de poule bien que le chauffage de la voiture fût au maximum.

Maria Pramstaller avait trouvé la mort ici, après avoir glissé dans l'eau. Que s'était-il passé au juste ?

Je faillis demander à Rattler de s'arrêter pour descendre et observer les lieux, mais je me tus. Rattler ne fit aucun commentaire au moment où nous longions la retenue. Sans doute avait-il oublié que la vieille dame s'était tuée ici, je m'étais contentée de citer rapidement l'endroit le jour où nous étions allés skier.

L'arrêt de bus apparut peu après. À partir de là, nous devions monter à pied jusqu'au chalet. Rattler se gara au bord de la route et nous descendîmes de voiture.

Le chemin passait par la forêt. Nous gardions le silence pendant que nous grimpions la pente. Je m'essoufflais, mais Rattler avait l'air en bonne forme physique. Il progressait d'un pas régulier, comme s'il avait hâte de visiter le chalet. Personne ne randonnait par ici ce jour-là. Au bout de trois quarts d'heure, la forêt s'éclaircit. Nous apercevions déjà les contours d'un chalet à travers la brume. Peu après, nous avions atteint la porte d'entrée.

Le chalet était une simple cabane en rondins assemblés. Je remarquai que les volets n'étaient pas barricadés, comme si les habitants ne s'étaient absentés que provisoirement. Aucun nom ne figurait sur la porte. Mais tout correspondait à la description de la voisine, avec le toit noir et le banc installé à droite de l'entrée. Je sortis la clé et l'introduisis dans la serrure. Elle entrait. Je la tournai et la porte s'ouvrit. Mon cœur battait vite, mais c'était peut-être encore à cause de la montée.

Nous pénétrâmes dans un petit vestibule, puis dans la pièce principale. Je fus surprise. Elle me rappela l'appartement de Maria Pramstaller à Innsbruck et la maison de ma grand-mère. Dans un coin se trouvait un lit couvert d'un tissu de couleur, orné de motifs d'oiseaux. Devant la fenêtre qui donnait sur la vallée se dressait un télescope pointé vers le ciel grisâtre. Je m'approchai. Sur la table étaient posés deux cahiers noirs. Des cahiers d'écoliers comme ceux que j'avais lus ces derniers jours. Je retins ma respiration. J'avais enfin retrouvé les volumes manquants.

Rattler aussi les avait vus.

— Ils sont là, s'écria-t-il. Nous les avons trouvés.

On aurait dit que ces cahiers comptaient autant pour lui que pour moi.

Instinctivement, je fonçai vers la table, attrapai les cahiers et les serrai contre moi. J'avais le réflexe de vouloir les mettre à l'abri.

Rattler se tenait tout près de moi.

— Eh bien, on ne jette pas un coup d'œil à l'intérieur ? demanda-t-il en prenant un ton charmeur.

Je détaillai les cahiers. Les numéros 12 et 13, ainsi que le nom de ma grand-mère, étaient inscrits sur la couverture. Cela ne faisait aucun doute, c'étaient les volumes qui avaient disparu.

Je posai le douzième cahier sur la table, ouvris le treizième et le feuilletai jusqu'à la dernière page. Il était recouvert de la même écriture au crayon un peu pâlie, le dernier texte était daté du 17 février 1943. Tout en bas, sur la dernière page, figurait à nouveau le titre, inscrit au stylo bleu, suivi d'un numéro à six chiffres. Étrange.

— Ce sont des carnets intimes, dis-je, je les déchiffrerai au calme.

— On pourrait s'asseoir ici un moment, proposa Rattler. Je serais ravi de vous aider à avancer dans la lecture. Maintenant qu'on est arrivés ensemble jusqu'ici, je me sens un peu impliqué dans cette histoire !

Il avait repris ce ton jovial qui ne me plaisait pas.

Il tendit la main vers le cahier posé sur la table. Je fis un pas en avant.

— Je vous en prie, dis-je en haussant le ton. Ne touchez pas à ces carnets. J'aimerais les lire seule. Je pourrai vous en parler plus tard.

— Vous gardez toujours la tête froide. Vous avez dû hériter ça de la passion de votre grand-mère pour la glace, dit-il. Vous ne pourriez pas faire une exception ?

Sa voix avait perdu toute amabilité. Je fixai son visage. Son expression n'avait plus rien de lisse ou de policé, et ses traits affichaient une dureté que je ne lui connaissais pas. Il étendit ses doigts sur le cahier comme une araignée fond sur sa proie.

Une image me revint en mémoire, de très loin. De mon cauchemar. L'homme qui attirait les oiseaux pour ensuite les tuer. Malgré le froid qui régnait dans la cabane, je sentis mes mains devenir moites. Je fus submergée par la peur. J'avais l'impression de voir Rattler pour la première fois. On entendit alors frapper à la porte.

30

Les coups se firent tout à coup plus sonores. Des voix me parvenaient de l'extérieur. Plusieurs personnes semblaient parler à voix basse. Je n'étais plus seule avec Rattler. J'allai ouvrir la porte. Quatre personnes bien emmitouflées apparurent sur le seuil. À en juger par la marque coûteuse de leurs vêtements, j'en conclus qu'il s'agissait de vacanciers. Ils avaient des raquettes aux pieds. Je me sentis soulagée.

— Excusez-nous, dit l'un des promeneurs avec un fort accent souabe. Si on prend le chemin qui descend sur la droite, savez-vous si on rejoint la vallée ? Nous nous sommes perdus à cause du brouillard, et le GPS ne mentionne pas tous les sentiers.

— Oui, si vous suivez ce chemin, vous arriverez dans la vallée, répondis-je. Vous tomberez directement sur un arrêt du car.

Il me vint une idée.

— Nous allions repartir. Nous pouvons marcher ensemble, proposai-je. Entrez donc quelques instants.

— Non merci, dit le Souabe, nous allons continuer. Le brouillard commence à se dissiper. Ce n'était pas un bon jour pour s'initier à la randonnée en raquettes.

— Nous arrivons, dis-je précipitamment, attendez-nous une minute, j'adore marcher en groupe.

L'homme me regarda étonné. Il dut me prendre pour une folle ou imaginer qu'il venait de débarquer en pleine scène de ménage.

— D'accord, venez, dit-il. On vous attend ici.

Je me dépêchai de rentrer dans la maison. Rattler feuilletait le deuxième cahier. Il avait complètement ignoré les randonneurs. Ma peur se transforma alors en colère. Pour qui se prenait-il ? Ce journal intime m'appartenait à moi seule. Il n'avait aucun droit de se comporter ainsi. En quelques pas, je fus à la table.

— J'aimerais rejoindre la voiture, affirmai-je. Des gens nous attendent dehors pour qu'on descende ensemble. Je voudrais rentrer le plus vite possible à Innsbruck.

J'étais surprise de m'être exprimée avec une telle énergie. Rattler me regarda avec étonnement. Toute expression de froideur avait disparu de son visage.

— Très bien, alors allons-y, dit-il conciliant, cette cabane n'est pas du tout confortable.

Il reposa le cahier à contrecœur sur la table.

J'emballai les deux volumes dans un sac en plastique que j'avais apporté et les rangeai dans mon sac à dos en faisant attention de les mettre bien droits, pour ne pas risquer de les corner.

Peu après, nous avions rejoint les vacanciers et redescendions jusqu'à la route. Après s'être concertés, les marcheurs décidèrent d'enlever leurs raquettes. L'homme qui s'était adressé à moi tout à l'heure m'expliqua qu'ils trouvaient ça fatigant et inconfortable, que ces raquettes étaient sans doute mieux adaptées aux étendues plates du Canada.

Cela ne me gênait pas d'attendre, pourvu que je reste dans le groupe ! Mon cerveau cogitait à toute allure. Comment allais-je rentrer à Innsbruck ? Ç'aurait été un peu bizarre de dire à Rattler que j'allais attendre le car plutôt que de rentrer en voiture. Mais l'idée de me retrouver seule avec lui dans un véhicule ne me plaisait pas du tout.

Ma méfiance n'était peut-être pas justifiée. Est-ce que mes nerfs étaient en train de lâcher, comme l'autre soir lorsque j'avais barricadé la porte d'entrée ? Rattler m'avait quand même accompagnée jusqu'ici. Si je lui laissais entendre que, plus tard, il pourrait consulter les cahiers, la situation allait certainement s'apaiser.

Depuis qu'ils avaient enlevé les raquettes, les touristes avaient accéléré l'allure. Rattler les talonnait, tandis que je fermais la marche. J'avais de la peine à les suivre et avançais avec précaution dans la neige. Mon genou gauche me faisait mal, il avait toujours été un peu fragile. Le plus raisonnable était de rentrer à Innsbruck avec Rattler. Il me vint alors une idée...

Je me laissai un peu distancer et fouillai dans mon sac à la recherche de mon téléphone portable. J'appuyai sur « Paramètres » et me débrouillai pour faire sonner l'appareil. Puis j'accélérai pour être à portée de voix de Rattler.

Je me mis à parler dans le téléphone.

— C'est une chance que je vous entende aussi bien, monsieur van Dijk.

En m'entendant parler, Rattler se retourna.

— Oui, j'ai retrouvé les cahiers dans le chalet, m'écriai-je dans le téléphone, je suis très soulagée.

Je marquai une pause.

— Oui, nous en avons déjà parlé, poursuivis-je, vous pourrez les consulter. Vous pourriez peut-être passer demain.

Je marquai une nouvelle pause.

— Non, je viens tout juste de quitter le chalet. Pour tout vous dire, je suis en pleine descente.

Pause.

— Oui, je me suis fait accompagner.

Nouvelle pause. Il fallait absolument que cette conversation ait l'air crédible.

— Non, la personne qui m'accompagne est en voiture, dis-je tout fort. Il s'agit d'ailleurs de Siegfried Rattler, le neurologue de Hambourg. Lui aussi s'intéresse aux cahiers et à l'histoire de ce sanatorium durant les années quarante. Ce journal intime suscite beaucoup d'intérêt, et pas seulement chez les historiens de la médecine comme vous.

Rattler me regarda avec étonnement. Il s'arrêta. J'étais maintenant presque à son niveau.

— Oui, venez demain à dix-sept heures, monsieur van Dijk, dis-je dans le téléphone en baissant un peu la voix. Vous avez l'adresse. Je me réjouis de discuter avec vous de ces cahiers. Au revoir !

J'appuyai sur quelques touches du portable. Puis je le rangeai dans mon sac à dos.

Rattler s'approcha de moi.

— Une connaissance, expliquai-je. Hendrik van Dijk est historien de la médecine. Je l'ai rencontré mercredi à l'exposition sur la psychiatrie sous le nazisme. Nous avons parlé du journal tenu par ma grand-mère. J'ai accepté que ce monsieur voie les cahiers. Il n'avait pas l'air étonné qu'un neurologue s'intéresse aussi à l'histoire de ce sanatorium. D'ailleurs, il m'a dit vous connaître de nom.

Maintenant que j'avais évoqué l'historien devant Rattler, je me sentais plus tranquille. Je voulais lui faire croire que quelqu'un savait que nous étions montés ensemble au chalet aujourd'hui. Cette idée me sécurisait, même si je trouvais inquiétant d'avoir eu besoin de mettre en place un tel stratagème.

— Eh bien, il semblerait que vous déteniez un véritable trésor, dit Rattler de cette voix enjôleuse qu'il pouvait prendre visiblement à volonté. Si vous acceptez de montrer ces cahiers à un historien, vous ne pouvez guère refuser de les livrer au regard d'un neurologue. Comme vous le disiez vous-même si justement, l'histoire d'un sanatorium dans les années quarante intéresse aussi la neurobiologie.

Il venait de saisir sans sourciller la perche que je lui avais tendue.

— Bien sûr que vous pourrez consulter ces cahiers, promis-je, je voudrais juste m'en réserver la primeur, c'est tout. En tant que petite fille. Est-ce que vous pourriez passer chez moi demain ? Vers quinze heures ? Ce sera le grand jour des présentations. À dix-sept heures, j'attends déjà la visite de monsieur van Dijk. D'ici demain, j'aurai le temps de parcourir les deux derniers volumes.

Rattler acquiesça d'un signe de tête.

— Quinze heures, ça me convient parfaitement. Et je connais déjà l'adresse.

Si le neurologue se présentait chez moi à quinze heures, van Dijk serait déjà sur place. Ce matin, j'avais convenu avec lui qu'il passe à quinze heures et non à dix-sept heures. Les deux hommes se croiseraient chez moi, mon plan était bien calculé. Mieux valait assurer ses arrières. Je me sentais une âme d'intrigante. Cela me rappela le Bois des Ombres... Dans certaines situations, il vaut mieux savoir mentir. Le docteur Amberg en avait, lui aussi, fait l'expérience.

— Et maintenant, tâchons de rentrer au plus vite à Innsbruck, dit Rattler sur un ton enjoué, comme si l'harmonie était subitement revenue. Nous rejoignîmes le groupe de vacanciers, le brouillard s'était presque complètement dissipé. J'aperçus la route en bas dans la vallée, il nous fallut peu de temps pour l'atteindre. Nous fîmes nos adieux aux touristes. L'homme qui avait frappé à la porte me regarda d'un air pensif. Il devait se demander si nous nous étions réconciliés durant la descente.

Le trajet de retour vers Innbruck passa vite, sans que nous parlions beaucoup. Rattler m'arrêta chez la voisine de Maria Pramstaller pour que je lui rende la clé du chalet, et je fus bien heureuse de pouvoir descendre de voiture devant la maison de ma grand-mère. Je savais que je ne remettrais pas les pieds dans la voiture de Rattler. J'allai chercher Leo chez Theres avant de rejoindre la maison. Après un tour de clé dans la serrure, la porte s'ouvrit. Il était peu probable que quelqu'un soit entré durant mon absence.

Je me débarrassai de mes vêtements d'hiver. L'après-midi n'était pas encore terminé. J'avais retrouvé les deux derniers cahiers de ma grand-mère et j'étais toute excitée à l'idée de vivre la suite de cette aventure. Je donnai à manger à Leo, me préparai un café et avalai quelques tartines dans la cuisine. Puis je tirai les rideaux des fenêtres du rez-de-chaussée et montai chercher le piolet dans la chambre à coucher. Je m'installai au bureau et ouvris le douzième cahier. L'écriture avait tellement pâli que je craignais que les lettres ne s'effacent sous mes yeux. Mais je parvins encore à la déchiffrer. Je me replongeai dans la lecture.

31

Ötztal, février 1943

Charlotte était en proie à une étrange indécision. Elle se sentait à la fois flattée et effrayée par cette mission. Le docteur Amberg lui avait demandé de prendre la place de Sophia, sa compagne de chambre, pour convaincre le professeur Kettenbach de l'efficacité des thérapies pratiquées au Bois des Ombres et l'inciter à plaider auprès du chef des services de santé du Tyrol en faveur de l'établissement. Elle eut une sensation de vertige, la responsabilité lui semblait trop énorme. Mais elle se détendit en sentant la main de Mimi se poser sur son bras. Il faisait bon appartenir à ce petit groupe réuni dans la bibliothèque du médecin-chef.

— Charlotte, tu n'es pas toute seule, dit Mimi de sa voix éraillée. Nous allons préparer ensemble la visite de Kettenbach. Tu devras simplement jouer une chanson pour le convaincre de ta guérison et de ton attachement au Führer. Nous allons aussi revoir la décoration de l'atelier. Naturellement, le docteur Amberg parlera en détail de ses méthodes fondées sur la suggestion et il expliquera qu'elles sont capables de guérir des patients gravement atteints en les amenant à révérer la figure paternelle et bienfaisante du Führer.

Un sourire mauvais passa brièvement sur les lèvres de Mimi.

— Charlotte, moi aussi je serai à tes côtés, affirma Lucifer en tirant sur sa pipe. Tu étais avec nous la nuit où le messager d'Esculape a trouvé la mort. Tu t'occupes maintenant de Sophia. Ensemble, nous surmonterons l'épreuve de cette visite.

— Ne crains pas d'être emmenée comme Rose Wurzner, dit Amberg, il n'y a aucun risque. Même si le professeur Kettenbach insiste pour te faire transférer dans son laboratoire de Wurtzbourg, nous interviendrons pour l'en empêcher. Nous demanderons un délai pour pouvoir t'évacuer rapidement d'ici. Ce ne serait d'ailleurs pas sans conséquences pour le Bois des Ombres. Kettenbach pourrait nous causer de graves ennuis. Mais c'est un risque à prendre.

Son visage s'éclaira d'un sourire encourageant. Tout ne reposait pas sur les épaules de Charlotte. Elle n'était qu'un élément de cette comédie préparée collectivement.

— Tu n'es pas non plus obligée d'accepter, poursuivit Amberg. Il est très inhabituel de faire une telle proposition à une patiente. Mais nous vivons une époque particulière. C'est la guerre, nous vivons dans l'urgence, malheureusement.

La guerre. Charlotte pensa à Robert. Qu'en aurait-il pensé ? Mais cette mission n'était-elle pas insignifiante au regard de ce que son frère avait enduré à Stalingrad ? Elle était assise au coin du feu, dans la bibliothèque du médecin-chef, sa vie n'était pas menacée. Amberg la ferait passer pour une autre, durant quelques heures, en présence du psychiatre au visage de rapace. Elle devait jouer le rôle d'une patiente qui croyait dans le pouvoir du Führer, alors qu'en réalité, ces dernières semaines, elle s'était éloignée de plus en plus du point de vue de ses parents et de leurs amis de Ratisbonne qui étaient acquis à Hitler. Elle pouvait aider à sauver le Bois des Ombres. Ce lieu où Jakob et Selma avaient trouvé refuge, ainsi que l'aveugle. Ce lieu où elle s'était sentie si bien acceptée.

— Très bien, Mimi, je suis d'accord, articula Charlotte. Parce que tu es à mes côtés, et Lucifer aussi.

Et vous aussi, docteur Amberg, aurait-elle volontiers ajouté. Mais elle ne savait comment s'adresser à lui.

— Cela ne durera que quelques heures, assura Amberg. Charlotte, je suis fier de toi. Demain, nous verrons tout cela en détail.

Il se pencha en avant et lui serra la main. Pour la première fois, elle perçut l'odeur de sa peau qui se mêlait au parfum de cèdre. Elle se prit à penser qu'il ferait bon se blottir dans ses bras et sentir battre son cœur.

Le lendemain matin, Charlotte prit très tôt le chemin de la salle à manger pour le petit-déjeuner. Dans le couloir, elle aperçut Lucifer qui transportait un énorme cadre. En s'approchant, elle reconnut une photo du Führer en noir et blanc. Le père de Charlotte avait fait accrocher un portrait de ce genre dans le vestibule de la villa à Ratisbonne. Charlotte s'était demandé bien souvent pourquoi on ne voyait aucune image du Führer au Bois des Ombres, alors qu'on en trouvait partout dans les écoles ou les hôpitaux. Visiblement, le concierge y mettait bon ordre.

— Le Führer veille sur nous, dit Lucifer en grimaçant un sourire. Alors nous allons suspendre son portrait près de la porte qui mène à la salle à manger. Tout le monde pourra constater notre vénération pour le chef de la communauté du peuple allemand. Même le visiteur de Wurzbourg qui nous honorera bientôt de sa présence.

Lukas portait aussi un marteau, un clou et un crayon. Il demanda à Charlotte de bien vouloir les tenir un moment.

Stühling apparut sur ces entrefaites.

— Oh, monsieur le concierge avec un portrait du Führer, commenta l'assistant d'un air hautain. Il serait temps que le Bois des Ombres se mette à l'unisson de la communauté nationale du grand Reich allemand.

— Vous pourriez peut-être m'aider à accrocher le portrait, docteur Stühling, dit Lucifer.

Il appliqua le cadre sur une portion de mur dégagée.

— On dirait qu'il est un peu penché, vous ne trouvez pas, docteur ?

Stühling ne répondit pas tout de suite. Charlotte avait l'impression qu'il n'appréciait guère de recevoir des instructions d'un concierge. En même temps, il s'agissait quand même du portrait du Führer.

— Remontez-le un peu sur la gauche, et il sera parfaitement droit, dit Stühling.

Puis il tourna les talons et se dirigea vers la salle à manger.

Lucifer demanda à Charlotte de marquer au crayon les bords supérieurs du cadre. Il posa le portrait et planta les clous. Peu après, la photo trônait sur le mur. Désormais, quiconque arrivait par le couloir des pensionnaires, pour se rendre à la salle à manger, passait devant le Führer. Celui-ci fixait le lointain, et Charlotte chercha en vain dans sa mémoire une image d'Hitler en train de rire.

Amberg l'avait convoquée dans sa bibliothèque en tout début d'après-midi, à l'heure de la sieste. Quand Charlotte se présenta, il était assis avec Mimi. Quelques rayons de soleil pénétraient dans la pièce et faisaient danser la poussière devant les étagères de livres.

Amberg avait placé une chaise entre les deux fauteuils. Mimi portait à nouveau sa robe gris-bleu, sans tablier.

Elle tenait dans ses mains un texte tapé à la machine. Le médecin-chef et la cuisinière avaient l'air concentrés, comme pour une réunion de travail.

— Charlotte, viens t'asseoir ici, suggéra Amberg en désignant la chaise libre, nous avons une idée à te soumettre.

Charlotte prit place et regarda avec curiosité la feuille que Mimi avait posée sur ses genoux. On aurait dit que quelqu'un y avait écrit un poème en vers. Charlotte put déchiffrer le titre, « Le Führer ». En tout cas, il ne s'agissait pas d'un nouveau rapport que le médecin-chef prévoyait d'envoyer à l'institut Göring.

— C'est un poème d'Herbert Böhme, annonça Amberg. Un grand admirateur du Führer et un écrivain connu. Ce poème a déjà acquis une certaine popularité. Tu devrais peut-être en prendre connaissance, Charlotte.

Mimi lui tendit la feuille. Charlotte lut :

> « Un tambour bat le rappel à travers l'Allemagne.
> Dans son sillage suivent, silencieux, tous ceux qu'il a élus.
> Ils prêtent serment sur le drapeau, une fidélité à toute épreuve.
> Derrière son visage d'airain, il leur trace un nouveau destin.
> Il concentre toute son énergie pour s'approcher du soleil.
> Allemagne, son tambour, c'est toi !
> O ! Peuple, deviens passion ! »

Elle avait l'impression d'avoir déjà entendu ce poème. Ils avaient dû le lire à l'école. Elle leva les yeux d'un air interrogateur.

— Il a été publié dans un recueil d'Herbert Böhme, paru il y a quelques années sous le titre *Les Chants du sang*, expliqua Amberg. Il a également déjà été mis en musique, pas trop mal d'ailleurs. Nous avions pensé le jouer pendant la visite de Kettenbach, mais dans une nouvelle version, une version que notre chère pianiste, Sophia Ederle, aurait composée pour célébrer l'amour qu'elle voue désormais au Führer, un peu comme une preuve de sa guérison.

Il souriait comme un gamin qui s'apprête à jouer un tour, et cela plut à Charlotte.

— Charlotte, tu joueras le rôle de Sophia en interprétant le poème dans sa nouvelle version, continua-t-il. Mimi et Lucifer chanteront avec toi. Kettenbach ne pourra qu'être enthousiaste. Surtout que je lui promettrai d'adresser à l'institut Göring un rapport complet sur le processus de guérison de Sophia, dans lequel il sera cité comme bienfaiteur de notre établissement et instigateur de ma propre thérapie par suggestion.

— Mais quelle mélodie est-ce que je vais chanter ? demanda Charlotte. Je ne peux pas en inventer une.

— Bien sûr, nous y avons pensé, intervint Mimi rassurante. Est-ce qu'on ne pourrait pas s'inspirer d'un morceau qui figure dans les partitions posées sur le piano ? Un morceau que tu connais déjà. Il suffirait de changer quelques notes et d'adapter le texte du poème à la mélodie. Dans l'enthousiasme, tout le monde ne pensera qu'à s'extasier sur l'air composé par notre Sophia !

Charlotte n'avait jamais entendu Mimi parler sur un ton aussi ironique.

— Il faudrait peut-être un air pas trop rapide, proposa Amberg, pour que ça colle avec les tambours dont parle le texte…

— Comme celui du *Chemin du paradis* ? demanda Charlotte. « La femme n'a plus qu'un rêve, aujourd'hui, avoir une auto et un permis. » Mais tout le monde le connaît, on ne peut tout de même pas remplacer les paroles par un poème sur le Führer !

— Alors nous transformerons un peu *Le Chemin du paradis*, conclut Mimi, ça devrait être faisable. Je t'aiderai.

Si la situation n'avait pas été aussi grave, Charlotte aurait éclaté de rire. Quelle idée ! Chanter un poème à la gloire du Führer sur un air de variété ! Qu'est-ce qu'en aurait pensé Robert ? Il serait peut-être déjà parti dans un fou rire. Mais sûrement pas devant ses camarades d'armée.

— On fera un essai avec le piano, dit-elle.

Mais elle se rembrunit aussitôt.

— Qu'est-ce que vont dire les autres ? s'alarma-t-elle. Ils poseront des questions !

— Nous expliquerons aux pensionnaires et au personnel que nous nous préparons pour la visite du professeur Kettenbach prévue à la fin du mois, que nous lui proposerons aussi une animation musicale et que nous devons répéter un nouvel air en l'honneur du Führer. Nous allons faire comme si tout se passait de façon parfaitement normale. D'ailleurs, un portrait du Führer trône maintenant dans l'entrée de la salle à manger, répondit Amberg.

— Le docteur Stühling est-il au courant de ce projet ?

À la simple évocation de son assistant, la mine d'Amberg s'assombrit.

— Non, le docteur Stühling ne sait rien, répondit-il. Et il ne doit rien apprendre. Je ne lui ai pas dit que Kettenbach avait avancé sa visite, il croit que le professeur ne viendra que fin février. Stühling a prévu de s'absenter la semaine prochaine pour aller voir de la famille à Innsbruck. Je l'ai encouragé à le faire. Il ne sera donc pas présent quand le professeur Kettenbach passera nous voir. Et c'est tant mieux. Je ne lui en parlerai qu'après la visite.

Charlotte se sentit soulagée. Elle se rendit compte à quel point elle redoutait le regard perçant de l'assistant. Récemment encore, elle s'était sentie mal à l'aise en le voyant dévisager Selma Keindl, alias Bertha Uhlig, en train de fredonner un air de Zarah Leander.

— Stühling n'est pas au courant pour Oskar Polden, ni pour les époux Keindl, compléta Amberg comme s'il avait lu dans ses pensées. Il vaut mieux le tenir à l'écart de certaines choses qui se passent au Bois des Ombres.

Ce soir-là, Amberg reçut dans la salle à manger une visiteuse dont Charlotte n'avait encore jamais entendu parler au Bois des Ombres. C'était une religieuse catholique en habit noir avec une coiffe blanche. Elle avait déjà un certain âge. Assise à table avec Amberg et Lukas, elle ne parlait pas fort, mais avec assurance. Ils discutaient comme s'ils se connaissaient de longue date. Charlotte n'osa pas s'asseoir avec eux.

Elle alla à la cuisine. Mimi consultait un vieux livre de recettes. Elle était seule.

— On a de la visite, dit Charlotte.

— Je sais, répondit Mimi sans lever les yeux.

— Je peux savoir qui est cette nonne ?

— Une religieuse. Elle dirige un foyer, l'un des rares établissements encore tenus par des catholiques.

— Et elle a affaire au docteur Amberg ?

Mimi leva la tête.

— Sœur Maria fait partie de l'organisation Esculape. Elle est intervenue à plusieurs reprises pour empêcher que des patients ne soient emmenés à la mort. Elle a communiqué à l'organisation les noms des malades que les experts médicaux voulaient éliminer dans son foyer. Les familles ont pu être prévenues et sont venues récupérer de nombreux patients.

— Le docteur Amberg doit être content qu'il existe des gens comme sœur Maria, dit Charlotte.

— C'est vrai, approuva Mimi. De son côté, sœur Maria lui est aussi redevable.

— Comment cela ?

— Sœur Maria a une sœur cadette qui a tenté de se suicider à la suite d'un chagrin d'amour. Elle voulait se jeter à l'eau, mais elle a été soignée. Elle a suivi un traitement avec le docteur Amberg. Après cela, elle allait beaucoup mieux. Elle aussi travaille maintenant avec des malades mentaux. Sœur Maria m'a dit un jour qu'elle allait très bien et qu'elle le devait uniquement au docteur Amberg.

Sœur Maria passa la nuit au Bois des Ombres, car il n'était pas envisageable de reprendre la route à une heure aussi tardive. Ce soir-là, Charlotte ne proposa pas de répéter le poème du Führer sur un air de variété des années vingt. Elle n'avait pas envie que cette religieuse risque de l'entendre jouer et chanter un hymne au Führer.

Sœur Maria repartit le lendemain matin. Elle salua d'un signe les pensionnaires qui se trouvaient devant le bâtiment. Charlotte la regarda s'éloigner sur le traîneau conduit par Lukas. Elle se demanda de quoi elle avait bien pu discuter avec le médecin-chef.

L'après-midi, Charlotte croisa Lukas qui se dirigeait vers l'atelier, chargé de plusieurs rouleaux de papier.

— Qu'est-ce que tu prépares, Lucifer ? demanda-t-elle. Je peux t'accompagner ?

— Tu es toujours la bienvenue, répondit le concierge. Je vais te montrer quelque chose.

Ils arrivèrent devant l'atelier, Lukas ouvrit la porte. Charlotte le suivit à l'intérieur.

— Oh !

Elle ne put s'empêcher d'exprimer sa surprise en découvrant sur le mur un tableau représentant un homme en uniforme avec un brassard frappé d'une croix gammée. Son visage était celui du Führer à en croire la petite moustache caractéristique et la coupe de cheveux au rasoir. Il était assis sur un rocher, dans un paysage de montagne, entouré d'un cerf, d'un chevreuil, d'un sanglier et d'autres animaux de la forêt. Le cerf tendait son museau vers la main du Führer. Tous les autres animaux s'approchaient docilement, pleins de confiance. Le tableau était peint malhabilement, mais campait bien la scène.

— Qu'est-ce que c'est ? demanda Charlotte. Qui a fait cette peinture ?

— Moi. Ou plutôt, toi, répondit Lukas. Enfin, c'est censé être l'œuvre de Sophia Ederle. Pour la version officielle. Une preuve de sa guérison. Et de sa dévotion pour le Führer, qui est si proche des forces de la nature qu'il peut apprivoiser les animaux sauvages.

— Mon Dieu ! Et où sont passés les autres dessins ? demanda Charlotte.

Plusieurs peintures avaient disparu des murs, comme le visage sans yeux ou les soldats morts entassés les uns sur les autres. Son dessin représentant un paysage d'hiver était encore là.

— Nous avons descendu quelques œuvres à la cave, expliqua Lukas, du moins provisoirement. Nous avons un peu réaménagé la salle pour la visite de Kettenbach.

C'était donc ce que voulait dire Mimi quand elle avait annoncé qu'ils allaient « revoir la décoration » de l'atelier.

Tard dans la soirée, une fois que la plupart des pensionnaires étaient déjà couchés, Charlotte retrouva Mimi au piano. La salle à manger était déserte, à l'exception de Kolia qui était assis dans un coin sombre de la pièce, occupé à écrire en perçant une feuille avec son poinçon.

Depuis que Lucifer avait réalisé un plan tactile du Bois des Ombres, Kolia pouvait circuler plus librement à travers les bâtiments. Dans du carton fin, le concierge avait reproduit au poinçon un plan inversé du bâtiment, avec les couloirs et les différentes salles, si bien qu'en le retournant, Kolia pouvait se repérer comme sur un dessin en relief. Un jour, Charlotte avait vu l'aveugle sortir de la réserve aménagée dans la cave et elle s'était demandée si Mimi était au courant de cette visite.

Ce soir-là, Charlotte prit le recueil de partitions posé sur le piano et y chercha « Le Chemin du paradis ». Mimi avait apporté le texte du poème. Charlotte joua quelques notes de piano, et Mimi se mit à chanter le texte pour le placer rythmiquement :

> « Un tambour bat le rappel à travers l'Allemagne.
> Dans son sillage suivent, silencieux, tous ceux qu'il a élus. »

Charlotte chantait en même temps à mi-voix. Elle remarqua qu'il fallait convertir certaines croches en doubles croches pour pouvoir caler le texte sur la mélodie. À d'autres endroits, il valait mieux modifier la mélodie pour donner à la chanson un caractère un peu plus solennel. Mais elle garda pratiquement les mêmes accords.

— C'est l'air de « La femme n'a plus qu'un rêve aujourd'hui », grommela l'aveugle du fond de la pièce. Qu'est-ce que vous avez fait subir à cette belle chanson, Mimi ?

— C'est une nouvelle création, Oskar, rétorqua Mimi.

Elle avait appelé l'aveugle par son vrai nom. Il n'y avait personne dans la pièce qui puisse constituer un danger.

— C'est une chanson à la gloire du Führer, nous la chanterons à l'occasion de la visite du professeur Hermann

Kettenbach. Il faut arranger un peu la musique pour que ça tombe juste.

— Prévenez-moi quand vous la jouerez, ajouta Kolia, je préfère ne pas être là. J'aurais peur que ça me fasse vomir.

Le lendemain, le docteur Stühling partit dans sa famille à Innsbruck. Charlotte fut soulagée lorsqu'elle le vit monter sur le traîneau de Lukas. Il annonça qu'il serait de retour dans une dizaine de jours.

— Je serai rentré pour la visite du professeur Kettenbach, dit Stühling à Amberg au moment de partir.

Charlotte se demanda quelle excuse le médecin-chef trouverait lorsqu'il annoncerait à son assistant que la visite du célèbre psychiatre avait été avancée.

32

Il gelait à pierre fendre, sous un ciel bleu magnifique, quand la voiture arriva. Le chauffeur avait pu monter sans encombre le chemin du Bois des Ombres grâce aux chaînes dont il avait équipé les pneus. Les déplacements privés étant interdits dans tout le Reich à cause de la pénurie de carburant, Kettenbach avait dû déclarer sa visite comme une mission de service.

Pendant un instant, Charlotte craignit que Kettenbach se souvienne l'avoir vue à la soirée donnée chez ses parents. Mais non, c'était tout à fait impossible, elle ne lui avait même pas été présentée ! Elle l'avait seulement aperçu par l'entrebâillement d'une porte.

Kettenbach descendit de voiture, il était accompagné d'un jeune homme. Tout comme à la gare d'Innsbruck, le psychiatre portait un long manteau à col de fourrure et une écharpe de soie claire. Il gravit les marches qui menaient à l'entrée principale.

Le docteur Amberg, Mimi, Lukas et Gerlinde saluèrent Kettenbach dans le hall. Amberg était en blouse blanche, Mimi portait un tablier d'une blancheur immaculée et sa chevelure rousse était ornée d'une coiffe amidonnée que Charlotte ne lui avait encore jamais vue. Lukas portait un costume gris de toile grossière. Sur les instructions de Mimi, Charlotte avait mis sa jupe en lainage et un chemisier blanc empesé à col rond.

Amberg présenta Mimi comme son « administratrice générale » et Lukas comme le « maître intendant » du Bois des Ombres.

— Notre cher et estimé docteur Stühling a malheureusement été appelé d'urgence dans sa famille, ajouta Amberg, nous ne pourrons donc pas profiter de sa présence durant votre visite.

Amberg se tourna alors vers Charlotte.

— Monsieur le Professeur, laissez-moi encore vous présenter notre patiente Sophia Ederle, une jeune pianiste de grand talent qui, comme vous le savez, ne prononçait plus un mot lorsqu'elle est arrivée ici. Elle vous parlera tout à l'heure du traitement qu'elle a suivi au Bois des Ombres, ce témoignage devrait faire plaisir à entendre.

Kettenbach retira son gant et tendit une main glacée à Charlotte.

— Enchanté, dit-il d'une voix nasillarde.

— Monsieur le Professeur, c'est pour moi un grand honneur de vous rencontrer personnellement, débita Charlotte. Le docteur Amberg m'a fait savoir que la thérapie que j'ai suivie au Bois des Ombres vous doit beaucoup, car vous êtes un soutien très actif de cet établissement.

Elle sourit timidement et s'inclina comme on lui avait appris à faire dans les réceptions données par son père, les jours où il présentait ses enfants aux invités. Mimi lui avait fait répéter à l'avance ce qu'elle devait dire. Elle constata avec soulagement que le professeur avait l'air moins imposant que sur le quai de la gare à Innsbruck.

— Il est vrai que c'est aussi grâce à vous, monsieur le Professeur, si nous avons pu guérir mademoiselle Ederle, enchaîna Amberg. J'ai rédigé un rapport complet sur ce cas et l'ai fait parvenir à l'institut Göring. Bien sûr, je n'ai pas manqué de mentionner le soutien que vous nous apportez pour faire vivre ce lieu qui permet d'appliquer, dans les meilleures conditions, les thérapies que vous avez mises au point. Heil Hitler !

Amberg tendit son bras droit avec emphase.

— Heil Hitler, répondit Kettenbach en levant brièvement le bras, comme s'il était fatigué de se raidir dans cette position.

Charlotte tressaillit intérieurement, c'était la première fois qu'elle entendait Amberg prononcer le salut hitlérien. Elle était contente d'avoir le regard baissé, Kettenbach ne pourrait lire la réprobation sur son visage.

— Monsieur le Professeur, je vous propose de vous débarrasser de votre manteau avant de démarrer la visite, dit Amberg. Je vous montrerai les différents groupes de travail qui nous permettent de vivre pratiquement en autarcie. Mademoiselle Ederle nous donnera ensuite un aperçu des résultats que nous avons obtenus avec sa thérapie, après quoi nous déjeunerons dans ma bibliothèque. Je passerai devant, si vous le permettez.

Gerlinde prit les manteaux. Amberg marchait en tête, suivi du professeur et de son jeune assistant. Mimi et Lukas fermaient la marche.

Il était convenu que Charlotte resterait dans sa chambre pendant tout le temps de la visite de l'établissement. Lukas irait ensuite la chercher et descendrait avec elle dans la salle à manger qui serait déserte à cette heure-là, les pensionnaires étant alors occupés dans leur groupe de travail. Le plan prévoyait que Lukas vérifie au préalable que personne n'était resté dans la salle à manger. Il ne fallait en aucun cas qu'un patient entende Kettenbach s'adresser à Charlotte en l'appelant « mademoiselle Ederle ». Sinon, les pensionnaires ne manqueraient pas de poser des questions. Sophia avait pour consigne de ne surtout pas quitter sa chambre de la journée. Une aide du service du travail, affectée à son service, lui lisait l'histoire de Heidi.

Charlotte s'étendit sur son lit. Le murmure de la lecture l'apaisait. Dans sa tête, Charlotte imaginait le cortège en train de visiter le sanatorium, le passage par la salle de bains où flottait l'odeur de lavande, par la cuisine qui sentait bon le feu de bois, et par la buanderie avec les lessiveuses remplies d'eau savonneuse. Amberg avait donné comme instructions que chacun devait être à son poste ce matin-là, et que personne ne devait se prélasser dans les baignoires.

Ils arriveraient ensuite dans l'atelier de dessin où Amberg présenterait le tableau d'Hitler entouré des animaux de la forêt, soi-disant peint par Sophia Ederle. Amberg célébrerait cette toile comme le symbole de la réussite d'une thérapie qui avait amené la pianiste à considérer le Führer comme un guide et une figure paternelle. À cette idée, Charlotte ne put s'empêcher de sourire. Elle aurait aimé lire le rapport qu'Amberg avait rédigé sur le cas de Sophia. Le Bois des Ombres lui apparaissait comme une immense scène de théâtre où chacun jouait un rôle dans cette comédie montée pour Kettenbach.

Deux heures plus tard, Lukas vint frapper à la porte.

— Tout s'est bien passé jusqu'ici, lui confia-t-il en descendant à la salle à manger. Kettenbach était très enthousiaste devant le tableau du Führer apprivoisant les animaux. C'est du moins l'impression qu'il a donnée. Je n'ai pu m'empêcher d'en tirer un peu de fierté.

Dans la salle à manger, Mimi avait installé quelques chaises devant le piano à queue. Kettenbach, son assistant et Amberg prirent place. Charlotte adressa un sourire au psychiatre, son cœur battait à tout rompre. Mimi et Lukas se tenaient debout tout près d'elle. Toutes les partitions avaient disparu. Ils allaient interpréter de mémoire le « Chant du Führer ».

— Mademoiselle Ederle a mis en musique un célèbre poème en l'honneur du Führer, expliqua Amberg. Vous en connaissez sans doute le texte, monsieur le Professeur. Ces vers ont ému le cœur de mademoiselle Ederle et lui ont inspiré une nouvelle mélodie qu'elle va vous interpréter maintenant, avec le concours de Mimi et de monsieur Waldhofer. N'est-ce pas merveilleux qu'une personne rendue muette par la maladie retrouve l'usage de la parole en composant un air à la gloire du Führer ?

Charlotte n'en revenait pas qu'Amberg puisse se montrer aussi obséquieux. Elle en était presque gênée. Elle redouta un instant que Kettenbach reconnaisse l'air de « La femme n'a plus qu'un rêve aujourd'hui ». Mais il était trop tard pour s'arrêter à ce genre de considérations.

Elle se concentra sur le piano. Elle égrena quelques notes pour donner la tonalité, Mimi acquiesca de la tête. Charlotte commença à jouer, et les trois voix se mirent à chanter :

> « Un tambour bat le rappel à travers l'Allemagne.
> Dans son sillage suivent, silencieux, tous ceux qu'il a élus. »

Charlotte s'efforçait de conserver une allure martiale et de ne surtout pas dévier vers la musique légère. Mimi et Lukas chantaient avec entrain.

> « Ils prêtent serment sur le drapeau, une fidélité à toute épreuve.
> Derrière son visage d'airain, il leur trace un nouveau destin.

Il concentre toute son énergie pour s'approcher du soleil.
Allemagne, son tambour, c'est toi !
O ! Peuple, deviens passion ! »

Après le dernier vers, Charlotte plaqua un accord final d'une grande force dramatique.

Le silence se fit. Amberg applaudit. Kettenbach et son assistant se mirent eux aussi à frapper dans leurs mains. La prestation avait été de piètre qualité. On n'y décelait pas le talent d'une grande musicienne. Par bonheur, Kettenbach n'avait pas identifié le plagiat.

— Un bel intermède, n'est-ce pas ? Notre Sophia est une vraie artiste ! Mais une partie du mérite vous revient, monsieur le Professeur, s'écria Amberg exalté.

Si Charlotte n'avait pas su qu'il jouait la comédie, elle l'aurait trouvé carrément abject.

— La réussite de la thérapie est incontestable, docteur Amberg, approuva Kettenbach en hochant poliment la tête. Mes félicitations, mademoiselle Ederle. Tout d'abord pour votre tableau du Führer en gardien de la nature, et maintenant pour cette mélodie. Mais qu'en pensez-vous, qu'est-ce qui vous a amenée à cette guérison ?

Charlotte s'était préparée à répondre à cette question.

— J'ai vécu une transformation, dit-elle sagement. La foi dans le Führer m'a aidée à sortir du désespoir. C'est le docteur Amberg qui m'a redonné la foi. Pour nous tous, le Führer est un père sévère, mais juste, et la communauté du peuple allemand est une grande famille. Il n'y a pas de raison de se laisser aller au désespoir.

— Mais vous avez retrouvé morte la famille de votre amie, dit Kettenbach. Vous avez dû éprouver un grand choc.

— Des parents qui tuent leurs enfants ne font pas partie de la communauté du peuple, énonça Charlotte. La mère de mon amie était juive. Aucune mère allemande, ni aucun père allemand n'auraient accepté de voir mourir ainsi leurs enfants. Le Führer n'aurait pas voulu cela. J'en suis persuadée. J'ai eu tort de me fermer au monde après le crime de cette famille juive. Grâce à sa thérapie, le docteur Amberg m'a permis de sortir de cette impasse.

En s'entendant prononcer ces mots, Charlotte eut l'impression qu'un poison s'était répandu dans sa bouche. Elle irait le cracher dès que le psychiatre aurait quitté le Bois des Ombres.

— Vous voyez comment on peut sauver des patients du désespoir en leur offrant une figure paternelle bienfaisante dans la personne du Führer. Et c'est à vous que nous devons cette méthode, dit Amberg au professeur.

— En effet, dit Kettenbach, je suis touché. Eh bien, je crois que nous avons fait le tour du propriétaire.

— Nous pouvons maintenant passer à table chez moi, dans ma bibliothèque, afin d'aborder encore quelques points d'organisation, proposa Amberg. Je pourrai également vous parler de la correspondance que j'entretiens avec l'institut Göring de Berlin.

— Avec plaisir, dit Kettenbach.

Puis, se tournant vers son assistant :

— Berthold, pouvez-vous prévenir le chauffeur que nous repartirons dans une heure ? Ça nous permettra d'arriver à Innsbruck avant la nuit.

Son assistant, un jeune homme pâle en manteau gris, approuva de la tête.

Lorsque Kettenbach prit congé de Charlotte, sa main était encore glacée ; il venait pourtant de passer plusieurs heures dans un lieu chauffé. Puis il suivit Amberg dans la maison du personnel.

— Nous parlerons de tout cela plus tard, mieux vaut pour l'instant que tu regagnes ta chambre, dit Mimi en chuchotant, bien que le psychiatre ne soit plus dans les parages.

Charlotte acquiesça. Une heure plus tard, elle entendit de sa chambre un bruit de moteur. Elle regarda par la fenêtre et vit la voiture démarrer et disparaître dans la forêt. Kettenbach était parti. Mais, au fond d'elle-même, elle avait le sentiment que tout s'était trop bien passé, qu'ils avaient dû oublier quelque chose – ou quelqu'un – dans leur plan, et que cela pourrait avoir des conséquences fâcheuses.

33

Innsbruck, décembre 2014

Je posai le cahier à côté de moi, mes yeux me faisaient mal. Il était déjà vingt-trois heures et je me sentais épuisée. Mais je voulais absolument achever ce soir la lecture de ces carnets. Quel message ma grand-mère avait-elle voulu me transmettre ? Est-ce que je le découvrirais une fois que j'aurais terminé de lire le dernier cahier ?

J'ouvris le treizième volume à la dernière page. Je remarquai une nouvelle fois l'inscription rajoutée à la fin au stylo bleu, les mots « Bois des Ombres » suivis d'un nombre à six chiffres. Qu'est-ce que cela pouvait bien signifier ?

Mais, avant toute chose, il fallait que je poursuive ma lecture. Je décidai d'aller m'installer dans le lit à baldaquin. Je pris toute la pile de cahiers et montai à l'étage. Leo dormait déjà dans son panier sommairement recousu. Quelques instants après, j'étais allongée dans le lit, le dernier cahier sur les genoux. Je songeai que j'avais oublié le piolet en bas, dans le bureau. Mais c'était sans importance, qui aurait l'idée de venir ?

J'ouvris le volume 13, le dernier cahier.

34

Ötztal, février 1943

Personne n'avait imaginé que Stühling rentrerait plus tôt que prévu de son voyage à Innsbruck. Charlotte ne fut pas la seule surprise de voir l'assistant franchir le portail de la clinique en début d'après-midi, le lendemain de la visite de Kettenbach. Stühling surgit tel un fantôme émergeant de la brume. Il portait son gros manteau brun et une casquette en laine à rabats. Il était visiblement remonté tout seul à pied. Charlotte se demanda où il avait laissé sa valise.

— Eh bien, docteur Stühling, déjà de retour ? lança Lukas qui sortait de la maison du personnel.

— Oui, l'état de santé de ma sœur s'étant amélioré, dit Stühling, je ne pouvais guère me rendre utile. Et sa famille n'habite pas un appartement si vaste qu'on y reste volontiers en villégiature.

— Où avez-vous laissé votre valise ? demanda Lukas.

— Au village, répondit Stühling. Je vous prierais de bien vouloir passer la chercher à l'auberge. Elle était un peu lourde pour la porter dans la neige.

En général, Lukas descendait au village à certaines heures pour remonter les hôtes en traîneau.

— D'accord, répondit le concierge, j'avais prévu de descendre tout à l'heure pour chercher du lait.

Il aperçut Charlotte.

— Tu aurais envie de m'accompagner ? demanda-t-il. Tu pourrais m'aider à charger les bidons.

Ce n'était bien sûr qu'un prétexte, Lucifer avait une jambe un peu raide, mais il n'avait besoin de personne pour porter quelques bidons de lait. Charlotte savait qu'il appréciait sa compagnie pour bavarder durant le trajet.

— J'arrive, s'écria-t-elle.

Stühling approuva d'un signe de tête et se dirigea vers la maison du personnel où il disposait d'un petit appartement. Peu après, Charlotte s'installa sur la banquette du traîneau, à côté de Lukas.

Le cheval se mit en mouvement, et le traîneau s'engagea dans la descente. Ils parlèrent de la visite du psychiatre. Ils savaient que Kettenbach interviendrait en faveur du sanatorium, Amberg le leur avait déjà annoncé. Durant la visite, au détour d'une phrase, Amberg avait rappelé à Kettenbach les soins bénéfiques que sa nièce avait reçus au Bois des Ombres. Il lui avait parlé aussi du rapport sur Sophia Ederle qu'il s'apprêtait à envoyer à l'institut Göring, et dans lequel il vantait le rôle très positif joué par Kettenbach. Amberg lui avait même montré des extraits que l'intéressé avait lus avec contentement. Amberg avait évoqué rapidement Rose Wurzner, de façon à faire entendre à Kettenbach qu'il considérait que ce regrettable épisode était clos.

Le soir où Amberg avait réuni Lukas, Mimi et Charlotte dans sa bibliothèque pour leur rendre compte de la visite de Kettenbach, Charlotte avait remarqué un éclat particulier dans le regard du médecin-chef. Il lui avait semblé qu'il était dans une sorte d'euphorie. Et le visage de la jeune femme s'était empourpré quand Amberg l'avait serrée dans ses bras pour la remercier.

— Que racontera Amberg à Stühling lorsque celui-ci apprendra que Kettenbach est déjà passé au Bois des Ombres ? demanda Charlotte.

Le traîneau descendait une pente plus raide, et Lukas dut freiner pour éviter que l'attelage ne prenne trop de vitesse.

— Stühling va trouver ça bizarre, tu ne penses pas ?

Lukas haussa les épaules.

— Stühling n'exerce ici que les fonctions d'assistant. Il n'aura rien à dire. Amberg lui expliquera que Kettenbach a modifié la date de sa venue au dernier moment. Avec un psychiatre aussi connu, c'est chose courante.

— Tout cela m'inquiète, dit Charlotte, tous ces mensonges. C'est déroutant.

Lukas lui posa la main sur le bras.

— Il se passe tellement de choses étranges, il va bien falloir s'y habituer.

Ils eurent vite fait de remplir les bidons vides qu'ils avaient descendus au village. Les aubergistes attendaient la visite du concierge et ils lui remirent aussitôt la valise brune de l'assistant. Lukas et Charlotte reprirent la direction du Bois des Ombres. Les bidons de lait étaient calés dans un casier en bois, mais la valise était simplement posée sur le plateau.

— J'aurais dû prendre des sangles supplémentaires, regretta Lukas.

Le chemin montait d'abord en pente douce, mais qui se faisait ensuite plus raide. Charlotte descendit pour alléger le traîneau. Mais, dans un virage à droite, celui-ci glissa et se déporta sur la gauche. Le concierge jura et fit claquer son fouet. Le cheval donna un coup de collier et redressa le traîneau. Les bidons de lait cliquetèrent, mais furent maintenus par les sangles. La valise, en revanche, glissa et tomba hors du plateau. Au moment où elle toucha le sol, le couvercle s'ouvrit. Stühling avait dû oublier de la fermer à clé.

— Zut ! s'exclama Lukas en arrêtant le cheval. Charlotte, tu veux bien ramasser la valise ? Fais vite avant que les affaires ne se mouillent !

Charlotte se précipita vers la valise ouverte dans la neige. Elle saisit le couvercle pour le refermer. Mais elle se figea soudain. Son regard avait eu le temps d'apercevoir des journaux à l'intérieur de la valise. Pas des livres, mais des magazines. Elle savait que cela ne la regardait pas, mais la curiosité l'emporta. Lucifer ne dirait rien. Elle souleva à nouveau le couvercle. La valise contenait toutes sortes de vêtements, des chaussettes, des caleçons et un gilet tricoté. Au-dessus, Stühling avait posé un journal. Un journal déjà ancien. Et une coupure de presse avec une photo. Qu'est-ce que l'assistant comptait en faire ? Elle en parcourut quelques lignes.

— Lucifer, s'écria-t-elle, viens vite ! Regarde !

Le concierge sauta au bas du traîneau. Il s'approcha et s'accroupit à côté de Charlotte. Il survola la page de journal et siffla entre ses dents. L'article n'était pas récent, il parlait du groupe de résistants O5 et de l'héritier de l'entreprise viennoise Polden qui « après une explosion insolite dans sa cave avait subitement disparu ». Une photo de Kolia, alias Oskar Polden, était reproduite à côté ; son visage ne portait pas de cicatrices, mais on le reconnaissait parfaitement.

— Stühling est au courant, lança Lucifer. Mon Dieu, que faut-il faire ?

— Il sait encore d'autres choses, dit Charlotte suffoquée, regarde cette photo.

La valise contenait également un portrait en couleurs, une photo de célébrité collée sur un carton, avec une dédicace signée « Ada Anderson ». La photo représentait la fausse Zarah Leander, alias Selma Keindl, quelques années plus tôt, les cheveux non bouclés mais élégamment relevés.

— C'est donc pour cela qu'il est allé à Innsbruck ou je ne sais où, dit Lukas. C'était pour consulter des archives de presse. Il s'apprêtait sans doute à montrer ces photos à Kettenbach et faire fermer le Bois des Ombres. Mon Dieu, qu'allons nous faire ?

Le ventre de Charlotte se mit à gargouiller. Elle avait eu raison de s'inquiéter. Stühling avait tout découvert. Le Bois des Ombres était en danger. Amberg, le couple Keindl et Oskar Polden couraient de gros risques. Toute cette comédie qu'ils avaient montée devant Kettenbach n'avait servi à rien. Elle avait eu un mauvais pressentiment.

— Commençons par fermer la valise et par la remettre sur le traîneau, comme si de rien n'était, dit Lucifer. Ensuite, nous aviserons.

— J'ai peur, dit Charlotte en lui agrippant le bras, que va-t-il se passer ?

— Nous allons aviser, répéta le concierge. Stühling a peut-être l'intention de faire du chantage au docteur Amberg ? On pourrait essayer de discuter avec lui ?

Charlotte savait que Lukas ne croyait guère en cette possibilité. Mais, dans l'immédiat, ils n'avaient pas le choix. Ils devaient ramener sa valise à Stühling et prévenir Amberg. Ils refermèrent la valise et la chargèrent sur le traîneau.

Ils arrivèrent bientôt au sanatorium. Ils portèrent les bidons de lait à la cave, dans la réserve, et déposèrent la valise dans le hall d'entrée. Stühling apparut quelques instants plus tard.

— Ma valise ! s'écria-t-il. Merci pour votre peine, monsieur le concierge.

Il fit preuve d'une politesse inhabituelle et s'approcha de sa valise. Il fit jouer une serrure qui s'ouvrit automatiquement. L'assistant eut un instant d'hésitation.

— Ça alors ! Je n'avais pas fermé les serrures à clé ?

— Non, dit Lukas, on ne s'attendait pas à voir le couvercle s'ouvrir.

Charlotte sentit un frisson glacé lui parcourir le dos. Comment Lucifer pouvait-il parler de façon aussi inconsidérée ?

Stühling s'immobilisa et devint très pâle. Le visage de Lukas se figea à son tour lorsqu'il se rendit compte de ce qu'il venait de dire. Les deux hommes échangèrent un regard. La situation était soudain limpide. Il n'était plus temps de faire semblant. Stühling avait lu dans les yeux de Lukas que celui-ci était au courant. Son visage afficha une frayeur que Charlotte n'avait jamais observée chez lui. Lukas fit un pas en avant, comme s'il voulait l'attraper. Stühling recula et lâcha sa valise. Puis il se retourna et se mit à courir en direction de la porte secondaire du bâtiment principal. Lucifer s'élança à ses trousses, aussi vite que sa mauvaise jambe le lui permettait. Charlotte les suivit tous deux, le cœur battant.

Stühling atteignit la sortie latérale et essaya d'ouvrir la porte. Mais sans résultat. La porte était fermée à clé. Certaines issues du sanatorium étaient condamnées afin que personne ne puisse entrer furtivement. Stühling secoua la poignée, puis il se retourna. Dans ses yeux se lisait désormais la fureur. Lukas lui barra le passage. En dépit de son handicap, Lukas était beaucoup plus fort.

Stühling se dirigea vers la droite, la porte de l'atelier était ouverte. Il se précipita dans la pièce et claqua la porte. Charlotte entendit jouer la serrure, il devait savoir qu'une clé était posée tout près sur une étagère. Il arrivait que le médecin-chef ferme la salle de l'intérieur pour s'assurer que personne ne vienne troubler une séance de thérapie. Certains patients ne supportaient pas que des personnes extérieures voient leurs dessins.

Lukas et Charlotte se retrouvèrent devant la porte close. Ce serait facile d'enfoncer la porte, pensa Charlotte.

— N'essayez pas de rentrer, hurla Stühling de l'intérieur. Si vous forcez la porte, je mets le feu à la salle ! Ne tentez rien sinon le Bois des Ombres partira en fumée. Tout va s'embraser.

Lukas et Charlotte restèrent sans voix. Le poêle de l'atelier était certainement allumé. Il suffisait que Stühling plonge un rouleau de papier dans la braise et la salle entière prendrait feu. En quelques instants, le sanatorium serait la proie des flammes. Et il serait impossible d'éteindre l'incendie. Les pompiers ne pourraient pas monter, et l'on ne disposait ici ni de pompes, ni de tuyaux. Stühling les tenait.

— On reste derrière la porte, cria Lukas, ne jouez pas avec le feu ! Nous allons discuter, docteur Stühling.

Amberg et Mimi apparurent à leur tour.

— Que se passe-t-il ? demanda le médecin-chef.

— Stühling s'est enfermé, répondit Lukas. Il menace de mettre le feu.

Puis, à mi-voix, il expliqua la situation.

— Il a tout découvert, il sait tout au sujet des Keindl et d'Oskar Polden. On a vu des coupures de presse et des photos dans sa valise.

Le visage d'Amberg se figea. Il lui fallut quelques instants avant que son regard retrouve son énergie et sa détermination, comme s'il redoutait depuis longtemps ce moment.

— Que tout le monde sorte, dit-il doucement à Mimi. Évacue le bâtiment principal et l'aile des pensionnaires, et rassemble les patients dans la maison du personnel. Tout sera bientôt en flammes. On va retenir Stühling le plus longtemps possible.

Mimi réagit promptement. Elle courut à la cuisine et envoya Gerlinde prévenir les pensionnaires. C'était la fin d'après-midi, une heure où la plupart étaient remontés dans leur chambre.

Amberg tenta de raisonner Stühling.

— Docteur Stühling, ne faites pas de bêtises. Mettons plutôt les choses à plat.

Il s'efforçait de maîtriser sa voix, mais Charlotte sentait la tension qui l'agitait.

— Vous n'êtes qu'un menteur ! cria Stühling. Un menteur et un tricheur, docteur Amberg ! Vous cachez des Juifs et des ennemis du Reich. Vous donnez refuge à des réfractaires. J'ai repéré votre manège depuis longtemps. Vous travaillez avec Esculape. Le valet de ferme du village devait vous remettre un message, non ? Il me l'a dit quand je l'ai croisé dans la forêt. J'ai essayé de le mettre hors d'état de nuire.

— C'est vous qui avez frappé le messager ? s'écria Amberg. Il est mort dans mon bureau.

Charlotte tressaillit.

— Il est donc arrivé jusqu'au Bois des Ombres ? constata Stühling. J'ai entendu dire au village que le concierge avait descendu un mort qu'il avait soi-disant trouvé dans la forêt. Vous êtes un menteur, docteur Amberg. Vous avez menti au professeur Kettenbach, vous m'avez menti. Il paraît que Kettenbach est déjà venu. Le Bois des Ombres est tombé bien bas.

— Le Bois des Ombres sauve des vies humaines et apporte un soutien psychique à ceux qui en ont besoin, rétorqua Amberg à travers la porte. Mais vous, vous êtes prêt à sacrifier des vies humaines parce que les autres vous sont indifférents, docteur Stühling.

Charlotte recula de quelques pas et observa la cour du sanatorium par la fenêtre de la salle de bains. Des patients marchaient dans la neige avec leurs valises pour rejoindre la maison du personnel, assistés de Mimi, de Gerlinde et des filles du service du travail. Tous avaient revêtu leurs habits d'hiver. Les premiers étaient déjà à l'intérieur du bâtiment où logeaient Amberg et le personnel. Ils devaient s'entasser dans la bibliothèque du médecin-chef. La maison était suffisamment à l'écart du bâtiment principal pour être protégée des flammes au cas où Stühling mettrait le feu à l'atelier.

Charlotte vit le beau moustachu, Jakob Keindl, transporter une caisse imposante, tandis que son épouse Selma se débattait avec deux valises. Charlotte réfléchit un moment et se remémora où elle avait vu cette caisse. Elle provenait de l'infirmerie. Manifestement, le médecin juif avait eu la présence d'esprit d'emporter les médicaments et les préparations qui se trouvaient au rez-de-chaussée du bâtiment principal pour les mettre en lieu sûr. Mimi avait dû lui donner la clé.

Pendant ce temps, derrière la porte de l'atelier, Amberg tentait d'amadouer Stühling.

— Stühling, ne minimisez pas vos mérites. Jusqu'à présent, nous avons fait du bon travail. On ne peut pas tirer un trait sur tout cela. On trouvera un terrain d'entente. Sortez de cette pièce, nous allons discuter ensemble.

Mais c'était peine perdue, et tout le monde s'en rendait bien compte. Il n'y avait aucun moyen de s'entendre avec Stühling. Il ne garderait pas pour lui tout ce qu'il savait désormais. Et personne ne courrait le risque de le laisser filer. Le piège s'était refermé à la fois sur Stühling et sur Amberg.

Lorsque Charlotte comprit cela, elle se rua dans l'escalier. Il fallait qu'elle sauve ses affaires. Ses carnets intimes !

Elle courut jusqu'à l'aile des pensionnaires et monta dans sa chambre. Sophia n'était plus là, quelqu'un avait déjà dû venir la chercher. Charlotte tira sa valise de l'armoire, rassembla ses carnets et ses papiers et les déposa dans sa valise. Elle y fourra ensuite le pantalon de Robert, ainsi que tous ses autres vêtements et sous-vêtements. Les disques et le phonographe avaient déjà été emportés. Dieu merci. Quelques minutes plus tard, Charlotte redescendait, sa valise à la main. Elle portait sur elle tous ses vêtements d'hiver.

Charlotte se précipita hors de la maison et trébucha dans la neige. Elle s'approchait de la maison du personnel lorsqu'elle aperçut Sophia. La pianiste venait de sortir de la maison et se dirigeait vers le bâtiment principal. Gerlinde tentait de la retenir, mais Sophia se débattait.

— Que se passe-t-il, Sophia ? demanda Charlotte.

Sophia réussit à échapper à Gerlinde. Elle vint à la rencontre de Charlotte. Un son sortit alors de sa gorge.

— Kolia ! Il manque Kolia !

Des larmes inondaient ses joues.

— Où est-il ? s'écria Charlotte. Personne n'a donc pensé à le prévenir ?

— Il faut aller dans la réserve, articula encore Sophia.

La réserve. Charlotte lâcha sa valise et repartit en courant vers le bâtiment principal. Elle se rua dans le couloir qui menait à la cave. La réserve était là, sur la gauche, derrière un mur épais. Il fallait une lanterne pour voir à l'intérieur, car la lumière ne fonctionnait pas. Mais, pour un aveugle, cela n'avait aucune importance.

— Oskar !

Charlotte ouvrit la grosse porte en bois.

— Oskar, il faut sortir immédiatement.

Elle entendit du bruit à l'intérieur. Puis elle vit apparaître Kolia, alias Oskar Polden. Il tenait un verre de jus de pomme à la main. Charlotte se dit que c'était le jus fermenté qui intéressait Kolia pour sa teneur en alcool. Sophia avait déjà dû le voir entrer et sortir d'ici.

Charlotte le saisit par le bras.

— Vite ! cria-t-elle. Tout va brûler. Nous devons rejoindre la maison du personnel.

Oskar Polden la suivit en trébuchant jusqu'à l'extérieur.

— Kolia ! s'écria Sophia en le voyant.

Charlotte attrapa Sophia par le bras.

— Mais tu parles, Sophia !

Dans la bibliothèque du médecin-chef, tous les patients étaient assis les uns contre les autres, par terre ou dans les fauteuils. Ceux qui n'avaient pas trouvé de place s'étaient installés dans la chambre, sur le lit ou sur le sol. L'appartement ressemblait désormais à un camp de réfugiés.

— L'assistant est devenu fou, expliqua Mimi aux pensionnaires. Le docteur Stühling s'est enfermé dans l'atelier et menace de mettre le feu au Bois des Ombres. Mais ici, nous ne risquons rien. La maison est suffisamment éloignée.

Un murmure s'éleva du groupe. Personne ne fit de commentaire. Même Luise la pipelette se tut. Sophia était près d'Oskar Polden et lui tenait la main.

— Et les provisions ! s'exclama soudain une des filles du service du travail. Il faut aller chercher les provisions. Qui m'accompagne !

Gerlinde, deux des aides et Alfred le trembleur coururent en face. Elles revinrent avec du pain et des choux, Alfred portait un bidon de lait. Ils déposèrent les vivres dans la cage d'escalier et repartirent aussitôt en chercher d'autres.

Charlotte se joignit à eux pour évacuer la réserve. En passant, elle aperçut Amberg et Lukas toujours en train de parlementer avec Stühling.

— Nous pouvons encore nous entendre, disait Amberg. Il vous suffit de détruire les documents qui sont en votre possession et de vous engager à ne pas dénoncer mes patients. De mon côté, je vous signerai un certificat avec de bonnes appréciations, et vous pourrez aller où bon vous semblera. Il vous servira de sauf-conduit.

— Vous voulez que je traite avec un tricheur ? Je devrais croire un menteur ?

— Nous n'avons pas d'autre choix que de nous faire confiance, continua Amberg.

L'argument n'était pas très convaincant.

Charlotte perçut comme un bruit de clé tournant dans la serrure. Pendant un instant, il ne se passa rien d'autre. Puis la porte s'ouvrit. Stühling sortit, les yeux écarquillés, ses cheveux blonds habituellement bien coiffés tombant sur son visage. Il tenait un rouleau de papier enflammé à la main. Amberg et Lukas reculèrent.

— Le voici, mon sauf-conduit ! s'exclama l'assistant.

Il passa en courant devant les deux hommes et devant Charlotte. Arrivé au portail, il jeta le papier enflammé. Charlotte entendit un sifflement et un grondement provenant de l'atelier. Ils se ruèrent à l'intérieur. Le tableau du Führer entouré d'animaux de la forêt était en flammes. Stühling n'avait pas bluffé. Il avait réellement mis le feu.

— Le Bois des Ombres est en flammes ! s'écria l'assistant. Et vous ne pouvez vous en prendre qu'à vous-même, docteur Amberg !

Il fut secoué par un rire de dément et courut dans la nuit tombante. Il partit vers la gauche, sans doute pour s'enfuir par la forêt et redescendre dans la vallée. Charlotte se précipita dehors. Lukas avait pris Stühling en chasse, mais il n'était pas assez rapide. C'est alors que surgit Konrad Waldhofer, un gaillard solide et agile.

— Konrad, arrête-le, cria Lukas.

Réagissant aussitôt à la voix de son frère, Konrad attrapa l'assistant. Stühling tenta de s'échapper en l'insultant :

— Encore un déserteur, un insoumis, et il veut m'empêcher de partir ? Va au diable !

Le visage de Konrad changea d'expression. Il enserra le cou de Stühling et l'immobilisa, puis déplaça son bras d'un mouvement brusque. On entendit un craquement terrible. Stühling s'écroula sans un bruit et cessa de bouger.

Amberg sortit du bâtiment principal. Il vint s'agenouiller près de l'assistant et tendit deux doigts pour prendre son pouls au niveau de la carotide. Puis il leva les yeux et fit un signe négatif de la tête. Konrad venait de tuer Stühling. Charlotte se rappela que Konrad avait fait l'armée. C'est là qu'il avait dû apprendre cette prise mortelle.

Au même moment, les fenêtres éclatèrent et les flammes jaillirent de la cave du bâtiment principal. Charlotte contemplait l'incendie qui jetait un éclairage rougeâtre sur la neige.

On lisait de l'accablement sur le visage d'Amberg.

— Tous les patients sont dehors ? cria-t-il. Que personne n'approche, l'aile des pensionnaires va s'embraser comme une torche.

Mimi sortit de la maison du personnel.

— Ils sont tous sortis, Carl, affirma-t-elle. Ils se sont réfugiés dans ta bibliothèque.

C'était la première fois que Charlotte entendait Mimi appeler le médecin-chef par son prénom. Amberg adressa un signe à Lukas et à son frère. Charlotte les vit soulever le corps de l'assistant et l'emporter vers la forêt. Depuis la fenêtre de la bibliothèque, personne n'avait pu voir que Konrad avait réglé son compte à Stühling.

En quelques minutes, les flammes dévastèrent tout le rez-de-chaussée, y compris le piano à queue de la salle à manger. Charlotte avait les larmes aux yeux. Elle entendait le bâtiment grésiller, crépiter, et craquer sourdement comme sous l'effet d'explosions. Il était impossible d'éteindre l'incendie. Tout était gelé alentour. Le froid, la neige et la glace n'étaient d'aucun secours. Un poêle était allumé dans chaque pièce, avec des réserves de bois un peu partout. Le Bois des Ombres s'était mué en un vaste brasier. L'incendie se propagea très vite à l'aile des pensionnaires. Les flammes formaient d'immenses torches qui s'élevaient dans l'obscurité. La fumée répandait une odeur pénétrante. L'incendie produisit une énorme fournaise, comme si le Bois des Ombres réchauffait le monde une dernière fois.

Par chance, le feu ne risquait pas de se propager à la maison du personnel ; ce jour-là, le vent soufflait dans l'autre sens, et le toit était protégé par une bonne couche de neige.

Les yeux rivés sur l'incendie, Charlotte observait le drame. Des larmes coulaient le long de ses joues, elle tremblait. Soudain, elle sentit la présence d'Amberg.

— Je redoutais depuis longtemps que cela ne se produise, dit-il doucement. Et maintenant, c'est arrivé.

Il passa son bras autour de Charlotte et se tut. Son étreinte était tendre, mais ferme. Charlotte appuya sa tête contre son épaule, il lui semblait qu'elle était parvenue au bout d'un voyage, ici, au côté d'Amberg, entre la fournaise de l'incendie et le froid glacé de la montagne.

— Ne t'inquiète pas, continua Amberg, tous les patients sont saufs. Nous aussi. Et nous avons encore des choses à vivre.

35

Innsbruck, décembre 2014

Il était deux heures du matin. Je venais de terminer la lecture du dernier cahier et je n'étais absolument pas en état de dormir. Le Bois des Ombres était la proie des flammes. Mais que s'était-il passé ensuite ? Le récit s'arrêtait là, le dernier carnet s'achevait sur l'incendie. J'étais pourtant sûre que l'histoire se poursuivait. Il fallait à tout prix que je trouve d'autres documents. En bas de la dernière page figurait l'inscription « Le Bois des Ombres » suivi d'un numéro à six chiffres. Ma grand-mère avait dû noter cela beaucoup plus tard, au stylo-bille. Peut-être s'agissait-il du code d'un casier ou d'un coffre-fort, un endroit où seraient entreposés d'autres carnets ? Il faudrait demain que je fouille la maison de fond en comble.

J'étais surexcitée, mais je sentais bien que la meilleure chose à faire était de dormir un peu. J'éteignis la lumière. Leo, lui, était couché près de moi, dans son panier éventré. Je roulai sur le côté. Il me fallut un moment avant de m'endormir.

Le lendemain, je me réveillai tard. Il était urgent de sortir Leo. Je pris une douche, m'habillai et partis promener le chien. En rentrant, je m'installai dans la cuisine pour préparer un café et déguster du salami sur des tranches de pain beurré. Où pourrais-je trouver de nouveaux indices dans la maison ? Mon regard tomba sur le panneau en liège de la cuisine. Je vis la feuille où étaient recopiés les numéros de téléphone de Maria Pramstaller, de Theres et de Gita. Juste en dessous était punaisé un autre papier avec un numéro, sans aucune indication. Je m'étais déjà demandé le premier jour à quoi il pouvait bien correspondre.

Je m'approchai. C'était un numéro à six chiffres. Je restai interdite. N'était-ce pas le même que celui qui figurait dans le dernier cahier ? Je courus à l'étage et ouvris le treizième cahier à la dernière page. Exact ! 224 368. C'était le même numéro. Je constatai que les deux derniers chiffres correspondaient à mon année de naissance.

Puis la lumière se fit dans mon cerveau. Les deux chiffres précédents, « 43 », représentaient aussi une année de naissance, 1943, l'année où ma mère avait vu le jour, l'année où ma grand-mère avait séjourné deux mois au Bois des Ombres. Je n'avais jamais fait le rapport. Quant au « 22 », il correspondait à 1922, l'année de naissance de ma grand-mère Charlotte et de son frère jumeau. Ce chiffre réunissait donc nos trois dates de naissance. Ma grand-mère avait dû le choisir elle-même pour pouvoir s'en souvenir facilement. J'étais maintenant convaincue qu'il permettrait d'ouvrir un casier, une consigne ou un coffre-fort qui se trouvait peut-être ici, dans la maison. Mais où ?

Mon regard s'arrêta sur le tableau du Bois des Ombres. Ma grand-mère avait dû le peindre bien après l'incendie. Il m'apparaissait toujours un peu trop grand pour la cuisine. Il me vint alors une idée. « Le Bois des Ombres » suivi d'une combinaison de chiffres... Et si cette inscription désignait le tableau ?

Je posai ma tartine et m'essuyai les doigts dans un torchon. Puis je m'approchai du tableau. Je le saisis par le cadre et le soulevai avec précaution. Il se laissa décrocher sans problème, découvrant la porte d'un coffre-fort. Je poussai un petit cri de joie. Évidemment, quoi de plus banal que de dissimuler un coffre derrière un tableau ! J'aurais dû y penser plus tôt. Je posai le tableau sur le carrelage. Ce coffre était un peu plus gros que ceux qu'on trouve habituellement dans les chambres d'hôtel. Ma grand-mère avait dû faire creuser une niche spécialement pour l'encastrer dans le mur. La porte était munie d'un bouton et d'un clavier à chiffres. Je tapai nerveusement la combinaison sur les touches. 224 368. Je tournai le bouton. La porte s'ouvrit. Mon cœur se mit à battre la chamade.

Les deux rayons contenaient des enveloppes, quatre en tout. Je les sortis et les posai sur la table. Elles portaient des inscriptions, je reconnus l'écriture de ma grand-mère. Sur la première était écrit : « Reconnaissance de dette Theres Kurz » ; sur la deuxième : « Documents Hermann Kettenbach ». Je lus sur la troisième : « Lettre à ma petite-fille Anne Südhausen ». La quatrième enveloppe était simplement étiquetée « Testament ». Quelle idée de déposer ces papiers dans un coffre-fort dont personne ne connaissait l'existence ! Ma grand-mère ne voulait pas forcément les tenir secrets, mais elle hésitait encore à confier l'existence de ce coffre à quelqu'un. Elle avait peut-être voulu en informer Maria Pramstaller, mais elle ne s'était pas décidée assez tôt. Et l'attaque cérébrale l'avait finalement empêchée de le faire.

Les enveloppes n'étaient pas cachetées. Je commençai par ouvrir celle qui m'était adressée. Le texte était écrit d'une petite écriture serrée et difficile à déchiffrer qui ressemblait à celle des journaux intimes. La lettre était très longue. Je la lirais plus tard.

J'ouvris ensuite l'enveloppe concernant Theres Kurz. Elle contenait effectivement une reconnaissance de dette tapée à la machine, signée de ma grand-mère et de sa voisine. Je sifflai entre mes dents. Deux ans plus tôt, ma grand-mère avait prêté à Theres 15 000 euros, remboursables par petits versements. Il s'agissait d'une somme conséquente. La voisine ne m'en avait pas parlé. C'était donc pour cela que Theres me demandait avec tant d'insistance si j'avais trouvé un testament. Elle espérait peut-être que ma grand-mère avait effacé cette dette dans son testament. Ou qu'on ne retrouverait jamais la reconnaissance de dette.

Puis, je me saisis de l'enveloppe contenant le testament. Celui-ci se composait de deux pages manuscrites. Je survolai le texte. Le testament traitait de la répartition de ses biens. Il stipulait que j'étais l'héritière principale, mais il prévoyait également un certain montant d'argent pour Maria Pramstaller ainsi qu'une petite somme pour Gita Mogany. La personne qui se chargerait du chien recevrait en outre de quoi subvenir à ses besoins. Ma grand-mère mentionnait aussi Theres Kurz. « La dette de Theres Kurz sera effacée après ma mort. Merci pour tout, Theres, de ma part et de celle de Leo. »

Theres Kurz avait dû souvent s'occuper du chien, surtout ces dernières années. Voilà donc pourquoi elle se cassait tant la tête pour savoir où ma grand-mère avait pu déposer un testament. Elle devait se sentir sur le gril l'autre jour, quand nous buvions le café dans la cuisine et que nous discutions de ma grand-mère.

Je réalisai soudain que Theres avait peut-être eu la même idée que moi. Elle aussi avait fait une remarque à propos du tableau. Theres Kurz possédait une clé de la maison, elle pouvait très bien être revenue mercredi. Ce qui expliquerait les traces d'eau dans le vestibule et dans la cuisine. Elle avait peut-être décroché le tableau et découvert le coffre caché derrière. Mais elle n'avait pas réussi à en ouvrir la porte. Si c'était elle qui était passée ici l'autre soir, Gita Mogany et Ulrich Pramstaller n'avaient rien à voir dans l'affaire. Et je n'aurais eu aucune raison de paniquer comme je l'avais fait. Je sentis monter un accès de colère. Je devais élucider cela sur-le-champ.

J'attrapai le téléphone et composai le numéro de la voisine. Il était neuf heures et demie, elle était certainement déjà debout. Theres Kurz décrocha.

— Je viens de fouiller une nouvelle fois la maison, dis-je, et j'ai trouvé de nouveaux papiers.

— Ah bon, répondit Theres, tendue.

— J'ai trouvé un document qui vous concerne.

— C'est vrai ?

— Un document dont vous ne m'aviez rien dit.

Aucune réaction à l'autre bout du fil…

— C'est une reconnaissance de dette, dis-je.

— Je voulais vous en parler, bien sûr. Mais je n'avais pas encore trouvé le bon moment.

Sa voix s'étrangla.

— Les choses s'éclairciront sans doute si on trouve un testament, continuai-je. Il y a peut-être un coffre-fort dans la maison ?

— Oh, je pensais que la créance serait aussi dans le coffre, répondit Theres, dans la cuisine.

— Un coffre-fort ? m'écriai-je en feignant la surprise. Vous savez qu'il en existe un ?

— Charlotte m'en a parlé, répondit Theres brièvement.

Elle avait compris qu'elle venait de se trahir.

— Pourquoi ne m'avez-vous rien dit ? questionnai-je. On s'est retrouvées plusieurs fois ensemble à discuter dans la cuisine. On a même parlé du tableau.

Theres Kurz n'osa pas demander de quel tableau je voulais parler, elle le savait bien. Elle se lança dans des explications confuses.

— Vous savez, le plus simple serait qu'on se dise la vérité, affirmai-je.

Quelques instants plus tard, Theres finit par obtempérer. Oui, elle se demandait depuis longtemps si ma grand-mère disposait d'un coffre et si elle y avait déposé un testament. Oui, elle était revenue dans la cuisine mercredi en fin d'après-midi, après la discussion que nous avions eue en buvant le café. Subitement le tableau lui avait paru étrange. Elle l'avait décroché et découvert le coffre, mais sans pouvoir l'ouvrir.

— Je n'avais pas le numéro, vous pouvez me croire, protesta-t-elle.

Depuis mercredi soir, elle cherchait un moyen de me signaler l'existence du coffre. En même temps, elle devait se demander si c'était vraiment judicieux. Car si le coffre ne renfermait que la reconnaissance de dette, mieux valait ne pas la trouver.

Je ne voulais pas être déloyale et prolonger trop longtemps le supplice de la voisine. Au fond, je comprenais très bien son attitude. Une grosse somme d'argent était en jeu. La voisine s'était occupée de Leo et avait dû être un soutien précieux pour ma grand-mère, sinon elle ne l'aurait pas couchée dans son testament.

— Finalement, tout est arrangé, ma grand-mère a effacé votre dette. J'ai trouvé son testament dans le coffre.

Pour moi, l'affaire était réglée. Il ne me restait plus qu'à récupérer la clé.

À l'autre bout du fil, je percevais sans peine le soulagement de Theres. Un flot de paroles aimables me parvint par le combiné. Je lui proposai de passer me voir dans la soirée et raccrochai.

Je restai plongée dans mes pensées. Quels mensonges allais-je encore découvrir ? Je me sentais comme Charlotte au Bois des Ombres, j'évoluais dans un monde de duperie.

Sur la table de la cuisine était posée la troisième enveloppe, marquée « Hermann Kettenbach ». Elle renfermait des photocopies de documents, deux passeports et un acte de naissance. La première reproduisait une double page d'un passeport frappé de l'aigle du Reich et datant de 1937. Sur la première page figurait le nom : Hermann Josef Kettenbach, sur la deuxième une photo d'identité en noir et blanc, ainsi que la signature de l'intéressé. La deuxième page était la copie d'un passeport argentin. La photo était plus récente que celle du passeport allemand. Elle représentait le même homme, sensiblement plus âgé : Hermann Josef Kettenbach. En revanche, le nom n'était pas le même : Kurt Manfred Rattler.

Je sentis un spasme me nouer l'estomac. Rattler ! Kettenbach avait changé de nom en Argentine où il s'était caché après la Seconde Guerre mondiale. Kurt Manfred Rattler. Je pris la troisième page, qui reproduisait un acte de naissance : Siegfried Luis Rattler, né le 10 mai 1960 dans une maternité de Buenos Aires. Père : Kurt Manfred Rattler. Mère : Luisa Carmen Mendoza.

Tout se mélangea dans ma tête. C'était donc ça. Kettenbach avait eu un fils. Siegfried Rattler. L'homme qui m'avait invitée à faire du ski et qui s'intéressait si fort aux carnets de ma grand-mère. Rattler avait-il gardé le secret sur ses origines et sur le pays où se cachait son père ? Ses proches étaient-ils au courant de son histoire familiale ?

L'idée qui me traversa soudain l'esprit me raidit la nuque. Rattler avait-il appris que ma grand-mère savait que le fils de Kettenbach se trouvait en Allemagne ? Était-ce pour cela qu'il cherchait un maximum d'informations sur les derniers volumes de son journal et sur d'autres documents que j'étais susceptible de trouver dans la maison ? Il n'était pas étonnant qu'il veuille passer cet après-midi à quinze heures. Il voulait savoir si j'étais au courant de ses origines.

On sonna à la porte. Je sursautai. C'était sûrement la voisine, Theres Kurz et sa mauvaise conscience, qui n'avait pas pu attendre le soir avant de passer. Leo courut à la porte en aboyant. J'ouvris. Siegfried Rattler se tenait sur le pas de la porte. Il était arrivé bien plus tôt que prévu.

Je poussai un cri de frayeur et reculai. Je voulus refermer la porte, mais Rattler avait déjà avancé son pied. Ma réaction m'avait trahie. Rien qu'à mon expression, il avait compris que je savais. Son visage avait perdu tout son charme, même son sourire en coin avait disparu. Ses yeux s'étaient réduits à deux fentes. Il me repoussa dans le vestibule et ferma la porte derrière lui. Leo jappait de toutes ses forces, mais sans impressionner Rattler.

— Alors, qu'est-ce que vous ont appris les cahiers ? demanda-t-il d'un ton cassant. Il serait peut-être temps d'aborder cette question.

À mesure que je reculais pour m'éloigner, Rattler avançait. Il regarda par la porte de la cuisine. Il vit les papiers étalés sur la table.

— Si on rentrait ici pour discuter ? siffla-t-il.

Physiquement, il était bien plus fort que moi. Je n'avais pas le choix. J'acquiesçai en silence et m'avançai.

Rattler se posta dans l'encadrement de la porte. Il voyait le coffre-fort ouvert, mais ne pouvait y accéder sans libérer le passage. Il préféra bloquer la sortie.

— Que savez-vous sur moi ? demanda-t-il. Je m'en doute. Siegfried Rattler, le neurologue au passé douteux, c'est bien ça ? Donnez-moi ces papiers !

Il désignait la table de cuisine. Je ramassai les photocopies et les lui tendis.

Rattler prit les documents et y jeta un coup d'œil.

— Vous savez tout, dit-il. Vous allez me faire chanter, comme la vieille dame ? Mais elle n'en aura pas profité, puisqu'elle est morte.

Maria Pramstaller, morte gelée dans le lac. Je m'étais toujours demandé comment elle avait pu glisser dans l'eau. Subitement, j'y voyais plus clair. Rattler la connaissait. C'est lui qui l'avait poussée.

— Vous l'avez tuée, m'écriai-je d'une voix stridente.

— Elle voulait me faire chanter, répliqua Rattler d'un ton glacial.

— Mais comment ?

Mes jambes flageolaient.

— Elle m'a appelé à Hambourg en me disant qu'elle savait tout sur moi, qu'elle tenait ses informations de son amie Charlotte Waldhofer qui avait connu des gens de l'organisation Esculape.

— Ma grand-mère n'était pas du genre à exercer un odieux chantage, l'argent ne l'intéressait pas, dis-je d'une voix plus maîtrisée.

— Mais son amie ne s'en est pas privée. Elle m'a réclamé de l'argent en menaçant de publier tout ce qu'elle savait sur moi.

— C'est pour cette raison que vous êtes venu à Innsbruck ? demandai-je.

Il fallait que je l'amène à parler.

— Oui, répondit Rattler, j'ai pris l'avion pour rencontrer Maria Pramstaller. Je suis même allé au cimetière de l'Ouest sur la tombe des Waldhofer pour voir le caducée gravé dans la pierre, comme elle me l'avait dit.

L'homme mystérieux dont la secrétaire m'avait parlé, c'était donc lui !

Il me vint une idée qui allait peut-être sauver la situation.

— Vous n'êtes pas responsable de votre père, dis-je. Ces révélations sur vos origines ne seraient sans doute pas si graves.

— Si quelqu'un l'apprend, ma vie sera détruite, gémit Rattler. Je suis le fils d'Hermann Josef Kettenbach. Mon père est l'un de ceux qui ont dirigé le programme d'euthanasie de l'Opération T4 ordonnée par Hitler, et il a disparu après la guerre. Je sais qu'aujourd'hui, les rejetons de hauts dignitaires nazis font le tour des plateaux de télévision pour parler de leur complexe de culpabilité, mais moi, j'ai toujours gardé le silence sur mes origines. Mon père a été recherché toute sa vie et il n'est mort qu'en 1990. Je ne l'ai pas trahi parce que c'était mon père. Après sa mort, une femme qui avait appartenu à l'organisation Esculape a enquêté sur son lieu de résidence et appris qu'il avait un fils, Siegfried Rattler. Un fils qui a fait carrière comme médecin neurologue et qui s'est distingué par ses travaux sur le libre arbitre. Je suis invité à aller donner des cours à l'université de Yale. Si l'on apprend d'où je viens, ma réputation est fichue.

— Je n'ai aucune intention de faire du chantage, affirmai-je. Et je viens à peine de trouver ces documents.

— Justement. Je savais qu'un héritier risquait de tomber sur ces papiers. Dans l'avion, quand vous m'avez raconté que vous étiez la petite-fille d'une glaciologue qui venait de mourir, j'ai tout de suite compris. Maria Pramstaller avait mentionné la profession de Charlotte Waldhofer. Quel hasard ! Il fallait que je vous suive à la trace pour savoir ce qu'il en était des documents me concernant.

Tous nos rendez-vous avaient donc été manigancés. Je me revis arriver au restaurant, bien pomponnée, comme pour un rendez-vous galant. C'était dimanche soir. Peu après la mort de Maria Pramstaller. À cette pensée, mon sang se figea dans mes veines. J'avais dîné avec son assassin.

Rattler avait dû lire l'effroi dans mes yeux.

— Vous pensez que j'ai tué Maria Pramstaller, dit-il en s'approchant. Vous me prenez pour un assassin. Mais je ne l'ai pas tuée.

— Vous étiez au bord du lac de Längental, articulai-je avec peine. C'est là que vous l'avez rencontrée. Comment a-t-elle pu accepter de vous retrouver dans un lieu aussi isolé !

— C'est un peu à cause de vous, rétorqua Rattler en affichant un sourire sardonique. Au départ, je ne pensais la rencontrer que le lundi à Innsbruck. Mais j'ai voulu la voir avant notre dîner, pour savoir quels documents étaient en sa possession. Je l'ai appelée dimanche après-midi sur son portable et lui ai promis de l'argent. Elle était dans son chalet, si bien qu'elle m'a donné rendez-vous au bord du lac.

— C'était un piège, dis-je. Vous lui avez tendu un piège !

— Non, siffla Rattler. Le ton est monté. Elle a pris l'argent, mais elle n'avait aucun document sur elle. Je me suis énervé et je lui ai arraché son sac. Elle a perdu l'équilibre et s'est retrouvée dans l'eau. C'était un accident. Un sale accident.

Il était face à moi, son haleine était chargée, je ne percevais plus guère l'odeur du santal. Je reculai, mes talons percutèrent le tableau que j'avais appuyé par terre contre le mur. Je tremblais. Je ne le croyais pas.

— Vous êtes un assassin, m'écriai-je, un meurtrier !

— Un meurtrier, reprit Rattler en me singeant. Vous ne voulez pas me croire ? Si vous en êtes si sûre, appelez la police et témoignez contre moi. Vous pouvez me détruire.

Il m'attrapa par les épaules, ses yeux brillaient d'une lueur fiévreuse. Il me faisait mal, mais j'étais surtout terrorisée. Avec sa carrure, il aurait fort bien pu m'étrangler, récupérer les documents et disparaître. J'étais l'unique témoin de son passé, et j'étais la seule à connaître son lien avec la femme noyée dans la retenue de Längental. Il allait forcément m'empêcher de parler.

Mon cerveau travailla à toute vitesse.

— J'ai trouvé encore d'autres documents, glapis-je, ils sont dans le bureau.

— Montrez-les-moi, ordonna Rattler.

Il me poussa devant lui, je me dirigeai vers la pièce du fond. Peu après, j'arrivai près du bureau sur lequel était posé le livre de Keyder *Psychothérapie pratique*.

— Tenez, c'est un ouvrage ancien. Votre père y est mentionné à plusieurs reprises, dis-je en lui tendant le livre.

Il me lâcha et s'empara du livre. C'est alors que, mue par une sorte d'instinct, je ramassai le piolet de ma grand-mère qui était posé à côté du bureau, fis un pas de côté et brandis l'arme à deux mains. Rattler se tourna vers moi, surpris. Il n'eut pas le temps d'avancer et de me saisir le bras que l'arme s'abattait déjà sur lui. Il leva la main pour tenter d'esquiver le coup, je ne touchai son crâne que du bord de la lame.

Rattler râla en se tenant la tête. Il vacilla et tenta de se retenir au bureau avec la main gauche, mais il perdit l'équilibre et tomba à terre sur le côté. J'entendis un choc sourd. Il gisait maintenant sans bouger près du bureau, ses cheveux gris blond lui retombaient sur le visage. J'attendis un moment, mon cœur battait à tout rompre. Je me penchai pour l'observer, sans trop m'approcher. Il saignait un peu à la tête, mais pas abondamment. Ses yeux étaient fermés, mais les mouvements de sa poitrine indiquaient qu'il respirait. Si je le frappais une nouvelle fois, je pourrais le tuer. Le piolet me donnait ce pouvoir. Je remarquai avec quelle fureur j'avais frappé. J'avais ressenti cela comme une libération. C'était inquiétant.

Il fallait que j'appelle une ambulance. Et la police.

La police ? Je vis défiler dans ma tête des scènes qu'on a l'habitude de voir dans les films. Il faudrait que je décrive exactement ce qui s'était passé. Pourquoi j'avais pratiquement tué Siegfried Rattler avec un piolet. Un neurologue qui m'avait rendu visite et menacé ce matin-là. Sans porter aucune arme sur lui. Un homme qui avait la mort de Maria Pramstaller sur la conscience, tout en prétendant que c'était un accident ; et la police n'avait trouvé sur place aucun indice permettant de conclure à l'intervention d'un tiers. Toute sa vie, Rattler avait caché que son père était un psychiatre nazi tristement célèbre. Mais tout le monde pouvait comprendre cela, beaucoup auraient agi de la même façon. Cette agression de ma part pouvait me valoir de sérieux ennuis.

J'évoquai fébrilement toutes sortes de possibilités. Aucune ne me sembla convaincante. Puis je pris une décision. Je montai le piolet dans la chambre à coucher, soulevai le matelas et cachai l'arme dessous. Une fois redescendue, j'attrapai le combiné du téléphone et appelai une ambulance. Oui, il s'était produit un regrettable accident. Un ami s'était pris les pieds dans le chien et avait heurté, tête la première, le coin du bureau. Il était inconscient, mais il respirait. Je donnai l'adresse.

Je prenais un risque en agissant de la sorte. Si Rattler racontait aux médecins que je l'avais frappé avec un piolet, ils préviendraient aussitôt la police. Et je serais dans le pétrin. Bien sûr, dans ce cas-là, je choisirais de plaider la légitime défense. Que j'étais en état de choc ! Et je déballerais alors toute l'histoire, de A à Z. Mais il y avait peu de chance que Rattler mentionne notre altercation, après tout, c'est lui qui m'avait menacée.

Dix minutes plus tard, une ambulance s'arrêtait devant la maison. Les secouristes emmenèrent Rattler sur un brancard. Il s'était réveillé et se tenait la tête en gémissant. J'expliquai haut et fort aux ambulanciers qu'on se connaissait. Qu'il s'appelait Siegfried Rattler, qu'il était neurologue à Hambourg, qu'il séjournait à Innsbruck pour un congrès et qu'il avait sûrement ses papiers sur lui. Qu'il s'agissait d'un regrettable accident, qu'il avait trébuché sur mon chien et que sa tête avait heurté le bord du bureau. Que je ne pouvais pas les accompagner pour l'instant, mais que j'appellerais plus tard l'hôpital pour prendre de ses nouvelles. Les ambulanciers me regardaient d'un air entendu, ils pensaient manifestement que cette chute n'était que l'issue malheureuse d'une rencontre d'un soir.

L'ambulance repartit. Je me laissai tomber, épuisée, sur le fauteuil du bureau. Dans son cadre, Robert me jetait un regard compatissant, comme s'il avait tout vu. Je sentais l'adrénaline couler dans mes veines. Les idées tournoyaient dans ma tête, et je faisais un gros effort pour tenter de les remettre en ordre.

Rattler aurait pu me tuer. Mais j'aurais pu aussi le frapper à mort avec le piolet. Mon Dieu, la pointe aurait pu lui faire éclater la boîte crânienne. Et j'aurais dû vivre avec cette culpabilité jusqu'à la fin de mes jours. Je me sentis désemparée face à cette perspective. J'avais les nerfs à vif. J'allai dans la cuisine et me remplis un verre d'eau. Les copies des documents étaient toujours sur la table. Et aussi la dernière enveloppe. Je bus plusieurs gorgées d'eau et me saisis de l'enveloppe portant l'inscription : « Lettre à ma petite-fille Anne Südhausen ».

Les mains tremblantes, je sortis les feuilles, elles étaient datées du 19 juin 2014. C'est-à-dire plus de soixante-dix ans après l'incendie du Bois des Ombres. Allaient-elles me transmettre un message de ma grand-mère ? Je me concentrai pour déchiffrer son écriture serrée.

36

Ma chère Anne,

Lorsque tu liras cette lettre, je ne serai sans doute plus de ce monde. Je regrette qu'on se soit perdues de vue durant toutes ces années. Je n'avais aucune rancœur à ton égard, mais je ne voulais surtout pas m'imposer. Après la mort de ta mère, j'ai traversé une profonde dépression. J'ai perdu tant d'êtres chers au cours de ma vie, Anne, on ne peut pas échapper à la douleur lorsqu'on les a aimés. Mais la douleur est aussi un bon révélateur, elle nous montre que nous sommes capables d'aimer.

Je suppose que tu as retrouvé dans mes affaires les carnets où j'ai raconté mon séjour au Bois des Ombres. Ces treize cahiers s'achèvent, en février 1943, sur l'incendie qui a réduit en cendres le sanatorium. Après cela, j'ai arrêté d'écrire car j'étais occupée à bien d'autres choses. Je voudrais donc te raconter maintenant ce qui s'est passé après.

Le sanatorium avait été entièrement détruit par le feu, il ne restait plus que la maison du personnel où tous les pensionnaires avaient pu trouver refuge. Le lendemain, nous avons évacué les patients dans la vallée. Certains sont rentrés dans leur famille, et une grande partie a été recueillie par un foyer de religieuses catholiques. Le sanatorium du Bois des Ombres avait bonne réputation auprès des services de santé régionaux, car le docteur Carl Amberg passait pour un praticien modèle qui mettait en œuvre les méthodes thérapeutiques développées par Hermann Kettenbach, pour le plus grand bien de la communauté du peuple allemand. Carl était doué pour donner le change. Très peu de gens savaient que Kettenbach faisait un usage dévastateur de la drogue.

Oskar, l'aveugle, a rejoint la vallée avec Mimi qui l'a caché chez des amis dans un village, et il est rentré à Vienne après la guerre. Sophia est allée à Innsbruck où sa mère est venue la chercher. Elle était heureuse que sa fille prononce à nouveau quelques mots.

Dans la vallée, la rumeur affirma que c'était le docteur Stühling, l'assistant, qui avait mis le feu au Bois des Ombres. Carl et Lucifer ont enterré son cadavre dans la forêt. Et Mimi a fait courir le bruit selon lequel Stühling aurait fait partie du groupe de résistants Esculape et qu'il se serait échappé en Suisse. Par chance, sa tombe n'a pas été retrouvée par les policiers montés au Bois des Ombres pour fouiller les ruines, la maison du personnel et les terrains environnants.

Carl et moi, nous sommes restés encore dix jours au Bois des Ombres avec Lukas, son frère et le couple Keindl. Heureusement, après l'incendie, de fortes chutes de neige avaient rendu le chemin d'accès impraticable, et les policiers n'ont pu monter que plus tard.

Je n'oublierai jamais ces neuf jours passés avec Carl dans les ruines du Bois des Ombres. Je l'ai aimé, et c'est le premier homme que j'aie connu. Carl m'a fait découvrir que l'imagination est un puissant antidote. Il ne faut jamais avoir honte de ses rêves ni de ses désirs, au contraire, il faut s'en servir. J'ai appris au Bois des Ombres que tout être humain a des failles, que chacun possède des faiblesses et des points forts, que l'être le plus peureux est capable d'actes de bravoure et inversement. Personne n'est fait d'un seul bloc. Carl m'a aidée à m'accepter telle que je suis, peut-être parce qu'il avait lui-même ses singularités.

J'avoue aussi que j'ai pris plaisir à falsifier avec lui les dossiers des patients et à inventer des histoires de guérison qui ne devaient pas non plus avoir l'air trop fantaisistes. Mimi est remontée chercher les dossiers pour les transmettre au foyer catholique. Carl a encore rédigé un rapport pour l'institut Göring où il expliquait en détail ces thérapies soi-disant fondées sur la suggestion et la figure paternelle du Führer. La protection de ses patients justifiait à ses yeux n'importe quel mensonge.

Malheureusement, Carl est mort le 26 février au Bois des Ombres. J'avais déjà remarqué que ses yeux brillaient parfois d'une étrange lueur, j'ai appris que c'était dû à la morphine. Je n'ai pas pu l'empêcher d'en prendre. Un matin, je l'ai retrouvé mort d'une overdose dans la bibliothèque, par accident, je pense. Je n'aurais pas supporté de vivre en ayant des doutes à ce sujet.

J'ai aimé Carl, et c'est lui ton grand-père. J'ai l'impression, Anne, qu'il t'a transmis son goût de l'écriture, toi, sa petite-fille, même si le magazine auquel tu te consacres me semble un peu trop superficiel.

Mimi est venue chercher sa dépouille, et Carl a été inhumé dans la vallée. Moi, j'ai quitté le Bois des Ombres avec Lucifer, Konrad et les Keindl pour rejoindre le village natal de Lucifer dans la haute vallée. Nous ne pouvions pas laisser tomber Konrad et le couple juif. Au village, Lucifer a présenté Jakob Keindl comme un médecin allemand en proie à des difficultés personnelles, un homme marié qui était parti avec sa maîtresse. Les habitants ont été ravis de le voir arriver au village avec un stock de médicaments dont il a fait bon usage. Personne n'a posé de questions supplémentaires. Les Keindl sont donc restés au village jusqu'à la fin de la guerre, lui, en se faisant passer pour un certain docteur Walter Friedland et, elle, pour son amie Helene Matern. De toute ma vie, je n'ai jamais croisé d'autres personnes qui aient vécu sous autant d'identités différentes.

Neuf mois après mon départ du Bois des Ombres naissait ma fille Lilly, ta mère. Lucifer a tout de suite accepté la petite bien qu'il ait su que Carl était son père. Nous nous sommes mariés rapidement, et je n'ai jamais regretté cette décision. Je pense que Lucifer était le charpentier le plus instruit que l'Autriche ait jamais connu. Avec Lucifer et la petite Lilly, nous sommes restés au village jusqu'à la fin de la guerre. C'était une époque dure et frugale mais, au cœur de ces montagnes, avec Lucifer et Lilly, je me suis toujours sentie aimée et protégée. Nous nous sommes ensuite installés à Innsbruck. J'envoyais des lettres à mes parents, mais j'ai mis beaucoup de temps avant de retourner les voir à Ratisbonne.

Après la guerre, le professeur Hermann Kettenbach a disparu sous un faux nom en Argentine. Ce n'est qu'après sa mort que Mimi a retrouvé sa trace et qu'elle a découvert qu'une femme argentine lui avait donné un fils, Siegfried Rattler. Mimi m'a envoyé des copies de leurs papiers peu avant qu'elle meure.

Je n'ai appris que récemment que le fils de Kettenbach avait fait des études de médecine et qu'il vivait aujourd'hui à Hambourg. C'est un neurologue réputé qui s'est précisément spécialisé dans le domaine du « libre arbitre » ! Le milieu scientifique ne semble pas au courant des origines familiales de Siegfried Rattler. Maintenant que pratiquement tous les membres du groupe Esculape sont décédés, je suis l'une des rares à le savoir. Je n'en ai parlé qu'à mon amie Maria. J'ai gardé les documents en lieu sûr. Je trouve qu'il est difficile de juger les autres. Mon père était national-socialiste et travaillait dans l'armement, et je suis sa fille. Souvent, durant mon existence, je me suis rendu compte qu'il était difficile de trancher en matière de culpabilité et d'innocence.

Anne, j'ai eu une vie heureuse, malgré les épreuves. La montagne, la neige et la glace m'ont toujours accompagnée. Après la guerre, j'ai été heureuse de travailler sur les glaciers, de pouvoir assister aux forages et prélever des échantillons dans des couches de glace datant de plusieurs siècles. Au contact de la neige et du froid, je me sentais près des morts, près de Robert, mon frère jumeau, et de Carl, que je pouvais évoquer dans ce monde glacé.

Carl disait que les mélancoliques avaient besoin du froid pour se sentir exister et être capables d'aimer. Si j'ai parfois fait preuve de dureté ou de froideur à ton égard, Anne, c'était peut-être ma façon de t'aimer et de chercher à établir un lien avec toi, aussi bizarre que cela puisse paraître. On transmet toujours à la génération suivante ce qui nous a aidés à survivre, même si cela provient d'un monde qui n'existe plus quand nos enfants arrivent à l'âge adulte. C'est l'écueil de toute éducation.

Je souhaite que tu sois heureuse, Anne. J'ai gardé la chapka de ton grand-père et le médaillon avec le caducée que m'avait offert Mimi, tu les trouveras dans le bureau, ils t'appartiennent désormais. Les détails de la répartition de mes biens sont fixés dans mon testament que je déposerai, avec cette lettre, dans le coffre-fort. Il ne me reste plus qu'à informer quelqu'un de son emplacement.

Je t'embrasse affectueusement,
ta grand-mère Charlotte

Je pleurai. Les larmes coulaient le long de mon visage comme un torrent brûlant. Leo me regardait de ses grands yeux bruns. Je savais maintenant quel était le message de ma grand-mère. Par-delà son aspect sévère, elle m'avait aimée. J'étais la petite-fille d'une femme vaillante et de Carl Amberg, le médecin courageux et singulier qui dirigeait le Bois des Ombres. Mon grand-père était donc un psychiatre qui écrivait des contes et sauvait des vies humaines. Et mon grand-père officiel, Lucifer, était un homme généreux qui avait fait partie d'un groupe de résistants. Telle était ma famille. Je pouvais en être fière.

La lettre à la main, je passai dans la pièce voisine et me laissai tomber sur le divan. Leo accourut, prit son élan et vint se pelotonner contre moi. Mes larmes se tarirent au bout d'un moment. Je fixais le plafond. Je me sentis à nouveau gagnée par l'angoisse de tout à l'heure. Rattler. La menace. L'ambulance.

J'avais bien failli le tuer d'un coup de piolet. Au fond, il ne m'avait pourtant rien fait. Certes, il m'avait menacée. Il devait avoir été empli d'une telle haine durant toutes ces années, ces dizaines d'années où il avait dû subir l'existence de son père, telle une souillure dont il ne pourrait jamais se laver. Au fond, il ne voulait que les documents. Il m'avait peut-être dit la vérité, Maria Pramstaller avait pu tomber par accident dans les eaux glacées du lac. Il n'avait pas essayé de chercher du secours mais, de toute façon, ce serait arrivé trop tard. Maria Pramstaller avait exercé sur lui un chantage. Elle avait vraiment besoin d'argent. Theres Kurz m'avait raconté qu'elle n'avait pas les moyens de financer la thérapie qui l'aurait peut-être soulagée. Âgée, malade et démunie, Maria Pramstaller avait décidé de recourir au chantage, parce qu'elle n'avait plus rien à perdre et que des fils de criminels nazis faisaient de belles carrières.

Quelle histoire ! Ce soir, j'appellerai Sabine à Hambourg pour tout lui raconter. Les idées tournoyaient dans ma tête, et j'attendis qu'elles se calment, qu'elles s'épuisent d'elles-mêmes, s'éteignent, et que ma tête se vide complètement. Je tombai dans une sorte d'engourdissement.

Je fus soudain réveillée en sursaut. Quelqu'un avait sonné à la porte. Je regardai la pendule, trois heures. Mon Dieu, ce devait être l'historien. Hendrik van Dijk.

Je me levai. Mon visiteur remarquerait tout de suite le désordre dans la cuisine.

— Un moment, criai-je.

Je fonçai à la cuisine, rassemblai les enveloppes et les replaçai dans le coffre. Je fermai la porte et le mécanisme s'enclencha.

J'enfilai mes chaussons, me dirigeai vers la porte et jetai au passage un coup d'œil dans le miroir. J'avais une tête de déterrée, avec d'énormes cernes sous les yeux et les cheveux en bataille. Tant pis, je m'étais engagée à recevoir cet homme. Un historien de la médecine, il m'avait remis sa carte. Rien à voir avec un type comme Rattler.

J'ouvris. La lumière du jour me fit cligner les yeux. Le soleil brillait et faisait étinceler la neige dans le jardin.

— Bonjour, me salua Hendrik van Dijk.

Je reconnus immédiatement sa haute silhouette dégingandée et son large sourire.

Il me regarda d'un air inquiet.

— Vous avez l'air épuisé, si je peux me permettre cette remarque. Je pourrais repasser plus tard.

— Non, tout va bien, si vous ne restez pas trop longtemps, répondis-je. Je viens de passer des moments éprouvants. Mais entrez, je vous en prie.

J'invitai van Dijk à s'asseoir dans la cuisine. Je préparai un café. Il me souriait timidement. Il devait avoir mon âge. J'avais l'impression d'être en présence de quelqu'un de normal. Un homme aimable, avec le visage creusé de fossettes. Il voulait voir les cahiers. Étrangement, je n'avais aucune réticence à les lui montrer.

— Je vais chercher les cahiers, annonçai-je, ils sont en haut.

— Ce sont des notes personnelles, dit van Dijk, je ne voudrais surtout pas être indiscret.

— Ne craignez rien, c'était convenu entre nous. Vous pouvez y jeter un œil.

J'apportai toute la pile.

— Pourrais-je voir le premier cahier ? demanda-t-il.

Je le lui tendis.

— Oh, les pages sont très friables, constata-t-il, il faut les manipuler avec la plus grande précaution.

Il ouvrit le cahier comme s'il s'agissait d'une curiosité historique. J'appréciai ce respect. À mes yeux aussi, ils étaient extrêmement précieux.

Van Dijk feuilleta quelques pages.

— Le texte décrit l'arrivée de votre grand-mère au sanatorium du Bois des Ombres, dit-il. Ces cahiers ont l'air parfaitement authentique. Ils sont rédigés au crayon, comme cela se faisait couramment à l'époque.

Je lui tendis ensuite les autres cahiers, tout naturellement. Il sembla comprendre le message. Il but son café et me dévisagea avec une expression de sollicitude qui me fit chaud au cœur.

— Vous devez être fatiguée, reprit-il. Je suppose qu'une telle découverte ne laisse pas indifférent. Je vais maintenant vous laisser vous reposer.

Il se leva. Je le regardai d'un air interrogateur, je n'avais pas envie qu'il s'en aille.

— Je reprendrai contact avec vous, promit-il en souriant. Nous pourrions peut-être entreprendre un projet commun à partir de ces journaux. Mais uniquement si vous le souhaitez, bien entendu.

Épilogue

Le temps se montra très clément le jour des funérailles de ma grand-mère. Une douzaine de personnes y avaient assisté, ce qui n'était pas rien pour quelqu'un de quatre-vingt-douze ans. Theres Kurz s'était déplacée, de même que Gita Mogany, une jeune femme au regard franc et aux longs cheveux noirs. Elle n'était rentrée que la veille de Hongrie et vint s'excuser platement de ne pas avoir laissé de numéro où la joindre et de ne pas avoir pensé à rendre la clé de la maison. Elle était accompagnée d'Ulrich Pramstaller qui se montra fort aimable. Les gens qui semblent peu avenants de prime abord peuvent aussi se révéler affables. C'était l'enseignement que m'avait transmis mon grand-père, Carl Amberg, dont les préceptes contribuaient déjà à influencer mon jugement.

Un glaciologue d'Innsbruck, venu rencontrer ma grand-mère quelques années plus tôt, s'était également déplacé. Je fis aussi connaissance de la pédicure de ma grand-mère, une femme pour qui elle avait beaucoup d'affection. Quelques voisines étaient venues également, que Theres Kurz avait apparemment prévenues. Après l'enterrement, je reçus quelques messages de condoléances, dont celui de la fille d'une climatologue britannique à qui j'avais envoyé un faire-part de décès.

Mon amie Sabine de Hambourg m'avait fait la surprise de venir. Quand je lui avais parlé au téléphone deux jours plus tôt, elle avait senti que j'avais besoin de soutien et elle avait sauté dans le premier avion à destination d'Innsbruck. Une belle preuve d'amitié.

Lors de la cérémonie, le prêtre catholique trouva les mots justes. Il était venu me voir la veille pour que je lui donne quelques informations sur ma grand-mère. J'étais contente qu'il mette en avant son activité professionnelle et la présente comme l'une des premières femmes à s'être intéressées aux glaciers et au climat.

Je fis compléter l'inscription sur la pierre tombale. Sous le nom de « Lukas "Lucifer" Waldhofer » figure désormais celui de « Charlotte Waldhofer, née Rotstetter, 14 mai 1922 - 12 décembre 2014 ». Un peu plus bas, on peut lire aussi « En mémoire du docteur Carl Amberg, décédé le 26 février 1943 ». L'emblème d'Esculape unit ces trois noms.

Quelques semaines après l'enterrement, Hendrik van Dijk reprit contact avec moi. Nous écrivons actuellement un livre ensemble. Mon rédacteur en chef se montra extrêmement obligeant lorsque je lui demandai de m'accorder un congé sans solde de cinq mois pour réaliser ce projet. Nous travaillons à Innsbruck, dans la maison de Charlotte qui m'appartient désormais, de même que Leo que j'ai finalement gardé avec moi. Je me sens très bien en compagnie d'Hendrik. Nous travaillons ensemble sur les carnets de ma grand-mère, il me procure des documents d'archives. Nous aimons aussi partir randonner en montagne. Que dire de plus ? Que nous sommes ensemble.

Hendrik était d'accord avec ma décision de laisser Siegfried Rattler aller son chemin. Je lui envoyai une courte lettre lui expliquant qu'il n'avait rien à craindre de moi, mais que j'avais mis au courant quelques personnes de mon entourage et qu'il serait bien avisé de ne plus m'importuner. Je reçus en réponse une enveloppe contenant une carte postale avec un paysage hivernal sur laquelle il n'avait écrit qu'un seul mot : « D'accord ! »

Le livre que j'écris avec Hendrik devrait s'intituler *Le sanatorium du Bois des Ombres, une clinique et un refuge pendant la Seconde Guerre mondiale*. Je suis certaine que cette initiative aurait plu à ma grand-mère Charlotte.

Remerciements

Je remercie du fond du cœur mon agent, Katrin Kroll, de m'avoir encouragée à écrire ce roman, ainsi que mon éditrice de Piper Verlag, Katrin Andres, pour sa relecture attentive. Mon mari Michael Weidinger et mes enfants Laura et Roman ont également relu le manuscrit et m'ont gratifiée de précieux conseils, de même que mon amie Dagmar Grumer et mon collègue Mathias Greffrath. Beaucoup d'informations sur l'époque m'ont été confiées par des personnes qui l'ont vécue, en premier lieu ma mère. J'ai écrit ce livre en sa mémoire et en souvenir de son frère jumeau, Heiner, mon oncle, mort à dix-huit ans en Russie.

Je serais ravie de connaître l'avis des gens qui liront ce livre et me ferai un plaisir de leur répondre. Ceux qui veulent me contacter peuvent passer par mon site www.barbaradribbusch.de.

Sources

Ce roman est un livre de fiction dont les personnages et l'intrigue ont été inventés. Ils ont néanmoins été étayés par des recherches historiques précises reposant sur le récit de témoins de l'époque et l'étude d'ouvrages, de revues, de films documentaires et de sites Internet. J'aimerais préciser ici certaines sources telles que *Maschinengewehre hinter der Front. Zur Geschichte der deutschen Militärpsychiatrie* de Peter Riedesser et Axel Verderber (Frankfurt/Main, 2011) et l'ouvrage *Krieg und Psychiatrie 1914-1950* publié sous la direction de Babette Quinkert (Göttingen, 2010).

Au sujet de l'institut Göring de Berlin, pratiquement oublié aujourd'hui, je renvoie aux précieuses informations de *Erinnern und Durcharbeiten. Zur Geschichte der Psychoanalyse und Psychotherapie im Nationalsozialismus* de Regine Lockot (Frankfurt, 1985) et *Psychotherapy in the Third Reich. The Göring Institute* de Geoffrey Cocks (New Brunswick, New Jersey, 1997). Gustav Richard Heyer, qui travaillait à l'institut Göring, a publié à l'époque *Praktische Seelenheilkunde* (München, 1942). Les recettes de cuisine ont été puisées, entre autres, dans *Tante Linas Kriegs-Kochbuch* de Rainer Horbelt et Sonja Spindler (Augsburg, 1999). Le recueil *140 deutsche Schlager der 20–40er Jahre* (Burgkunststadt) offre un bon panorama musical. Le

Barbara Dribbusch

Deutsche Historische Tonarchiv a publié *Reden und Berichte von 1942*, un CD impressionnant qui regroupe les discours et reportages diffusés en 1942 par la radio allemande.

Les Escales

Chantel Acevedo
Lointaines merveilles

Rabih Alameddine
Les Vies de papier

Jeffrey Archer
Seul l'avenir le dira
Les Fautes de nos pères
Des secrets bien gardés
Juste retour des choses
Plus fort que l'épée
Le Temps est venu

M.J. Arlidge
Am stram gram
Il court, il court, le furet
La Maison de poupée

Jami Attenberg
La Famille Middlestein
Mazie, sainte patronne des fauchés et des assoiffés

Laura Barnett
Quoi qu'il arrive

Fatima Bhutto
Les Lunes de Mir Ali

Daria Bignardi
Accords parfaits

Jenna Blum
Les Chasseurs de tornades

Blanca Busquets
Un cœur en silence

Chris Carter
Le Prix de la peur

Catherine Chanter
Là où tombe la pluie

E.O. Chirovici
Jeux de miroirs

Janis Cooke Newman
L'incroyable et audacieuse entreprise de Jack Quinlan

Jackie Copleton
La Voix des vagues

Melanie Finn
S'enfuir

Angela Flournoy
La Maison des Turner

Justin Gakuto Go
Passent les heures

Lena Gorelik
Tolstoï, oncle Gricha et moi

Iona Grey
Lettres à Stella

Olga Grjasnowa
Le Russe aime les bouleaux

Titania Hardie
La Maison du vent

Cécile Harel
En attendant que les beaux jours reviennent

Casey Hill
Tabou

Victoria Hislop
L'Île des oubliés
Le Fil des souvenirs
Une dernière danse
La Ville orpheline
Une nuit en Crète
Cartes postales de Grèce

Linda Holeman
Les Secrets d'Angelkov

Emma Hooper
Etta et Otto (et Russel et James)

Yves Hughes
Éclats de voix

Peter de Jonge
Meurtre sur l'Avenue B

Gregorio León
L'Ultime Secret de Frida K.

Amanda Lind
Le Testament de Francy

Gilly Macmillan
Ne pars pas sans moi
La Fille idéale

Owen Matthews
Moscou Babylone
L'Ombre du sabre

Colette McBeth
À la vie, à la mort

Sarah McCoy
Un goût de cannelle et d'espoir

David Messager
Article 122-1

Hannah Michell
Dissidences

Derek B. Miller
Dans la peau de Sheldon Horowitz

Fernando Monacelli
Naufragés

Julia Montejo
Une vie à t'écrire

Juan Jacinto Muñoz Rengel
Le Tueur hypocondriaque

Idra Novey
Le Jour où Beatriz Yagoda s'assit dans un arbre

Chibundu Onuzo
La Fille du roi araignée

Ismet Prcić
California Dream

Paola Predicatori
Mon hiver à Zéroland

Dorit Rabinyan
Sous la même étoile

Raffaela Romagnolo
La Masnà

Paolo Roversi
La Ville rouge

Sandip Roy
Bien comme il faut

Eugen Ruge
Quand la lumière décline
Le Chat andalou

Amy Sackville
Là est la danse

William Shaw
Du sang sur Abbey Road

Anna Shevchenko
L'Ultime Partie

Liad Shoham
Tel-Aviv Suspects
Terminus Tel-Aviv
Oranges amères

Priscille Sibley
Poussières d'étoiles

Marina Stepnova
Les Femmes de Lazare
Leçons d'Italie

Daniel Torday
Le Dernier exploit de Poxl West

Karen Viggers
La Mémoire des embruns
La Maison des hautes falaises
Le Murmure du vent

Stella Vretou
Les Souliers vernis rouges

A.J. Waines
Les Noyées de la Tamise

Cecily Wong
Comme un ruban de soie rouge

Pour suivre l'actualité des Escales,
retrouvez-nous sur www.lesescales.fr,
sur la page Facebook Éditions Les Escales
ou sur Instagram et Twitter.

Composition et mise en pages
Nord Compo à Villeneuve-d'Ascq

Achevé d'imprimer en Allemagne
par GGP Media GmbH
à Poessneck
en septembre 2017